銀翼の死角

警視庁文書捜査官

麻見和史

角川文庫
22169

目次

プロローグ

携帯電話から男性の呻《うめ》き声が聞こえてきた。痛みをこらえ、荒い呼吸をしているようだ。ややあって、助けを求める言葉が耳に届いた。絶望的な状況の中、恐怖に震えている気配が伝わってくる。警部・泉恭也《いずみきょうや》は携帯を握り締め、必死に頭を働かせた。自分はいったいどうすべきなのか——。

電話の向こうでは一般市民が負傷して苦しんでいる。その声はスピーカーからも流れていて、前線本部の捜査員全員が耳をそばだてていた。みな、泉の一挙一動に注目している。それがわかっていながら、自分はうまく交渉できていない。ちくしょう、と泉は思った。怒りで拳《こぶし》が震えてきた。だがここは感情を爆発させるべき場面ではない。そんなことをしたら、このミッションは間違いなく失敗する。

呻き声が小さくなり、別の男の声が聞こえてきた。

「では第二問だが……」

相手は勝手に事を進めようとしている。泉は話を遮った。

「待て。私はこのゲームから下りる」

「何だと？」相手の口調が厳しくなった。「おまえ、自分が何を言ったかわかっているのか。俺を怒らせたいのか？」

まずいな、と泉は思った。携帯を握り直し、慌てて答える。

「君の相手をするには力不足だと悟ったんだよ」

「別におまえひとりで考える必要はない。そこにいる全員で、知恵を出し合えばいいんだ」

「こういうことには慣れていなくてね。その……何か別の話をしないか。趣味のこととか、これまでの暮らしのこととか」

「俺はこのゲームがやりたいんだ。俺が考えたストーリーを、おまえたちに聞かせたいんだよ」

なぜそこまでゲームにこだわるのかわからない。奴の目的は何なのか。

「では第二問。よく聞けよ」

出題が始まった。泉の部下が、困惑した表情でメモをとり始める。

隣にいた管理官が、足早に離れていくのが見えた。この大事なときにどういうつもりだろう。交渉はあくまで泉の仕事だから、あとは任せるということなのか。

管理官は部屋の隅に行って、携帯電話を取り出した。どこかへ架電し、小声で話し始めたようだ。

「……ええ。非常に厳しい状況です」管理官の声が聞こえた。「とにかく、犯人と渡り合うには知識とセンスのある人間が必要です。……そうです。今すぐ、文書解読班の出動を要請します」

泉は唇を嚙《か》んだ。この交渉を任されたのは自分だ。それなのに、よその部署へ応援を頼む形になるとは――。

そう考えている間にも、第二の出題は続いていた。相手の語るストーリーは異様で、極めて不可解なものだ。思わず、泉は眉《まゆ》をひそめた。

「問題は以上だ」スピーカーから声が聞こえた。「さあ警察の諸君、質問は？」

いったい、この男は何がしたいのだろうか。

泉はこれまでの交渉について記憶をたどってみた。なぜこうなってしまったのだろう。自分はどこでイニシアティブをとられてしまったのか。

携帯電話を強く握り締め、泉は顔を強《こわ》ばらせた。

第一章　ハイジャック

1

客室後方から乗客たちの話し声が聞こえてきた。

男性、女性、中高年者や若者。中には幼い子供の声も交じっている。幼児はたどたどしい言葉で、親に何かを話しかけているようだ。意味はよくわからないのだが、口調がとても可愛らしく感じられる。

杉村《すぎむら》望美《のぞみ》は思わず口元を緩ませた。声の調子からすると、まだ二歳ぐらいかもしれない。ここが旅客機の中だとは理解できないだろうが、いつもと雰囲気が違うことには気づいているようだ。その子は興奮した様子で声を上げ続けている。

――でもあの年齢じゃ、何も覚えていないでしょうね。

せっかくのフライトを忘れてしまうのはもったいないな、と望美は思った。

その子は親に連れられ、望美のそばを通り過ぎていったようだ。徐々に声が遠ざかっていくのがわかった。

望美がいる一角はカーテンで仕切られていて、外から見えないようになっている。一般の客の目には、不思議な光景だと映っているに違いない。あそこにはいったい誰が乗っているのだろう。もしかしたら何か特別な地位の人が搭乗しているのではないか。そんなふうに思われているかもしれない。

人目を憚《はばか》っているのは事実だった。だが、高貴な人間だから庶民を嫌っているとか、そういう理由ではなく、むしろ「一般客への影響を考えて」姿を見せないようにしている、といったほうがいい。

すぐそばで、ううん、と唸《うな》るような声が聞こえた。望美ははっとして、声の主のほうへ視線を向けた。

カーテンで仕切られたこの部分には、もともと八人分の座席があった。それを航空会社に頼んで倒してもらい、ストレッチャーを設置してある。周囲には点滴用のスタンドやクーラーボックス、医療用酸素ボンベなども持ち込まれていた。望美が持参した看護用品のバッグは足下に置いてある。

ストレッチャーには中年の男性が横たわっていた。事前に伝えられた情報によると年齢は五十四。東京都世田谷《せたがや》区に住む会社経営者だそうだ。

望美は彼の様子を観察した。青い患者衣の左袖《そで》から、点滴チューブを刺した左腕が見えている。長めにカットされた髪が少し乱れていた。しばらく洗髪できていないのだろう、頭皮の脂のせいで髪はべったりしている。鼻が大きく、顔は角張っていた。

「河島《かわしま》さん。どうかしましたか？」望美はそっと尋ねた。

その声を聞いて、河島昇一《しょういち》は瞼《まぶた》を開けた。横になったまま望美を見上げ、もごもごと口を動かす。

「……てもらえませんか」

「はい？」

望美はまばたきをして患者の顔を見つめた。河島は一度咳払《せきばら》いをしたが、その直後に顔をしかめた。どこかが痛むのだろう。

「体を……横にして……もらえませんか。背中が痛くて」

「わかりました。左向きでいいですか」

「ええ……お願いします」

体の下に手を差し込んで、望美は患者の姿勢を換えてやった。河島は身長百六十センチと、男性にしては小柄なほうだ。望美も同じぐらいだから、体位変換にそれほど苦労することはない。体を左向きにさせ、乱れた患者衣の襟を整えてから、毛布を首の辺りまでかけてやった。

「寒くはないですか？」

「ええ、ちょうど……いいです。気をつかってもらって……すみません」

申し訳なさそうに言う河島を見て、望美は微笑を浮かべた。

「河島さん、すみませんなんて言わないでください。私は、あなたのお世話をするためにやってきたんですから」

「そうですか。……どうも看護師さんを見ると……緊張してしまってね」

彼は視線を動かして、望美の服装をちらりと見た。今、望美は白いナースウエアを着ている。看護師であることは一目瞭然《いちもくりょうぜん》だ。

「緊張することはないと思いますよ」

「でもね、何度も入退院を繰り返すうち……看護師さんにも、いろんなタイプがいると……わかってきたので」

なるほど、と望美は思った。体の自由が利かない患者は、看護師にすべてを委《ゆだ》ねるしかない。助けてもらっていると思う一方で、この看護師とは合わないというケースもあるだろう。

「たしかに、性格がきついナースもいますよね」

「……そうじゃないんです」河島は小さく首を横に振った。「こんなことで……ナースコールをしては悪いんじゃないかとか、不潔な体を見せたら、失礼なんじゃないかとか……」

「そんなこと、看護師は誰も気にしていませんよ。患者さんが遠慮してはいけません。痛いときは痛い、つらいときはつらいと言ってください」

「はあ……すみません」

「河島さん、また言いましたね。すみませんって」

　あ、と小さく声を出して、河島はばつの悪そうな表情になった。彼の顔を覗《のぞ》き込み、

「大丈夫ですよ」と望美はうなずきかける。

「自慢するわけじゃないんですが……うちはけっこう裕福でね。……子供のころから、苦労することなく暮らしてきました。好きなものは……何でも買ってもらえたし、大事に育てられてきたんだと……思います。そのせいで、わがままになってしまってね。看護師さんも、そう感じてしまうんじゃないかと……」

「そんなふうには見えませんけど」

「大人になってから……嫌な目に遭ったんですよ」河島は苦笑いを浮かべた。「父から会社を引き継いで……うまく、やってきたつもりでした。でも、信じていた部下に、裏切られてね。その上……今はこんな体でしょう。弱気にもなりますよ」

　会社経営者だというから、もっと尊大でもおかしくはない。だが、いろいろと苦労してきた人だということがわかった。

　カーテンをめくって、ひとりの男性が特設スペースに入ってきた。四十代半ばというところだろう。彼はワイシャツにネクタイを締め、白衣を着ている。肌の色が白く、髪には緩いパーマがかかっていた。知的で端正な顔立ちの人物だ。

「もうじき搭乗が終わるようですね。遅れはなさそうだ」

　白衣の男性はカーテンを元通りにした。一度そこから目を離したが、数秒後、彼はま

た視線を戻した。わずかな隙間が気になるらしく、丁寧にカーテンを閉め直している。

「永尾《ながお》先生、ほかの乗客の様子はどうです？」

望美が訊《き》くと、彼はネクタイの結び目を直しながら首をかしげた。

「様子、というと？」

「さっき、咳《せき》をしているお客さんがいたんです。ちょっと気になって」

「ああ……問題ないでしょう。インフルエンザが流行《はや》る時期でもありませんし」

そう言って彼──永尾忠義《ただよし》は特設スペースの中を見回した。横になっている河島に近づき、皺《しわ》になった毛布を整えた。

望美は傍らに置いたクリップボードを手に取った。

「先生、河島さんのバイタルですが……」

そこに記入してある体温、血圧などのバイタルサインを報告する。永尾は、うん、とひとつうなずいてから患者に声をかけた。

「河島さん、何かあったらすぐ言ってください」

「ありがとう……ございます」

小さくうなずくと河島は目を閉じた。顔色がよくない。やむを得ないこととはいえ、病状が悪い中、飛行機で移動することは負担になっているはずだ。

望美は腕時計を見た。六月二日、午前七時十五分。

河島昇一は今日七時三十分発の飛行機で、新千歳《ちとせ》空港から東京国際空港──羽田《はねだ》空港へフライトする。望美はエスコート・ナースとして河島とともに移動することになっていた。横浜《よこはま》市にある指定の病院まで、彼を運んでいくのが望美の役目だった。

　ビジネスマンや旅行者が、海外で事故に遭ったり病気になったりするケースは少なくない。

　傷病者は、まず現地の医療機関で治療を受ける。そして容態が安定したころ、日本へ帰国することを考える。だが中には自力で動けない者もいて、彼らはストレッチャーに寝たまま運んでもらう必要があった。状態が落ち着いているとはいえ、点滴などが必要な場合が多いから、一般の人間が面倒を見ることはできない。

　そこで出番となるのが望美たちエスコート・ナースだ。

　普段、望美は都内の診療所に勤めているのだが、院長の許可を得てエスコート・ナースの仕事もしている。院長は海外に知人が多く、その関係で望美にアシスタンス会社を紹介してくれたのだ。

　仕事の流れはこうだ。登録しているアシスタンス会社から、何日後にこの国のこの空港へ行ってくれと連絡が入る。スケジュールが合えば、望美は看護用具一式を持って海外へ飛ぶ。

　そこで現地医療機関から患者を託され、航空機へ。こういう事例が増えているのだろう、航空会社は嫌な顔をせず、患者を機内に運び入れてくれる。通常の座席をつぶしてストレッチャーを据え付け、目隠し用のカーテンも用意してくれるのだ。

フライトの間、エスコート・ナースは患者のバイタルサインを確認し、必要に応じて点滴をしたり、注射をしたりする。望美は今二十七歳。看護師としての経験は四年以上あるから、それらの処置に不安はなかった。

しかし、今日の移送はこれまでとは事情が違っていた。普段は海外から日本へ患者を連れ帰るのだが、今回は北海道・新千歳空港から横浜市の病院までの移送だ。国内だから気が楽だと言えるが、国際便の機内食を楽しみにしていた望美としては、少し残念な気持ちもある。

もうひとつ珍しかったのは医師が随伴したことだった。たいていの場合はナースひとりで患者に付き添うのだが、今回は河島の容態があまりよくない。患者自身の希望もあってエスコート・ドクターが同行することになった、とアシスタンス会社から連絡があった。望美は永尾とは初対面だが、彼は同じアシスタンス会社に登録している医師だそうだ。今朝は病院の主治医から状況を聞き、引き継ぎを受けてきたということだった。

エスコート・ナースにとって、ドクターの同行は願ってもないことだ。もし移動中に容態が急変しても、医師がいればすぐ処置してくれるだろう。

望美はクリップボードの紙をめくって、患者の資料に目を落とした。情報によると河島は腎臓《じんぞう》癌がかなり進行しているという。体力が低下し、疲れやすいはずだから、本来なら遠出は避けるべきだった。

搭乗前にそのことを訊くと、河島は顔をしかめながら説明してくれた。わざわざ北海道に出かけたのは、どうしても必要な商談のためだったそうだ。途中までは問題なかったが、商談のあと札幌《さっぽろ》のホテルに一泊した際、急に体調が悪くなった。そのまま緊急入院して五日ほどが経過。幸い容態が安定してきたので、今まで診てもらっていた病院に転院することを決めたという。

望美には会社員の経験がないから、河島の考えがよくわからなかった。自分の体より大切な商談などあるのだろうか。健康を損ねたり命を落としたりすれば、元も子もないではないか。

——とはいえ、何も知らない私には、あれこれ言う権利はないし……。

とにかく、と望美は自分に言い聞かせた。望美の仕事は約一時間四十分のフライトを経て、河島を横浜市の病院まで送り届けることだ。それが済めば、明日は休みをもらえることになっている。

横浜での仕事が終わったら中華街に行こう。そんなことを望美は考えていた。

ＪＨＡ——日本高速空輸の50便は、予定の時刻に離陸した。

ベルト着用のサインが消えると、機内のあちこちから話し声が聞こえてきた。離陸時にはみな緊張していただろうが、ここまで上昇すればひと安心、という雰囲気が感じられる。

そんな乗客たちの声を、望美はカーテン越しに聞いていた。念のため、患者のバイタルを取る回数を、いつもより増やすことにした。今のところ容態に大きな変化はない。河島は目を閉じていることが多く、ときどき眉《まゆ》をひそめてつらそうな顔をする。点滴の残量をチェックしたあと、望美は患者に話しかけた。

「河島さん、つらくないですか。何かあればすぐ教えてください」

「ええ……すみません」

　またすみませんと言ったな、と思ったが、望美は黙っていた。河島の表情を見ていると、とても軽口を叩《たた》ける雰囲気ではなさそうだ。

　望美がバイタルを報告すると、永尾医師は「わかりました」と静かに答えた。何か消極的に感じられるのだが、考えてみればそれも自然なことだろう。医師として永尾が力を発揮するのは、何かが起こったときだ。それまでは特にやるべきことがあるわけではない。

「お客様、よろしいですか？」

　カーテンの外から、こちらへ呼びかける声が聞こえた。

　望美がカーテンを開けると、三十代半ばと見える女性がにこやかな顔で立っていた。患者を搭乗させるときいろいろと助けてくれたＣＡ——キャビンアテンダントで、高根《たかね》涼子《りょうこ》という人だ。何人かいるＣＡの中でもチーフ的な立場らしく、てきぱきと仕事を進める姿が印象的だった。

「お飲み物のご用意をしていますが……」高根はちらりと患者の姿を見てから続けた。「患者様のそばでは問題ございますか？」

衛生面のことを言っているのだろう。ここはいわば病室のような場所だから、飲食をしてはまずいのではないか、と考えてくれたに違いない。

「先生、どうなさいます？」

望美が訊くと、永尾は数秒考えてから首を横に振った。

「いや、私はいりません」

そうですか、とうなずいてから望美は高根のほうに顔を向けた。

「私たちはけっこうですので……」

「かしこまりました。何かございましたら、お声がけください」

丁寧に一礼して高根は通路に戻っていった。永尾はわずかな隙間が気になるらしく、カーテンをじっと見ている。望美は手を伸ばしてから、カーテンの合わせ目を整えた。

離陸後、二度目のバイタルチェックをしてから、望美は永尾に断ってトイレに立った。カーテンの外に出て、辺りに目を走らせる。ＣＡたちがコーヒー、ジュースなど飲み物のサービスを始めていた。

客室はほぼ満席のようだった。フライトする機会が多いため、望美は航空機について少しばかり詳しい。この機体の場合、国内線の定員は四百名弱だったはずだ。

通路を進んでいるとき、誰かに見られているような気配があった。そちらへ視線を向けると、三十歳前後の大柄な男性と目が合った。がっちりした体形で、髪は角刈り、迷彩柄のジャンパーを着ている。望美が不思議に思っていると、その男性は目を逸《そ》らしてしまった。

用を済ませて望美は通路を戻っていった。そうするうち、数メートル先で通路に何かが転がるのが見えた。ポケットに入るぐらいの小さな人形だ。拾い上げると、ロボットを模したものだとわかった。

そばの座席に目をやった。そこには小学校中学年ぐらいの女の子と、母親らしい女性がいる。

「お嬢さん、落ちてたよ」

そう言って望美はロボットを差し出した。女の子は一瞬驚いたような顔をしたが、恥ずかしそうにそれを受け取った。

「すみません、ありがとうございます」奥にいた女性が申し訳なさそうに言った。

「なくさなくて、よかったね」

望美がにこやかに話しかけると、女の子ははにかむような表情になった。

「これ、ポケットガーディアン。剣と魔法で戦うの」

「ああ、それはすごいね」

「お母さんが買ってくれたんです。私が昨日、東京に行きたくないって言ったから……
……」

それを聞いて、母親が表情を曇らせた。どうやら何か事情があるらしい。望美は軽く会釈をして、通路を歩きだした。

特設スペースに戻って永尾に声をかける。

「先生はお手洗い、大丈夫ですか？」

永尾は返事をしなかった。腰掛けたまま、こちらをじっと見ている。いや、望美を見ているのではなかった。彼の視線が向けられているのは望美の後方、カーテンの辺りだ。また合わせ目を気にしているのだろうか。

望美はカーテンをしっかり閉めようと、うしろを振り返った。

そこで目を見張った。カーテンの合わせ目が開かれている。望美が閉め損ねたせいではなかった。患者のいるこのスペースを、外から男性が覗《のぞ》き込んでいたのだ。

「あ……」望美は慌てて口を開いた。「すみません、ここには患者さんがいるんです」

聞こえているはずなのに男は黙ったままだ。その顔を見て、望美ははっとした。先ほどトイレに行ったとき、こちらをじっと見ていた大柄な男だ。望美は嫌な予感に襲われた。彼の目に、何か異様な光が宿っているように感じられたからだ。

「あの、ここはですね……」

もう一度説明しようとしたとき、男はカーテンの中にずかずか入ってきた。

「ちょっと、何をするんです？」望美は思わず声を強めた。「永尾先生、この方を止めてください！」

永尾は腰を上げた。しかし彼の動きは、望美が期待したものとはまったく違っていた。永尾は医療用酸素ボンベに手をかけ、バルブを回し始めたのだ。

「先生……いったい何を」

驚いたことに、永尾は容器の中へ手を差し込み、次々と何かを取り出した。そのボンベは偽物だったらしい。

——え？　どうしてそんなものが……。

取り出されたのは三丁の拳銃《けんじゅう》と、一本のサバイバルナイフだった。

永尾は無表情のまま、すべての拳銃を大柄な男に渡した。その男の背後に、いつの間にか別の男がふたりいた。ひとりはおそらく二十代半ば、眼鏡をかけた痩《や》せ型の男だ。もうひとりは二十代後半で、髪を五分刈りにした小柄な男だった。

彼らが拳銃を手にするのを見てから、永尾自身はナイフを握った。何度か宙を裂くような仕草をして、うん、とうなずく。それから白衣を脱ぎ、黒いパーカーに着替えた。

「永尾先生……」

望美を無視して、永尾は特設スペースを出た。カーテンの外に出て、望美は男たちのうしろ姿を見つめる。

三人の仲間を引き連れ、永尾は通路を進んでいった。乗客たちはまだ何も気づいていない。友達同士、家族同士で旅の話をするのに夢中だ。

歩きながら、永尾は通路の左右に目を走らせていた。やがて彼は足を止め、通路際に座っていた女の子の手首をつかんだ。ポケットガーディアンの人形を持っていた子だ。

「やだ、痛い！」女の子が叫んだ。

「何をするんですか！」

驚いて母親も声を上げた。周囲の客や、前方にいたＣＡが一斉に永尾を見つめる。彼は表情をほとんど動かさないまま、こう言った。

「善良な乗客諸君、よく聞いてもらいたい。この飛行機は我々が乗っ取った。こちらには拳銃がある」

彼の背後に控えていた三人が、みなに見えるよう銃を掲げた。

「おもちゃじゃねえぞ。本物だ」

角刈りの男がドスの利いた声で言った。体が大きく、迷彩柄の服を着た彼は、今にも発砲しそうで恐ろしい。

「自分さえ助かればいいという考えは、倫理的に許されない。いいか、これはモラルの問題だ。乗客諸君、おまえたちが我々に刃向かえば、この子は切り裂かれて死ぬだろう」

永尾はみなに見せつけるようにナイフを翻し、素早く少女の首に当てた。

「やめて！　やめてください」

母親がまた悲鳴を上げる。永尾は冷たい目を彼女に向けた。

「奥さん、俺は言ったはずだ。我々に刃向かえば、この子は切り裂かれると」

「その子を助けてください。お願いです！」

必死になって母親は訴えかける。永尾は何か考える様子だったが、やがて首を横に振った。

「俺は、頭の悪い人間が嫌いなんだよ」

永尾は少女の首からナイフを離した。次の瞬間、切っ先が宙を走るのが見えた。

「ああ……あああ……」

母親が、自分の額を抑えて座席に腰を落とす。永尾に切られたのだ。

「お母さん！」

少女の声が機内に響き渡った。それを聞いて、何人かの女性客が悲鳴を上げる。男性客たちの間では怒声が起こった。機内はパニックに陥りかけた。

「静かにしろ！　てめえら、ぶっ殺されたいのか」

角刈りの男が怒鳴った。乗客たちはみな萎縮《いしゅく》し、震えながら口を閉ざす。どこからか幼児の泣く声が聞こえてきた。

目の前の光景を、望美は呆然《ぼうぜん》と見つめていた。永尾のすぐそばにいながら、彼の正体に気づかなかったことが悔しかった。この状況下でどうしたらいいのか、すぐには判断がつかない。だが何度か深呼吸をするうち、自分の職務を思い出した。

――私はエスコート・ナースとして河島さんを守らなくてはいけない。

それと同時に、これから自分が為《な》すべきことに気がついた。望美は通路をゆっくりと進み、乗っ取り犯たちに近づいていった。

「おい、おまえ。勝手に動くんじゃねえよ」

角刈りが脅すような声を出した。眼鏡の男は女の子を母親から引き離し、じろりと望美を見る。

足を止め、望美は両手を上に挙げた。銃口を向けられて体に震えが走る。それでも言うべきことは言わなければならない、と思った。

「その女性の手当てをさせてください。私は看護師です」

自分は看護のプロなのだ。負傷した人を、そのまま放っておくわけにはいかなかった。

2

車の助手席から降りると、泉恭也は空を見上げた。

首都東京の玄関口、羽田空港がそこにあった。泉の視界には飛行中の機影がいくつも映っている。ジェットエンジンが発する特有の音もここまで伝わってくる。

「係長、行きましょう」

運転席から降りた斉藤《さいとう》均《ひとし》が、システム手帳を開きながら言った。警部補である斉藤は、いわば泉の右腕だ。セルフレームの眼鏡をかけ、手帳のページをめくる姿は秘書のようにも見える。

斉藤の案内に従って、泉は足早に歩道を進んでいった。白にオレンジ色の塗装を施したリムジンバスが、何台か並んでいるのが見える。

バスから降りてくるのはビジネスマンが多かったが、中には学生ふうの若者や男女のカップル、家族連れなどもいる。今日は平日だが、これから旅行に出かけるのだろうか。

部下とともに、泉は空港ターミナルの中に入った。歩きながら斉藤は携帯を操作し、どこかへ連絡している。通話相手から何か言われたらしく、辺りをぐるりと見渡した。そうするうち目印を見つけたのだろう、彼は「ああ、わかりました」と言って電話を切った。

「今、前線本部の設置が進んでいます」斉藤は泉のほうへ顔を向けた。「こういう事案に備えて、ターミナルビルの中に部屋が用意されていたそうで」

「使わずに済めば、そのほうがよかったんだがな」

「おっしゃるとおりです」斉藤はうなずいた。「しかし備えあれば憂いなし、ですよ。非常時に備えて警察は空港と協議し、部屋を確保していたわけですから」

「だがそれは、ずいぶん前の話だと聞いている」泉は斉藤の顔をちらりと見た。「君は今何歳だ？」

「三十五ですが」

斉藤は眼鏡のフレームを押し上げながら答えた。

「だよな。四十四の俺でも、ハイジャック事案を担当するなんて初めてなんだ」

泉は警視庁の警察官だ。所属はＳＩＴ——捜査一課特殊犯捜査係。その第一係で係長を務めている。

ＳＩＴが警視庁に設置されたのは一九六四年のことだった。誘拐、立てこもり、企業恐喝などの捜査を中心とするが、ある時期、連続して発生したハイジャック事件にも対応するようになった。

だが、それも過去のことだ。政治情勢、あるいは社会情勢の変化により、日本でハイジャック事件が発生することはなくなった。最後に起こったのは一九九九年で、すでに二十年以上たっている。ＳＩＴの任務としてはハイジャック事案も含まれていたが、正直に言えば、最近では訓練にもあまり熱が入らないような状態だった。

——そんな状況の中、なぜハイジャックが起きたんだ？

泉は眉間《みけん》に皺《しわ》を寄せながら廊下を歩いていく。時代に合わない大胆な事件を起こして、犯人はどんな要求をするのか。その要求は、はたしてこの事件に見合うものなのだろうか。

関係者以外立入禁止となっているエリアに、泉たちは入っていく。十メートルほど進んだところで入り口を見つけ、斉藤がドアハンドルを手前に引いた。

そこは小学校の教室ふたつ分ほどの広い部屋だった。正面に画面分割された大きなスクリーンがあり、滑走路や駐機場《エプロン》、ターミナル内外の映像が表示されている。

スクリーンの前には長机が並べられ、部屋の後方には事務机を寄せて島がいくつか作られていた。スーツ姿の男女十数名が、忙しそうに立ち働いている。ホワイトボードを設置する者、電話やファクシミリを用意する者、パソコンの設定を行う者――。みな真剣な表情で前線本部の態勢を整えている。

泉が現れたのを見て、近くにいた捜査員たちが姿勢を正した。

「かまわない。そのまま続けてくれ」

はい、と答えて捜査員たちは仕事に戻った。ぼんやりしている者はひとりもいない。全員が自分の役割を心得て、きびきびと作業を進めている。

斉藤が若手の捜査員を呼び、状況を確認していた。ややあって彼はこちらに戻ってきた。

「係長、航空会社の社員から、事情を聞く準備ができているそうです」

「わかった。すぐに話を聞こう」

あとで管理官がやってくるはずだが、この場の指揮官は自分だ。泉は表情を引き締め、斉藤とともに打ち合わせスポットに向かった。

パーティションで仕切られたスポットには、航空会社の制服を着た男性がふたりいた。ひとりは五十歳前後と思われる人物で、頭には白髪が目立っている。彼は渋い表情で腕組みをしていた。おそらく、ある程度の役職にある者だろう。

もうひとりは四十代前半だろうか。こちらは実務担当者らしく、額にハンカチを押し当てながら携帯で誰かと通話している。

「で、空港への連絡はどうなってるの。……うん、それはわかるけど大変なイレギュラーだから、大至急準備してもらわないとね。機はどんどんここへ近づいてきてるんだ。……ああ、今警察の人が来たから、こっちでも話してみる」

ハンカチを使っていた男性は電話を切ると、素早く椅子から立ち上がった。泉に向かって頭を下げ、名刺を差し出してきた。

「ＪＨＡ、オペレーションセンターの森重《もりしげ》と申します。それから……」

「森重の上司の田ノ上《たのうえ》です」

白髪頭の男性も名刺を取り出した。肩書きはオペレーションセンターの課長。渋い顔はそのままだった。

「警視庁捜査一課の泉です。どうぞお掛けください」

そう相手に勧めてから、泉も腰掛けた。隣の席には斉藤が座った。

「状況を聞かせていただけますか。できるだけ正確に、そして簡潔に」

泉の言葉を聞いて、田ノ上は少し考える表情になった。手元のメモ帳を見たあと、咳《せき》払《ばら》いをしてから言った。

「私どもの航空機がハイジャックされました。新千歳発東京行き、ＪＨＡ50便。午前七時三十分に離陸し、現在羽田に向かって飛行中です。到着予定時刻は九時十分……」

スーツの袖《そで》をめくって泉は腕時計を見た。現在の時刻、八時三十七分。あと三十分ほどで到着するわけだ。

「乗っ取りの情報は誰から？」

田ノ上は部下の森重に目配せをした。詳しくは担当から、ということだろう。

「七時五十分ごろ、50便の機長から連絡が入りました」森重は説明を始めた。「CAからインターホンで、ハイジャックされたと連絡があったそうです。一緒にいた男が操縦室のドアを開けろと迫りましたが、機長は拒絶しました」

「たしか、操縦室のドアは外から開けられないんでしたね」

「そうです」森重は深くうなずいた。「ですので、飛行機の操縦自体に問題はありません。ただ機長の話だと、乗客の中に怪我人が出ているらしいということです」

泉は考えを巡らした。犯人は、乗っ取ってすぐに乗客を傷つけたということだろうか。

もしかしたらそれは、犯人側のデモンストレーションだったのかもしれない。誰かを傷つけ、血を見せたり悲鳴を聞かせたりして、ほかの乗客を萎縮《いしゅく》させたのではないか。大勢の人間を支配し、感情をコントロールする方法としてはかなり効果的だと言える。

「犯人の人数は？」

「わかりません。でも、おそらくひとりではないと思いますが……」

「犯人から何か要求はありましたか？」

「いえ、羽田に向かえとだけ……」

隣に座っていた斉藤が、しきりに首をかしげている。ややあって、彼は泉にささやきかけてきた。

「妙ですね。黙っていても羽田に行くのに……。フライト中の飛行機を乗っ取った意味がわかりません」

「たしかに妙だ。着陸してから何か要求するんだろうか」

「そうとしか思えませんね」

斉藤はシステム手帳を開いてページをじっと見つめる。それから指先で、とんとん机の表面を叩《たた》き始めた。

泉は再び森重の顔を見て、乗客名簿はあるかと尋ねた。

「これです」

森重が名前の記されたリストを差し出してきた。かなりの枚数だ。

「50便には何人乗っているんです？」

「確認したところ、機長やＣＡなどを含めて三百八十五人です」

「三百八十五人……」

具体的な数字を聞くことで、事態の深刻さが実感できた。

普段、警察官が追いかけている事件は被害者が一名、もしくは数名というものだった。そんなケースでも手間取るというのに、泉がこれから取り組むのは人質が約三百八十名いる事件なのだ。対応を間違えれば大量の負傷者を出すおそれがある。

気持ちを切り替え、泉は重々しい口調で言った。

「我々は人質解放に向けて、交渉を始めなければなりません。おそらく犯人は、乗客を降ろそうとはしないでしょう。その場合、どこに駐機させるのがベストだと思われますか？」

森重は別の紙を取り出した。そこには羽田空港の見取り図がコピーされている。滑走路はA、B、C、Dの四本。これらは井桁《いげた》型に配置されている。ほかに第一、第二、第三旅客ターミナルがあり、機体の整備地区なども記載されていた。

「今日は南寄りの風ですから、50便はD滑走路ランウェイ23から進入します」

森重は紙の上を指差した。空港の敷地の南側にあるのがD滑走路だ。以前はA、B、C三つの滑走路で運用していたが、二〇一〇年にD滑走路が供用開始されたという。敷地からひとつだけ張り出した形になっているため、あとから建設されたことがよくわかる。

「ランウェイ23というのは？」

「東側から進入することを意味します。……それで、D滑走路に着陸したあと、普通ならこんなふうにタキシーウェイを地上走行してスポットインするんですが、今回は犯人の要求次第で、機が動けなくなる可能性もあります」

斉藤が眼鏡の位置を直しながら尋ねた。

「動けなくなる、というのはどういうことです？」

「我々も経験がないことですから、これは推測になってしまうんですが……。一旦《いったん》、羽田に着陸したあと、犯人は別の場所へ飛べと要求するかもしれません。飛行機を乗っ取ることのメリットは、海外でもどこでも飛んでいけることですから」

　なるほど、と泉はつぶやいた。

「犯人が別のフライトを要求するなら、飛行機を駐機用のスポットに向かわせることはない。給油してすぐ飛び立てるよう、滑走路に居座る可能性があるわけですね？」

「そういうことです」

「だとすると、50便が着陸したあとD滑走路は使えない。閉鎖ですか」

「やむを得ません。犯人がその要求をしなかったとしても、ハイジャック機が着陸したとなれば、通常の運用はできなくなります。50便がいる限り、羽田空港のすべての滑走路は閉鎖になると思います」

「離陸は諦《あきら》めるとして、ここまで飛んできた、ほかの飛行機はどうなるんですか」

「別の空港へ、行き先を変更することになります」

　悪天候のときと同様の対応をするわけだ。乗客たちにとっては迷惑この上ないことだが、今の状態で離着陸を行うのはあまりにも危険だろう。離れた滑走路を使うとしても、50便が予想外の離陸をすれば大事故に繋《つな》がるおそれがある。

「空港との協議は行っているんですか？」

　泉がそう尋ねると、田ノ上が口を開いた。

「現在、担当部署が緊急で相談しているところです。さっきも森重が電話していたんですが……」

　そのとき、ちょうど森重の携帯が鳴りだした。すみません、と断ってから彼は電話に出る。一分ほど話していたが、何か重要なことが決定したようだった。通話を終えると、森重は顔を上げた。

「決まりました。すべての滑走路が閉鎖になります」

　羽田空港の離着陸を中止するなど、大変な経済的損失が出るに違いない。だが、そうであっても乗客の安全にはかえられない。

　とにかく、これで犯人と交渉するための環境は整った。邪魔が入らない場所でじっくり話し合い、相手を説得して投降させなければならない。それがＳＩＴの役目だ。

「報告します！　今、管制塔から連絡がありました」

　女性オペレーターの声が室内に響いた。泉と斉藤は耳を澄ました。

「50便の到着まであと二十分です。羽田空港を利用するすべての発着便に対して、滑走路の閉鎖が連絡されたとのこと」

　泉は森重のほうを向いた。森重はこくりとうなずく。斉藤はシステム手帳に何かメモしているところだ。

「よし、みんなそのままで聞いてくれ」

　泉は部下たちに呼びかけた。みな一時的に作業の手を止めて顔を上げる。泉は捜査員たちを見回しながら言った。

「我々はこれから、ＪＨＡ50便ハイジャック事件の対応に当たる。この事件には約三百八十名の人命がかかっている。くれぐれも注意して作業を進めてほしい。各班の命令系統を確認しておくように。最終的な判断は私が行う。疑問に思うことがあればすぐ報告してくれ。いいな？」

はい、と捜査員たちは力強く答えた。

森重たちはこのまま前線本部に待機してくれるという。これからのハイジャック対応にあたり、泉たちはあらゆる面でＪＨＡに協力してもらう必要があった。

「では、あとでいろいろ相談させてください」

「わかりました」

真剣な表情で森重は答えた。ハンカチを出して、彼はまた額の汗を拭《ふ》いた。

泉は打ち合わせスポットを出て、本部中央の席に着いた。もうじき犯人との交渉が始まる。自分の言葉ひとつで、犯人の行動が大きく変わってしまうかもしれない。そう考えると、緊張せずにはいられなかった。

——だが、やるしかない。俺たちはＳＩＴなんだ。

自分にそう言い聞かせながら、泉は前方のスクリーンを見つめた。

3

乱気流のせいだろうか、機体が少し揺れた。

普段なら驚くほどのものではないが、この機は今ハイジャックされている。わずかな揺れでも、乗客たちは不安を感じて声を上げた。

「うるせえ！　騒ぐな」

犯人グループのうち、一番背の高い角刈りの男が怒鳴った。

時間がたつにつれ、望美は少し落ち着きを取り戻してきた。望美には、この状況を変えるような力はない。だが自分は看護師だ。大病院に勤務していたころには、人の命に関わるような緊急事態を何度も経験した。そういう場面で必要なのは、まず冷静になることだと学んだ。看護師が動揺していては適正な処置ができなくなるし、周りの人たちにも悪い影響が出る。

だから望美は努めて平静を装い、いつもと同じように行動しようと思った。娘から離されて、母親はすすり泣いている。傷は浅いようだが、手当ては必要だろう。彼女を座席に掛けさせ、望美は犯人たちのほうを向いた。

「この方の処置をさせてもらいます」

怪我人は放っておけないという義務感が、こちらにはある。それは職業倫理というべきものだ。だが、はたして犯人たちはどう出るだろうか。勝手なことをするなと、望美に切りつけたりしないだろうか。

無表情のまま永尾が近くへやってきた。彼に凝視され、望美は背中に嫌な汗をかいた。

自分の手が小刻みに震えているのがわかる。

「なあ、看護婦さん」

はっとして望美は永尾の顔を見た。彼は「看護師」とは呼ばずに「看護婦」と言った。そこに女性蔑視《べっし》の意味があるのか、それとも単に永尾が無頓着《むとんちゃく》なだけなのか、望美にはわからない。

「ナースが勝手に治療をするのか？」永尾は尋ねてきた。「そういうことは医者の仕事だと思うが」

「だったら永尾先生、あなたが処置をしてくれますか？」

望美が硬い表情で尋ねると、永尾はゆっくりと首を左右に振った。

「悪いが俺は医者ではないよ。エスコート・ドクターに化けていただけだ。医療の知識はあんたより乏しい」

そういうことか、と望美は思った。北海道で彼はすでに、医師とすり替わっていたのだ。

「確認してやろうか」永尾は乗客たちを見回しながら大声で尋ねた。「この中に医者はいるか？　いたらすぐに名乗り出ろ」

そのまましばらく待ったが誰も返事をしない。あいにくこの機に該当者は存在しないらしい。

「医者はいないようだ。本物の永尾がいれば、役に立ったんだろうがな」

「……あなたはどうやってドクターに成りすましたんです？」

「北海道の病院から引き継ぎがあると騙《だま》して、早めに来るよう頼んでおいた。永尾はきちんと約束の時刻にやってきたよ。俺たちは奴を縛り上げ、近くの空き家に閉じ込めた。奴に恨みはないが、運が悪かったと諦めてもらうしかない」

「ということは、あなたは永尾という名前ではない……」

「細かいことは気にしなくていい。今までどおり永尾でけっこうだ」

これだけの犯罪を起こしているのだ。本名を知られたくはないのだろう。

便宜上、望美はこれからも彼を「永尾」と呼ぶことにした。

あらためて永尾の顔に目をやってみる。感情を表に出さない彼の目は、ひどく虚《うつ》ろで、底知れない不気味さを感じさせた。じっと見つめていると吸い込まれそうな気がする。静けさの中に、何か野蛮なものを秘めているような気がして仕方がない。

「看護婦さん、ちょっと待っていろ」

望美にそう言ったあと、永尾は乗客たちに向かってこう告げた。

「全員、携帯電話やパソコン、タブレットを出せ。これから俺の仲間が順番に回収していく。わかっているだろうが、下手な細工はするな」

彼は右手を動かし、部下に合図をした。角刈りの男と小柄な男が、それぞれ大きな布袋を持って通路を歩きだす。乗客たちは誰も抵抗できず、携帯電話、ノートパソコン、タブレットなどを袋に入れた。

「例外はないぞ。ＣＡからも電子機器をすべて回収させてもらう」

回収が済むと、ふたりの男は機器を入れた袋を機体前方へ運んでいった。

彼らの作業が一段落したのを確認してから、望美は永尾にもう一度言った。

「私がこの女性の手当てをしますが、かまいませんよね？」

母親の様子をしばらく見てから、永尾は答えた。

「まあ、いいだろう。我々にとっても、看護婦がいるのは好都合だ。……あんたがいれば、これから怪我人が増えてもすぐ手当てしてもらえるからな」

「え……」望美は目を見張った。

「俺は気が短いんだ。さっきのように人質を傷つけてしまうこともあるだろう。だから看護婦さん、よろしく頼むよ」

永尾は抑揚のない声でそんなことを言う。先ほど母親が負傷した場面を見せつけられたから、とても冗談とは思えない。

――この男は他人を傷つけることに、何のためらいも感じないのでは……。

彼が何を考えているかわからない以上、無闇に反論、反抗することは避けるべきだろう。悔しいが、犯人グループの顔色をうかがいながら行動するしかない。

パーマのかかった髪を掻《か》き上げてから、永尾はＣＡの高根涼子に顎《あご》をしゃくった。こちらへ来い、という意味だろう。

顔を強《こわ》ばらせて、高根は彼に近づいていった。何かの指示を受けたらしく、彼女は永尾とともに機首のほうへ歩いていく。残った犯人グループの三人は、油断なく周囲に目を光らせていた。母親から引き離され、少女はひとりで震えているようだ。

「看護用品のバッグを取ってきます」

母親に伝えてから望美は通路を戻っていった。特設スペースのカーテンを開け、中に入る。ストレッチャーの上で、患者の河島が不安げな顔をしていた。

「聞こえていましたよね？　機内で起きたこと」

「ええ……」

「状況はよくありません。でも河島さん、心配しないでください。責任を持って、あなたを横浜の病院までお連れします」

すみません、と言ったあと河島は少し咳《せ》き込んだ。

「大丈夫ですか？」

こういうときだから、咳《せき》のひとつも気になってしまう。ただでさえ河島は重病の患者なのだ。ストレスのせいで病状が悪化しないとも限らない。

点滴の残量を確認したあと、望美は言った。

「しばらくしたら、また戻ってきます。少し待っていてください」

河島に笑顔を見せようとしたが、はたしてうまくいっただろうか。もしかしたら自分の顔には引きつった笑みが浮かんでいたかもしれない、と望美は思った。

先ほどの場所に戻り、すすり泣いている母親の肩に手をかけた。それから穏やかな口調で話しかけた。

「傷を見せてもらえますか」

母親はこくりとうなずき、傷口を押さえていた左手を離した。

ナイフの刃は彼女の額をかすっただけらしい。血が出たせいで本人は動転したようだが、思ったとおり傷は浅かった。すでに出血はおさまっているので、ガーゼを当てておけば大丈夫だろう。

とはいえ、ひとつ間違えば大きな怪我をするところだった。刃先がずれていたら、眼球を傷つけられていたかもしれない。あるいは、頸動脈《けいどうみゃく》を切られてしまう可能性もあった。

「看護師の杉村といいます。お母さん、あなたは？」

「栗山充代《くりやまみつよ》です。あの子は明日香《あすか》、まだ九歳なんです」

そう言って、充代は離れた場所にいる娘に目を向けた。犯罪者たちの監視を気にして、明日香は声も出せずにいるようだった。

傷の処置はすぐに済んだ。ガーゼを額に貼られた母親の姿は痛々しく見える。彼女はおそるおそる白いガーゼを押さえて、その感触をたしかめていた。

そこへ、機首のほうから永尾と高根涼子が戻ってきた。永尾が何かささやき、高根はほっとした表情で望美たちのほうへやってくる。どうやら当面の仕事からは解放されたらしい。

望美は彼女に顔を寄せ、小声で問いかけた。

「どこへ行ってきたんですか？」

「操縦室です」高根も声をひそめて答えた。「あの永尾という男は機長と話をしました。ドアを開けろと言ったんですが、機長はそれを拒絶しました。あそこのドアは、外からは開けられないようになっています」

「それで、犯人から何か要求は？」

「このまま羽田へ向かえ、ということでした。今はそれだけです」

これだけ大勢の人間を捕らえているのだ。犯人グループには何か要求があり、それと引き替えに人質を少しずつ解放するつもりではないだろうか。

「ひとつ気になったんですが……」さらに声を低めて高根は言った。「戻ってくるとき、永尾は仲間の大柄な男と話していたんです。『ワキサカはどうなっている』とか何とか」

「ワキサカ……。誰でしょうね」

考えてみたがわからなかった。望美は高根に軽く会釈をしてから、怪我をした栗山充代のほうを向いた。

手当てを受け、充代はいくぶん落ち着いてきたようだ。だがそうすると、次の心配事が膨らんできたらしい。

「明日香を放してください。お願いです」

充代は声を震わせながら永尾に訴えかけた。リーダー格である永尾は、無表情な顔でじっと母親を見ている。その双眸《そうぼう》は、意思を持たない人形か何かを思わせる。

「この子は特別な存在だ。人質の代表なんだよ」

永尾はポケットからロープを取り出し、明日香の両手を縛り上げた。痛みを感じたのだろう、明日香は顔をしかめ、泣きそうな目で母親を見る。

「代表って、どういうことです？」

「こういうことだよ」

うしろを振り返り、永尾は仲間に目配せをした。

眼鏡の男が明日香に近づいた。彼はデジタルカメラを手にしている。写真を撮ろうとしているのだろうか。いや、そうではないようだ。

「お嬢ちゃん、こっちを向きな」眼鏡の男は言った。「ほら、縛られた手を前に出して、人質らしく騒いでみなよ。助けてくださいって言うんだ」

彼は動画を撮影しようとしているのだ。だが明日香は怯《おび》えてしまって何も言えずにいる。母親のほうに視線を向け、助けを求めるような顔をしていた。

突然、角刈りの男が声を荒らげた。

「おいクソガキ、黙ってないで何とか言え！」

この男は見た目のとおり、かなり気性の荒い性格だと思われる。望美が不安を感じていると、嫌な予想が当たってしまった。

角刈りの男は苛立《いらだ》った表情で、明日香の耳を引っ張ったのだ。

「痛い！」

少女は身をよじって叫んだ。その姿を見て、角刈りの男はにやりとした。

「いいじゃないか。その調子でもっと派手に泣き声を上げろ。誰か助けてって言え」

「誰か、助けて……」

「殺されるって言うんだ。さあ早く！」

「ころ……される……助けて……」

「もうやめてください！」

見かねて充代が声を上げた。母親としてはとても黙っていられない状況だろう。だが彼女の声を聞いて、角刈りの男は眉をひそめた。今度は明日香の髪をつかんで、強く引っ張った。

「痛い！　やだ、痛いよ！」

「大野《おおの》さん、やりすぎないでよ」

眼鏡の男はそう言ったが、薄笑いを浮かべたまま撮影を続けている。

「お願いですから、やめて」

充代は犯人たちに懇願した。角刈りの男は少女の髪をつかんだまま、忌々しげな口調で母親に言った。

「クソアマ、よく聞けよ。ほかの客もだ。……おまえらが刃向かったら、このガキは死ぬかもしれない。大人のエゴのために、こいつが犠牲になるってわけだ。そうなったら寝覚めが悪いだろう？」

　大野と呼ばれた角刈りの男は、周囲の座席に視線を走らせた。

　ジャケットを着た高齢男性はすぐに目を逸《そ》らし、セーターを着た中年女性は何か言いたそうに唇を動かした。スーツ姿の会社員は眉《まゆ》をひそめている。みな思うところはあるようだが、言葉を発する者は誰ひとりいなかった。

「状況は理解できたか？」永尾はナイフをもてあそびながら言った。「娘の命を握っているのは我々ではない。乗客諸君にどれだけ良心があるか、それが決め手だ。くれぐれも俺たちを怒らせないでほしい。頭に血が昇ると、歯止めが利かなくなる者がいるのでね」

　そのまま受け取るなら、角刈りの大柄な男のことを言っているように思える。四人の中でもっとも野卑な印象を持っているのはあの男だからだ。だが、実際はどうなのだろう、と望美は考えた。

　一番危険なのは、得体の知れない不気味さを持つ永尾ではないのか。そう思えて仕方がなかった。

　望美はあらためて犯人グループに目を向けた。

　今はまず観察することだ。犯人たちの動きを見て、ひとりひとりの性格、行動パターンなどを知る必要がある。それらの情報がなければ、いつ相手を怒らせてしまうかわからない。いたずらに犯人を刺激したら、負傷者を増やしてしまうことになる。

　メンバーは四人だ。偽名ではあるが、まずリーダーの永尾。彼は四十代半ばというところか。知的なタイプに見えるが、底知れない気味の悪さを持つ人物だ。その静かな圧力で、部下たちを統率しているようだった。

　そういえば、と望美は思った。パーマのかかった髪に色白な肌。初めて永尾に会ったとき何かに似ていると感じたのだが、望美が想起したのはギリシャの彫刻だったのかもしれない。外見は怜悧で美しいと言える。しかし単に人の形をしているだけで、中に魂が入っていないのではないかと、そんな気がした。

　永尾のそばにいるのは大柄で角刈り、野卑な印象の男だった。歳は三十前後。仲間からは「大野」と呼ばれていた。大柄だから大野だろうか。そう考えると、偽名だと思ったほうがよさそうだ。

　ふたり目の部下は眼鏡の男だ。二十代半ばの彼は、明日香を捕らえて動画撮影を行っていた。仲間同士の話を聞いていると、永尾は彼のことを「細川《ほそかわ》」と呼んでいたようだ。偽名だとすれば、見た目に痩《や》せているから細川なのだろう。彼はデジタルカメラから動画データを取り出し、ノートパソコンに取り込んでいた。若いこともあり、メンバーの中ではパソコン関係に詳しいらしい。

　最後のひとりは望美より少し背が低いぐらいの、二十代後半と思われる男だった。彼は細川の拳銃《けんじゅう》を受け取り、細部のチェックをしている。それが済むと、今度は自分の銃を調べ始めた。基本的に無口で、仲間たちともあまり口を利かないようだ。彼は「小《こ》磯《いそ》」と呼ばれていた。やはりそうか、と望美は納得した。小柄な男だから小磯。思ったとおり全員が偽名なのだろう。

リーダーの永尾は部下たちと何か言葉を交わしていたが、やがて腕時計を見た。フライトの予定を頭の中で計算したのかもしれない。今、この飛行機は羽田空港に向かっている。はたして、犯人たちはこれからどんな行動をとろうというのだろうか。

細川はノートパソコンを閉じると、永尾と小声で話し始めた。

「永尾さん、羽田には伝わってるんでしょ？　この状況……」

「そのはずだ。細川、おまえの作業はどんな具合に……」

「準備できています。いつでもＯＫですけど……」

息をひそめて望美は耳をそばだてた。飛行機の乗っ取りなどという犯行は、そうそう成功しないのではないか、という気がする。永尾たちがどれほど知恵を絞ったとしても、最後には全員逮捕されて終わるのではないか。

――それとも、人質を乗せたまま外国へ行こうとしているんだろうか。

大きな波のように不安が押し寄せてきた。先のことを考えると息が苦しくなってくる。だが望美はそんな気持ちを押し隠し、冷静であろうとした。自分が青い顔をしていたのでは、乗客たちに動揺が広がってしまう。

同じように考えていたらしく、そばにいた高根がこちらを向いて小さくうなずいた。

望美に看護師としての使命感があるように、高根にはＣＡとしての使命感があるのだろう。彼女の気持ちがよく伝わってきた。

「羽田までどれぐらいですか？」

そう望美が尋ねると、高根は左手首を返して腕時計を見た。

「あと十五分というところです」

「これから先どうなるかわかりませんが、犯人たちを刺激しないようにしましょう」永尾たちをちらりと見てから望美は言った。「私は看護師ですから、ほかの乗客より自由に動けると思います。犯人たちも私に話しかけてくることが多いでしょう。なんとか情報を集めてみます」

「危険じゃありませんか？」

眉をひそめる高根に向かって、望美は表情をやわらげてみせた。

「この飛行機に乗っているからには、誰もが危険です」

「たしかに、そうですが……」

「大丈夫。私たち看護師はいくつもの修羅場を経験しています。クレーマーのような患者の扱いにも慣れていますから」

相手をリラックスさせるつもりで言ったのだが、その意図は伝わっただろうか。高根は真顔になってひとり考え込んでいる。

ひとつ深呼吸をしてから、望美は通路に目を走らせた。今、望美がいるのは機体後方に設けられた特設スペースの近くだ。そこからエコノミークラスの客席が長く続き、機体前方、カーテンの向こうにはビジネスクラスの客室があるはずだった。

客席を監視するためだろう、犯人グループは今、四つの場所に散らばっていた。望美たちにもっとも近いのは細川という男だ。座席に明日香を座らせ、拳銃を持って乗客たちを牽制《けんせい》している。空いている席には彼のノートパソコンが置いてある。

望美は通路をゆっくりと進み、細川に近づいていった。じきに細川は気づいて、望美を警戒するようにじっと見つめた。

「どうかしたのかい」

犯人グループの中ではもっとも若く、口調もそれほどきつくない人物だ。彼なら少し話を聞いてくれそうな気がする。

できるだけ穏やかな表情で、望美は話しかけた。

「明日香ちゃんのことが気になったんです。お母さんから引き離されて不安でしょうし、そのロープもきついんじゃないかと……」

望美は明日香の両手を指差した。細川は眉を上下させたあと、にやりと笑った。

「きつく縛らなくちゃ意味がないだろ？」

「でも、ロープが食い込んで手首が締め付けられています」

「クレームは受け付けないよ。こうしろってボスに命令されてるんだ」

「看護師として見過ごすことはできません。この子の両手を見せてもらえませんか」望美は懇願する口調で言った。「さっき永尾さんも、看護師の価値を認めてくれていましたよね」

細川は何か考えているようだったが、ふん、と鼻を鳴らした。

「よけいなことをしたら撃つよ。ただの脅しだと思うな。一発あればあんたを殺すことができるんだ」

「ええ。私も自分の命は惜しいですから」

強《こわ》ばった笑みを浮かべて望美はそう答えた。細川は銃の先で、早くしろ、という仕草をする。

「問題なければすぐ向こうへ戻れ」

わかりました、とうなずいてから望美は少女に話しかけた。

「怖かったね、明日香ちゃん。私は杉村といって、看護師なの。その手、痛くない？」

「痛い……です」

血の気の失《う》せた顔で、明日香は小さく答えた。彼女の表情は複雑だ。両手が痛むということもあるだろうが、見知らぬ男に捕らえられたこの状況で、大きな恐怖を感じているに違いない。

少女の手首を調べたあと、望美は顔を上げた。

「あの……細川さん。やっぱりロープがきついと思うんです。少し緩めてあげてもらえませんか」

「おかしなことを考えているんじゃないだろうな」

「細川さんの手で、両手を縛り直してあげてください。それなら問題ありませんよね？」

面倒だな、とつぶやきながら細川は拳銃をポケットに突っ込み、少女のロープをほどいた。それから真剣な顔でもう一度縛り始めた。

わずかな時間だったが隙が生じた。望美は体を少しずらして、それとなくノートパソコンの画面に目をやった。表示されているのは何かのウェブサイトらしい。《千刃会《せんじんかい》》という文字が見えたが、それ以外は字が小さくて読み取れなかった。質素というか味気ないというか、企業がきちんと金をかけて作ったサイトではなさそうだ。

——千刃会って何なんだろう。

そう考えていると、すぐそばで声が聞こえた。

「おい、これでいいだろ？」

望美は慌てて細川のほうを向いた。彼は顎《あご》をしゃくった。動揺を隠しながら、望美は少女のロープを確認する。

「ああ……そうですね。でも、あまり長い時間、縛らないようにしてください」

細川は再びポケットから拳銃を取り出した。その重みをたしかめるように、手首を動かしている。

「お母さんに何か伝えることはある？」

　望美がそう尋ねると、明日香は何か考える表情になった。不安そうな顔に、別の感情が広がっていく。何か苦い記憶を思い出してしまった、というふうに見えた。

「私のうち、お父さんがいないんです。病気で死んじゃって」

　少女の口から思いがけない話が出たので、望美は驚いてしまった。明日香の目を覗《のぞ》き込んで、肩に手をかける。

「そうなんだ。大変だったんだね」

「今度、お母さんは新しいお父さんと結婚するんです。今日その人に会いにいくから、私たち、飛行機に乗りました」

「その人は東京にいるのかな」

「うん」明日香はうなずいた。「私、行きたくないって言ったんです。会いたくないし、話もしたくないって。だからこんなことになったのかな」

「……え？」

「私が会いたくないって言ったから、悪い人たちが飛行機に乗ってきたのかも……。全部、私のせいじゃないのかな」

　本気でそう思っているらしく、明日香は目に涙を溜《た》めている。体を震わせた弾みに、その涙が頬を伝って落ちた。まだ九歳の女の子がこれほど苦しみ、恐怖しているのだ。

自分たち大人には、早くこの事態を打開する義務がある。そして彼女を自由にしてやらなくてはならない。

「大丈夫、あなたのせいじゃないよ」望美は明日香の頭をそっと撫《な》でた。「きっと助かるから、それまで待っていて。この人たちに逆らわずに、じっとしてるの。いいわね？」

うん、と明日香は答えた。幼い少女にこんな思いをさせてしまうことを、望美は不甲《ふが》斐《い》なく思う。だが、今はこうするしかなかった。

「おい、もういいだろ。向こうへ行けよ」

細川が銃の先で望美を小突いた。その固い感触に、突如、恐怖が込み上げてきた。空気の薄い高空を、猛烈なスピードで突き進んでいく旅客機。その機体の中で、自分たちは四人の犯罪者に襲われ、四つの凶器を突きつけられている。死と隣り合わせにいることを意識せずにはいられない。

ひとつ深呼吸をしてから、望美は腕時計を見た。河島昇一の具合はどうだろう。彼は重い病気を患っているのだ。

機体の後方に行って、望美は特設スペースのカーテンをめくった。ベッドの上で河島は固く目を閉じている。顔色が冴《さ》えない。

「河島さん、大丈夫ですか？」

何かあったかと焦ってしまったが、うとうとしているだけだったようだ。望美の呼びかけに応じて、河島はうっすらと目を開けた。

「ああ……。客席の様子は……どうですか」

まったく先の見えない状況だった。犯人たちの気分次第で、これから何人の負傷者が出るかわからない。

だが、ただでさえ体調の悪い河島を、不安にさせるわけにはいかなかった。

「安心してください。おとなしくしていれば大丈夫ですから」

そのとき、近くにあるスピーカーから男性の声が聞こえてきた。かなり緊張していることがわかる。

「こちらは機長の市原《いちはら》です。お客様にお知らせします。当機は東京国際空港に向かっています。あと十分ほどで到着の予定ですが、着陸後もすぐには席をお立ちにならず、客室乗務員の案内に従ってくださいますようお願いいたします」

河島が唇を引き結ぶのがわかった。望美がどう説明しようとも、この機長のアナウンスを聞いた今、心配するなというほうが無理だろう。

途中まで事務的な口調で話していた機長は、最後に少し声を震わせながら、こう付け加えた。

「当機におきましてトラブルが発生しましたことを、心よりお詫《わ》び申し上げます。お客様全員の安全のため、どうか犯人グループを刺激しないようお願いいたします」

このようなことを乗客に依頼しなければならないのは、機長として痛恨の極みだろう。

だが望美をはじめ、乗客たちはみな理解している。悪いのは機長の市原ではない。目の前で凶器を構えている犯人グループこそ、自分たちの敵なのだ。

4

泉たちＳＩＴのメンバーは、息を詰めてスクリーンを見つめている。

望遠レンズで撮影された映像が、そこに映し出されていた。管制塔の指示に従って、ＪＨＡ50便は羽田空港Ｄ滑走路に着陸したところだ。今は滑走路から少し逸《そ》れた誘導路上に駐機している。

着陸までの行程は飛行場管制席が担当していたが、滑走路に着陸してからは地上管制席の担当となる。通常であれば所定のスポットまで地上走行《タキシング》していくのだが、今は特殊な状況だ。地上管制席からは、誘導路上に待機するよう指示が出ていた。

「森重さん、ちょっといいですか」

泉が声をかけると、打ち合わせスポットから森重がやってきた。あちこちに連絡をとっているらしく、携帯電話を二台使っている。電話を切ってから、彼はこちらを向いた。

「すみません。お待たせしました」

「50便の機長と連絡はつきますよね？」

「もちろんです。すぐに手配します」

森重は担当部署へ電話をかけてくれた。数分後、スクリーンの前にある通信装置を使って、操縦室と通話できるようにしてくれた。

マイクをとり、泉は相手に話しかけた。

「50便、聞こえますか。こちらは警視庁捜査一課の泉です。現在、羽田空港内にある前線本部から連絡しています。50便機長、応答願います」

少し雑音が混じったが、じきにスピーカーから男性の声が聞こえてきた。バリトンを思わせる、低めの声だ。

「こちら50便、機長の市原です」

よし、これでいい、と泉は思った。市原に取り乱した様子がないことで、まずは安心することができた。ここからは情報収集だ。

「機内の状況を教えてください。できるだけ正確に、そして簡潔に」

「……現在、私と副操縦士はコクピットにいます。フライト中に男が機の乗っ取りを宣言、操縦室のドアを開けるよう言ってきましたが、それには応じませんでした。犯人グループの正確な人数は不明。どんな凶器を持っているかも不明です」

「要求は羽田への着陸でしたよね？　それ以外に何か言っていませんでしたか」

「今のところ何も聞かされていません」

「負傷者が出たらしいということでしたが、それについては？」

「犯人の男がインターホンでそう伝えてきました。すでにひとり、怪我人が出ているようですが、詳細はわかりません」

「犯人の特徴について気がついたことはありませんか。年齢は？」

「若い声ではありませんでした。四十代とか五十代、それぐらいだと思います」

「口調に特徴はありませんでしたか。どこかの訛《なま》りが感じられたとか」

「訛りはなかったと思います。喋《しゃべ》り方は意外に丁寧でした。恫喝《どうかつ》するような感じはなくて、理路整然としているというか……」

だとしたら、その男は一定以上の学力を持っているのだろう。

考えてみれば航空機を乗っ取るような犯罪者は、単なる粗暴犯とは言えないところがある。一九六〇年代末から一九七〇年代にハイジャック事件は多発したが、政治的な理由から行われたものが少なくなかった。よど号ハイジャック事件、ダッカ事件などはその代表的なものだろう。それらを起こしたのは政治的、思想的な背景を持った者たちだった。

「市原機長、ありがとうございました。このあと我々は犯人との交渉に入ります。最優先となるのは、もちろん人質の解放です。時間がかかるかもしれませんが、犯人を刺激しないよう注意してもらえますか」

「あの、泉さん」何か思い出したという口調で市原は言った。「乗客名簿を見てもらえばわかりますが、この機には搬送中の患者とエスコート・ナース、エスコート・ドクターが乗っているんです」

「エスコート・ナース？」

聞いたことのない言葉だ。看護師だということはわかるが、なぜ飛行機に乗っているのだろう。

「ああ、それは私がご説明します」ハンカチを手にしたまま、森重が話しかけてきた。「起き上がれない患者さんを、寝かせたまま飛行機で搬送することがあるんです。看護をしながら目的地まで付き添うのがエスコート・ナースと呼ばれる人たちです。今回は症状が重いそうで、エスコート・ドクターも同行しています」

「病気の人をわざわざ運ぶんですか？」泉は首をかしげた。

「入院の都合とか手術の都合とか、いろいろあるんだと思います」

「……泉さん、そういう事情ですので」スピーカーから再び市原の声が聞こえてきた。「あまり時間がかかると、患者が危険になるかもしれません。詳しいことはドクターやナースに訊《き》かないとわかりませんが、その方のことを考えて対応してほしいんです」

ほかに負傷させられた乗客もいる。事は急を要するというわけだ。

「一刻も早く、犯人にアプローチする必要がありますね」

横から斉藤がささやいた。軽くうなずいてから泉は彼に尋ねる。

「携帯の準備はできているな？」

「はい、予備も含めて三台あります」

わかった、と泉は答えた。それから、あらためて機内の市原に話しかけた。

「市原機長、切迫した状況であることはよく理解しました。それを踏まえて、ひとつ協力していただきたいのですが……」

泉はメモ帳を開いて、自分の考えを説明した。幸い、市原はすぐにその意図を理解してくれたようだ。

「では機長、よろしくお願いします」

「泉さん」最後に市原は、あらたまった調子で言った。「信じています。どうか50便の乗客、乗員を無事に救出してください」

もちろんです、と泉は力強く答えた。


機長との通話が終わると、泉は捜査員たちの間を回った。

各員の作業状況を確認するだけでなく、ひとりひとりと目を合わせて話し、部下を鼓舞する意味があった。ＳＩＴに所属しているのは選《え》り抜きのメンバーであり、仕事に手抜きをするような者はいない。だがそれでも、数十年ぶりに国内で発生したハイジャック事件を前にして、泉はチーム全体の士気を高めたかった。これからの交渉では、どんな小さなミスも許されない。自分たちの対応がまずければ、人質の命が危険にさらされることになるのだ。

メンバーから話を聞いているうち、ドアが開いて、中年男性が前線本部に入ってきた。相手の顔を見て、泉は姿勢を正した。

「お疲れさまです、管理官」

「遅くなってすまない」

相手は管理官の小此木《おこのぎ》健三《けんぞう》だ。細長い顔に、深い皺《しわ》の刻まれた額。小此木は普段から慎重で几帳面《きちょうめん》な性格だが、今日は一段と険しい顔をしている。彼は硬い声で尋ねてきた。

「状況はどうだ？」

「50便は着陸しました。機長と連絡がとれたところです」

泉はこれまでの経緯を上司に報告した。それから、先ほど市原に依頼したことを説明する。小此木はときどき相づちを打ちながら聞いていたが、やがて低く唸《うな》った。

「まずは第一段階、どちらが主導権を握るかだな。泉、ぬかるなよ」

「了解しました」

そう答えて、泉は深く頭を下げる。

ひとつうなずいたあと、小此木は前線本部の中を見渡した。管理官が現れたことで、捜査員たちの緊張感が増しているのがわかる。部下に案内され、小此木は本部後方にある席に腰掛けた。そこから全員の作業を見守るということだろう。

そこへ女性オペレーターが報告の声を上げた。

「泉係長。携帯に連絡がありました。犯人からです！」

彼女の手には黒い携帯電話が握られている。先ほど斉藤に確認させた三台のうちの一台だ。

前線本部の中が、しんと静まり返った。部下たちの視線を意識しながら、泉は黒い携帯を受け取る。小さく空咳《からせき》をしてから耳に当てた。

「もしもし……」

すぐには返事がなかった。泉は相手の息づかいを感じ取ろうと注意を払う。電話の向こうにいるのは、航空機の乗っ取りという重大事件を起こした人物だ。

訓練はしてきた。だが実際にハイジャック犯と交渉するなど初めてのことだった。今の警視庁に、そのような経験をした捜査員はほとんど存在しないだろう。だから先輩からアドバイスを受けることもできない。はたしてマニュアルどおりに交渉は進むものなのかと、泉は大きな不安を感じた。だが、やるしかない。

「私は警視庁捜査一課の泉という者だ。君の名前を教えてくれないか」

そう言ってから、じっと耳を澄ます。ややあって、ようやく相手の声が聞こえてきた。

「俺のことは永尾と呼んでもらおう。もちろん本名ではないがね」

携帯電話に届いた声は、前線本部のスピーカーからも聞くことができた。捜査員たちはみな、息をひそめている。

犯人が自分との会話に応じてくれたことを、泉はありがたく思った。この通話が、これから長時間続くであろう交渉の第一歩だ。

「永尾。まずは君に礼を言いたい。私に電話してきてくれて助かった」

「こちらにとっても好都合だ。役所のようにたらい回しされてはかなわないからな。窓口は一本化してもらうのが理想だ」

先ほど泉が機長に頼んだのは、この携帯電話の番号を犯人に伝えてもらうことだった。おそらく機長は客席へのアナウンスを行い、犯人とインターホンで話したのだろう。その結果、永尾は架電してきたというわけだ。

「私は君との交渉を任されている」泉は言った。「この先、何かあれば私に連絡してほしい」

「いいだろう。だが泉、おまえが嘘をついたり、俺を騙《だま》したりしようとしたら話は別だ。そうなったらおまえはクビだ。ほかの交渉担当に代わってもらう」

「永尾、わかったよ。信じてほしいんだが、私は子供のころから嘘がつけない性格でね」

「ほう。……そういう奴が一番信用できないんだがな」

一対一の会話で大事なのは、相手との信頼関係を築くことだ。そのために、泉はできるだけ「永尾」と名を呼ぶようにした。たとえそれが偽名であっても、相手は特別な言葉として聞くはずだ。

「では早速だが、具体的な話をしたい。永尾、君の目的は何だ？　主義や主張があって飛行機を乗っ取ったのか、それとも別の考えがあるのか。私に聞かせてほしい」

まず泉が訊いたのは犯行の目的だ。彼の行動原理が知りたい、と思った。それによって、今後の対応も変える必要があるだろう。要求を聞くのはそのあとだ。先に要求を尋ねてしまうと、犯行の大きな目的がわからなくなるおそれがある。

「目的か……。それはまだ言えない。おまえは、俺の政治的、思想的な背景が知りたいんだな？ そこを手がかりにして、俺の身元を突き止めたいというわけか」

そんなことはない、と言いかけて、泉は言葉を呑《の》み込んだ。まだ交渉の初期段階であり、永尾の警戒心は強いはずだ。この状態で相手を刺激するようなことを言うべきではない。永尾の言葉を否定するような発言も避けるべきだろう。同調し、共感しながら相手の懐に潜り込んでいく。それが今、自分にもっとも必要なことだった。

「何か訴えたいことがあるかと思ったんだ」穏やかな口調で泉は続けた。「昔、こうしたハイジャック事件がいくつかあった。当時の犯人グループは政治的な主張を持っていた。永尾にも何か事情があるんじゃないかと思ってね」

「事情はもちろんある。伊達《だて》や酔狂でこんなことをする人間はいないからな」

伊達や酔狂というのは古い言い方だな、と泉は思った。声の感じからして、やはりこの男は四十代以上だという気がする。

「その事情というのを聞かせてくれないか」

「今はその段階ではない」

「最初にそちらの考えを知っておいたほうが、交渉がスムーズだと思ったんだが」

「我々の事情をおまえたちに話す必要はない」

スピーカーから流れる声が、今までより強くなった。前線本部の中に緊張が走る。

　泉はうしろを振り返り、幹部席にいる上司の表情をうかがった。小此木は眉《まゆ》をひそめて、小さく首を横に振った。それ以上は突っ込むな、ということだろう。

　相手はいくらか気分を害したかもしれない。だが、こちらとしては迂闊《うかつ》に踏み込んだわけではなかった。今の回答から、泉はある情報を得た。永尾は今「我々は」と言った。やはり彼はひとりではない。機内には複数の犯人が乗り込んでいるのだ。

　軽く咳払《せきばら》いをしてから、泉はあらためて携帯電話を握った。

「了解した。永尾、この話はやめよう。……ところで、今その飛行機には三百八十五名の乗客・乗員がいる。負傷者が出ているという話を聞いたが、状況を教えてくれないか」

「たいした怪我ではない。乗り合わせていた看護婦が処置を済ませた」

「そうか、ナースが乗っていたのか。それはよかった。教えてもらえて安心した」

　すでに知っていたことだが、今初めて聞いたというふりをした。傷つけたのは永尾たちだろうが、こちらが感謝の意を示すことで相手の自尊心をくすぐったのだ。それがどれほど効いたかわからないが、とりあえず永尾が声を荒らげるようなことはなかった。

「さて、泉」一呼吸おいてから永尾は言った。「そろそろ本題に入ろうか。我々は大勢の乗客・乗員の命を握っている。約三百八十名もいれば、何人か死んだとしても交渉は続けられる。最悪、百人単位の死人が出ても俺たちは平気だ。わかるだろう？」

　来たな、と泉は思った。人質の安全を保証する代わりに、自分たちの要求を聞けということだ。ここは対応が難しいところだった。

「君はそんな乱暴なことをしない人間だと、私は信じているが」

「おまえの気持ちなど訊《き》いてはいない。今、必要なのは現実的な交渉だ」

「わかった。永尾、君たちの要求はどんなことだ？」

「聞き漏らすなよ。第一に補給用の燃料を用意すること。どこへでも飛べるようにしておけ」

「どこへでも、というと……たとえば海外にも？」

「答えるつもりはない」

相手ははっきり答えないが、海外への逃亡も考慮に入れる必要があるだろう。やはり航空機を乗っ取ったことには、それなりの目的があったのだ。

「第二に、人質の身代金として五十キロの金塊を用意すること」

「現金ではなく？」

「そうだ」

日本円を持っていても、海外でそのまま使うことはできない。その点、金塊ならいくらでも現地のカネに換えることができる。これはますます、海外逃亡の可能性が高まってきた。

「要求はそれだけか？」

「まだある」永尾は話を続けた。「泉、空を見てみろ」

「……え？」

不思議に思いながら、泉は正面のスクリーンに目をやった。分割表示された画面のひとつに、羽田空港上空の様子が映っている。普段なら頻繁に離着陸があり、視界には航空機の銀翼が見えるはずだ。だが今、羽田空港はこのハイジャック事件のために閉鎖されている。

「今、羽田空港への離着陸は中止されているようだ」永尾の声が聞こえた。「ほかの飛行機は、よその空港へ行き先を変更したわけだな？」

「そのとおり」

「新千歳発、羽田行きのＪＨＡ52便もそうだな？」

すぐには返事ができなかった。52便というのは、50便のあとから離陸した旅客機だろうか。

泉は辺りを見回した。左手のほうにＪＨＡの森重の姿が見える。「どうですか？」というふうに泉が首をかしげると、森重は急ぎ足でこちらにやってきた。手元の資料をめくってから、彼は顔を上げた。

「現在、52便は成田《なりた》空港に向かってフライト中です」

すみません、と拝むような仕草をしてから、泉は携帯に向かって口を開いた。

「永尾、その便は成田空港に向かっているそうだ」

「わかった。52便の行き先を再度変更しろ。当初の予定どおり、羽田に着陸させるんだ。

これが第三の要求になる」

どういうことだろう。泉は言葉を切って考えを巡らした。この状況で羽田に52便を着陸させたいのはなぜなのか。

――もしかして、52便に仲間が乗っているのか？

そうとしか考えられなかった。永尾たちは50便と52便に分かれて搭乗したのではないか。50便のハイジャックが失敗したときには、52便で事件を起こすつもりだったのだろう。計画を実行した結果、50便の事件は成功した。だから今、二手に分かれていたグループが合流しようとしているのではないか。

「どうした、泉。返事をしろ」

スピーカーから急《せ》かすような声が聞こえた。泉は我に返り、もう一度森重のほうを向く。

戸惑う様子だったが、森重はどこかに電話し始めた。ＪＨＡのオペレーションセンターに問い合わせてくれているようだ。

「話は理解した。三つの要求が実現できるかどうか確認してみる」

そう答えるしかなかった。永尾が口にした条件はどれも難しいものばかりだ。泉ひとりでは決められない。

「待て、泉。要求は終わっていない」

「まだ何かあるのか？」

「最後の要求だ。第四に、府中《ふちゅう》刑務所に収監されているフルヤセイジを連れてくること」

永尾の説明で、その人物は古屋《ふるや》成司《せいじ》という名前だとわかった。

思わず、泉はまばたきをした。あまりにも予想外の要求だったから、すぐには意味が理解できなかった。だが考えるうち、相手の意向が推測できた。

「仲間なのか？　その古屋というのは」

「おまえに説明する必要はない」永尾は冷たい口調で言った。「その男をここへ連れてきて、我々に引き渡せ」

古屋という男は、永尾たちのグループの一員なのではないか。何か事件を起こして現在は府中刑務所にいるのだろう。ハイジャックという大それた事件を起こして、永尾は仲間を奪還しようとしているのだ。

泉はそばにいた斉藤に合図をした。斉藤はうなずき、すぐに携帯を取り出す。あうんの呼吸で、彼は泉の考えを読み取ってくれたのだ。ほかにもＳＩＴのメンバーがあちこちへ電話し始めるのが見えた。

慌ただしい雰囲気になってきた中、永尾の声がまた聞こえた。

「要求は以上の四点だ。おまえたちはこれらの条件を満たさなければならない。それが実現されない場合、俺は人質を刺す。やると言ったら必ずやる。さあ泉、ただちに四項目の準備をしろ」

すぐには対応できない。時間をくれ」

「ちょっと待ってくれ」泉は慌てて相手に呼びかけた。「どれも難しい要求ばかりだ。すぐには対応できない。時間をくれ」

「時間稼ぎは許さない」

「しかし私ひとりでは決められないんだ。わかるだろう?」

永尾は小さくため息をついたようだ。泉にはそう聞こえた。

「なあ泉、おまえは交渉人じゃなかったのか?」

「交渉人だよ。君たちの要求を聞き入れてくれるよう、これから私は上司と交渉しなくてはならない。いや、上司だけじゃなく、もっと上のレベルとも話さないと……」

「警察庁か、それとも日本政府か?」

「そう。君たちの要求はそれぐらい難しいんだ。関係各所の調整が必要になる」

「言い訳は聞きたくない。……泉、ひとついいものを見せてやろう。今から伝えるウェブサイトを見てみろ」

「ウェブサイト?」

相手が言うURLを斉藤が書き取った。彼はノートパソコンを操作して、あるページを表示させる。素人が作ったようなセンスのないウェブサイトで、タイトルは《千刃会》となっていた。

画面の中央に動画へのリンクがあった。斉藤がマウスを使って、それを再生させる。動き出した画面を見て、泉は息を呑《の》んだ。

表示されたのは十歳前後の女の子だ。両手をロープで縛られている。泣きそうな顔をして、彼女は訴えかけてきた。

「誰か、助けて……」

彼女のそばで男の声がした。動画の撮影者だろうか。

「殺されるって言うんだ。さあ早く！」

彼女はびくりと体を動かした。唇を震わせながら、か細い声で続けた。

「ころ……される……助けて……」

「もうやめてください！」

近くで甲高い女性の声がした。緊迫した空気が伝わってくる。

動画はそこで終わった。

どうしましょう、という表情で斉藤は顔を上げる。泉は唇を噛《か》んだ。少女の背後に映っていたのは航空機の客席だ。今の動画は50便の中で撮影された可能性が高い。

「どうだ泉、サイトを見たか？」

「ああ……」

そう返事をしたが、声が少しかすれてしまった。軽く咳《せき》をしてから泉は続ける。

「この女の子は50便の乗客か？」

「そうだ。今、おまえたちは乗客名簿を必死になってチェックしているだろうな」

泉のそばで、部下のひとりがはっとした表情になった。まさに今、彼はＪＨＡから提供された50便のリストを調べていたのだ。彼は泉に向かってリストを差し出した。指差された部分に、女の子の名前が載っていた。栗山明日香、九歳とある。同行している栗山充代というのは、少女の母親ではないだろうか。

何度か動画を見ているうち、泉の中に大きな不安が広がった。

「永尾、怪我をしたのはその子なのか」

「どうした泉、何をそんなに動揺している？」

泉にも子供がいる。八歳の男の子で、明日香とはひとつ違いだ。

明日香がどんな理由で飛行機に乗ったかはわからないが、あんな小さな子がハイジャックの人質にされている。その事実を前にして、泉の心は大きく揺れた。

しかし、今はそんなことを考えている場合ではなかった。捕らえられているのはあの少女だけではない。彼女のうしろには約三百八十名の人質がいるのだ。落ち着かなければ、と思った。

「一度電話を切るぞ、泉」

急に永尾がそう言った。いったいどういうことだろう。

「何かあったのか？」

「おまえは時間が必要だと言ったよな？　しっかり調整して、我々の要求に応《こた》えろ」

「善処する。だが永尾、聞いてくれ。その飛行機には病人が乗っているんだ。それに負傷者もいるだろう？　病人や怪我人、子供だけでも先に解放してくれないか」

相手は黙ったままだ。三秒、五秒と時間が過ぎていく。泉は息を詰めて相手の反応を待った。

「泉、少しは頭を使え」永尾の声が聞こえた。「そんな話、俺には何のメリットもないじゃないか」

唐突に電話は切れた。携帯を握ったまま、泉は厳しい表情でスクリーンを見つめる。

D滑走路の誘導路に駐機したまま、50便に動きはないようだった。

5

永尾に言われるまでもなく、泉にはやるべきことが山ほどあった。

小此木管理官と相談し、部下たちにてきぱきと指示を出していく。先ほどの会話から、いくつかの情報が得られた。それらを短時間で調査し、次の交渉に役立てなければならない。

斉藤からの報告で、永尾忠義という人物が50便に搭乗していたことがわかった。

「患者の搬送に同行するエスコート・ドクターとして乗り込んだようです」

「偽名だというからな。どこまで身元が調べられるか……」

泉が考え込むのを見て、斉藤は続けた。

「交渉の間に、病人の搬送を請け負った会社へ問い合わせてみました。今、永尾という医師には連絡がつかないそうです。犯人は北海道で、すでに医師と入れ替わっていた可能性が高いですね」

　相当念入りに計画されたハイジャックらしい。

　泉は小此木管理官や斉藤、ＪＨＡの社員たちと打ち合わせを始めた。まずは犯人グループの要求項目に関する検討だ。

　飛行機の燃料については空港と調整する必要がある。その件はＪＨＡの森重に一任することになった。

「あの……基本的には給油を行うという方向でいいんでしょうか」

　不安そうな顔で尋ねる森重に、泉はうなずいてみせた。

「その方向で調整してください。ただし、すぐには給油しません。何か理由をつけて、引き延ばすことになると思います」

　第二の要求は五十キロの金塊を用意することだ。これについては警視庁の判断だけでは対応できない。

「相場によりますが、五十キロといったら三億円程度ですね」と斉藤。

「管理官、この件はお任せしていいですか？」

「よし、上に相談してみる。まずは捜査一課長、それから刑事部長、その上は……」小此木は舌打ちをした。「おそらく政府に相談することになるだろう。だが、途中の手続きを考えると気が遠くなるな。どれだけ手間がかかるか予想がつかないし、そもそも政府がこの話を受け入れるかどうか」

「それでも話を進めていただくしかありません。約三百八十名の命がかかっているんです」

「わかっている。だが何時間かかるか読めないぞ。金塊など用意できなかった、と答えるわけにもいかないだろう。この件についても、おまえにできるだけ引き延ばしてもらいたい」

「そこは、なんとかします」

具体的なプランはないが、そう答えるしかなかった。

「第三の要求は……」斉藤がシステム手帳に目を落とした。「52便を羽田に着陸させろという話です」

「あ、その件ですが」電話を切って、森重がばたばたと走ってきた。「うちのオペセンと空港管制で調整して、羽田に向かわせることになりました」

「助かります！　迅速な対応、ありがとうございます」

厄介な要求の中、まず一件は解決できるというわけだ。多くの問題が山積しているときは、ひとつずつ片づけていくのが鉄則だった。

「それでですね、52便の機長に状況を確認したんですが……」森重が言った。「特に機内で問題は起こっていないそうです。向こうにもテロリストが乗っているのではないかと、心配したんですが」

二機同時にハイジャックとなれば、対応が極めて困難になるところだ。現時点でその気配はないとわかり、泉はひそかに安堵《あんど》した。

「念のため、52便の乗客名簿も確認させてもらえますか」

わかりました、と森重はうなずく。

「最後の要求は受刑者を連れてこい、というものでしたよね」

斉藤の言葉を聞いて、小此木が怪訝《けげん》そうな顔をした。

「その受刑者――古屋成司といったな。その男のことを至急調べる必要がある。おそらく、テロ組織か何かのメンバーだった人物だろう。さっきの『千刃会』というサイト名は、組織の名前じゃないのか？」

「サイバー犯罪対策課に調べてもらいましょう。私が連絡します」

気を利かせて、斉藤が申し出てくれた。やることが多くて混乱しがちな今、この気づかいはありがたい。

「泉係長、警視庁本部から情報です」

若手の捜査員がやってきて小声で言った。このタイミングで本部から入った情報とは何だろう。

「桜田門《さくらだもん》は何を言ってきた？」

横から小此木管理官が尋ねた。若手捜査員は背筋を伸ばして報告する。

「このあと、政府と警視庁・警察庁との間で緊急会議が開かれるそうです。犯人との条件交渉については現場の判断だけで動かず、政府の意思決定によって行動するように、とのこと」

「まあ、そうなるだろうな」と小此木。

「しかし何かあった場合、対応が遅くなりませんか？」

「難しいところだ」小此木は唸《うな》った。「複数の組織が関われば、意思決定まで時間がかかることが予想される。さすがにそれはみな理解しているから、政府がＳＩＴの一挙一動までコントロールするという話にはならないだろう。わかるか？」

「……はい、それは理解できます」

「つまり、我々は従来どおり捜査一課長の指示で動けばいい。上のことは、上に任せればいいということだ」

小此木は口元を緩めて泉の肩を叩《たた》いた。「わかりました」と泉は答える。

船頭が多すぎて船が沈むようなことにならないかと、少し不安になった。しかし上意下達は警察の基本ルールだ。難しい命令であっても無視はできない。

泉たちは任務を遂行するために、全力を尽くさなければならなかった。

斉藤たちと細かな打ち合わせをしていると、手元の黒い携帯が鳴りだした。

はっとして泉は携帯に手を伸ばす。液晶画面を確認すると、永尾の番号が表示されていた。

　そばにいた斉藤が、ほかの捜査員たちに注意喚起をする。

「犯人より入電です！　みなさん、お静かに」

　気持ちを引き締めて、泉は通話ボタンを押した。

「もしもし、泉です」

「俺だ」永尾の声が聞こえてきた。「準備はどうなっている？」

「関係各所に連絡をとっているところだ。どの要求も難しいから、やはりすぐには準備できそうにない」

「そんなことはないだろう。たとえば第一の要求、燃料を準備することなどは、やろうと思えばすぐにもできるんじゃないのか」

「ああ、それは……燃料を補給するにも手順があるんだ」

「どういうことだ」

「今、50便がいるのはD滑走路の誘導路だ。給油するためには、その……専用の場所に……」

「駐機用のスポットです」と森重。

「……駐機用のスポットに移動しなければならない。君たちが望むのなら旅客機を地上走行させる」泉は一拍おいてから続けた。「だがそうすると、機体は空港ターミナルに近づくことになる。それが何を意味するか、君にはわかるだろう」

「警察がいろいろ細工しやすくなる、か……。たしかに、ターミナルに近づくことは、おまえたちの罠《わな》に飛び込んでいくようなものだ」

「そういうことだよ」

　引き延ばしに成功したと感じて、泉は安堵の息をついた。だがその直後、永尾の言葉を聞いてはっとした。

「泉、おまえはなぜ犯罪者を助けるようなことを言う？」

「犯罪者を……助ける？」

「罠があると知らせては、警察の作戦が不利になるはずだ。どうして俺に伝えた？　何か裏があるんじゃないのか」

「いや……」数秒考えてから泉は答えた。「それは違う。私が交渉人だからだ」

「というと？」

「君たちを罠に嵌《は》めることは簡単だが、それでは君との信頼関係が崩れてしまう。私はそういう状況を望んではいない」

「ふん。きれい事を言い出したな」

「そうじゃない。もちろん警察の中には強硬派もいる。多少の犠牲が出ても、犯罪者を捕らえろという者もいる」

　そばで話を聞いていた小此木管理官が眉をひそめていた。それを横目で見ながら、泉は話を続ける。

「だが私は交渉担当者だ。ひとりの犠牲者も出したくないし、君たちのグループからも怪我人を出したくないと思っている。ここまで話してきて、君は紳士的な人間だと感じた。だから私は力に訴えるのではなく、あくまで対話でこの件を解決したいと考えている」

「なるほど、おまえが理想主義者だというのはよくわかった。よけいな血は流したくない、というわけだな。それは俺にとっても歓迎すべきことだ」

泉はほっと胸を撫《な》で下ろした。永尾は犯罪者だが、今は親しく話さなければならない。できれば、仲のよかった同級生か何かのように。

と、そこまできて、永尾の口調が急に変わった。

「結局おまえは嘘つきだよ、泉」

身を固くして泉は携帯電話を握り直した。相手の言葉に意識を集中させる。

「あれこれ理由をつけて人を騙《だま》そうとする。そういう奴は好きじゃない」

「すべて本当のことだ。君を欺くつもりなどない」

「泉、いいことを教えてやろう。他人と信頼関係を築きたいのなら、痛みに耐えることが必要だ」

「……痛みに耐える？　どういう意味だ」

相手が何を言おうとしているのか、よくわからなかった。親しくなるためにはリスクを負えということか。それとも何か代償を用意しろという意味なのか。

「要求に応じるには時間がかかるんだったな。では時間つぶしに、少しゲームをしよう」

「ゲームだって？」

　まったく予想外の提案だった。相手の心中を想像しながら泉は尋ねる。

「今、ここでか？　いったいどんなことを……」

「『ウミガメのスープ』という推理ゲームを知っているか」

「ああ、知っている。ウミガメのスープを飲んだ男が自殺したのはなぜか、という話だろう？」

　自殺の理由を突き止めるのが最終的な目的だ。回答者は出題者に対して、質問を繰り返すことができる。ただしその質問はイエスかノーで返事ができるものに限られる。

　水平思考パズルとも呼ばれるゲームで、問題は無限に考えることができる。回答者はさまざまな質問をしてヒントを聞き出し、出題者の用意した答えを推理する。その答えが荒唐無稽《こうとうむけい》なものであればなかなか正解できないが、中には論理を抜きにして直感で言い当てる者もいるらしい。そんなところも、このゲームの魅力だという。

「いいか泉、ゲームといっても手抜きはするなよ」

「それはかまわないが……本当にやるのか？」

「時間はたっぷりあるんだ。退屈しのぎにちょうどいい」

　どうも妙なことになってきた。正直に言えば、ゲームなどしている場合ではない、という気持ちが強い。だがそれを口にしたら、永尾は機嫌を悪くするだろう。今は相手の言うことを聞くのが得策だった。ゲームにつきあっているうち、永尾が何か情報を漏らすかもしれない、という期待もある。

「わかった。私はどうすればいい？」

「こちらが出題する。答えは現実と異なるものでもＯＫとする。おまえは何度質問してもいいし、何度答えを推理してもいい。ただし、これは遊びではない。おまえが真面目に取り組まなければペナルティーを与える」

「それは怖いな。しっかり考えるとしよう」

泉はあえて明るい調子で言った。ゲームを楽しみにしている、という雰囲気を装ったのだ。

「では問題だ。キャサリンはある男性を殺害した容疑で逮捕された。彼女は捜査員に対して急に冗談を言ったり、悩みを打ち明けたり、興奮して暴れたりしたが、断じて罪を認めようとはしなかった。嘘発見器でイエスならうなずく、ノーなら首を横に振るよう指示すると、嘘だという反応が出ることもあったし、出ないこともあった。担当の刑事は何日もキャサリンの取調べを続け、パターン分けをしていった。その結果、嘘発見器で嘘だという反応が出たとき、彼女は黙り込んで一切話をしないことがわかった。喋《しゃべ》らないのなら何か書け、と紙やペンを渡したが、やはり反応しない。それを見て刑事は真相を悟った。その後もキャサリンは罪を認める発言をしなかったが、結局、有罪判決を受けて服役することになった。さて、キャサリンが抱えていた秘密とは何だろうか」

泉はメモをとりながら話を聞いていた。出題が終わってから、首をかしげて斉藤のほうを向く。それから小此木の顔を見た。ふたりとも泉と同じように、よくわからないという表情だ。

「どうだ泉。質問は？」

永尾の声が聞こえた。さっぱり見当がつかないが、とにかく何か質問しなければならない。

「そうだな。じゃあ……」少し考えたあと、泉は尋ねた。「キャサリンは何かの病気でしたか？」

「イエス」

「それは精神的なもの……心の病でしたか？」

「イエス」

やはりそうか、と泉は思った。取調べのとき急に冗談を言ったり、悩みを打ち明けたり、興奮して暴れたりした、という部分に違和感があったのだ。

「キャサリンは躁鬱《そううつ》病でしたか？」

「ノー」

答えは現実と異なるものでもＯＫ、ということだった。だとすれば、現実的でない症状でも出題される可能性がある。嘘発見器で反応が出るときと出ないときがあった、というのがヒントだ。

「キャサリンは解離性同一性障害——いわゆる多重人格でしたか？」

「イエス」

やった、と泉は右の拳《こぶし》を握り締めた。ここまでくれば、正解まであと一息ではないだろうか。

「答えはこうだろう。キャサリンは多重人格者で、その中のひとつの人格が殺人を犯した。だからほかの人格は犯行を否定していたんだ。罪が明らかになったので、キャサリンは有罪判決を受けた」

泉は相手の反応を待った。これが正解だという自信がある。

だが数秒後、永尾はこう言った。

「完璧《かんぺき》な答えではない」

「……え？」

「そこまでは簡単なんだ。だが、今の答えでは説明できていないことがある」

「言葉が足りなかったかな。キャサリンの中のあるキャラクター——人格Xとしようか、そいつが犯人だから、表に出ているときはずっと黙っていたし、紙にも何も書かなかったんだよな？　ほかの人格がそのことを知っていて、犯人は人格Xだ、と供述したんだろう？」

「質問はひとつずつだ」

泉は指先でこめかみを掻《か》いた。面倒だが、ルールには従わなければならない。

咳払《せきばら》いをしてから、泉はあらためて相手に尋ねた。

「犯人はキャサリンの中のキャラクターのひとつ、人格Xですね？」

「イエス」

「人格Xは自分の犯行を隠すため、ずっと黙っていたんですね？」

「ノー」

おや、と泉は思った。嘘発見器で嘘だという反応が出ているのだ。それなのに黙っていたというのなら、人格Xが犯行を隠していたのは明らかだろう。それが違うというのはなぜなのか。

「人格Xは自分の犯行を隠そうとして、紙に何も書かなかったのでは？」

「ノー」

ますますわからなくなった。人格Xが犯人なのは間違いない。犯行を自供しないのなら、それは自分を不利にしないためではないのか。

訳がわからなかった。泉は携帯を耳に当てたまま辺りに目を走らせる。小此木は困惑の表情を浮かべていた。どうしたものかと考えていると、斉藤がささやいた。

「誰かをかばっていたんじゃないですかね」

そうか、と泉はうなずく。携帯に向かって問いかけた。

「人格Xは誰かをかばうため、黙っていたんですか？」

「ノー」

斉藤の考えも外れだった。こうなると、あとは当てずっぽうでも何でも、口にしてみるしかない。

「人格Ｘは記憶障害だったとか？」

「ノー」

「じゃあ、仲間の人格に脅されて喋らなかった？」

「ノー」

「となると……刑事をからかうため、ずっと喋らなかったのかな」

「ノー」

いったいどうなっているのだろう。ＳＩＴの捜査員たちもみな、不安げな顔になっていた。この妙なゲームがいつまで続くのか、誰にもわからないのだ。

泉は苛立《いらだ》ちを抑えるため、深呼吸をした。

そもそも多重人格というのが、かなり突飛な話だ。そういうことなら、さらに突飛な発想を付け加えるのも、ありかもしれない。

そのとき、ひらめきがあった。

「人格Ｘは喋れなかったんじゃないですか？」

「……イエス」

やはり、と泉は思った。重ねて永尾に質問する。

「人格Ｘは字も書けない、特異なキャラクターだったんですね？」

「イエス」

「答えがわかった」泉は言った。「人格Xは幼児のようなキャラクターで、話したくても話せず、字も書けなかった。しかし殺人を犯したのは事実だから、嘘発見器には反応があった。そうだろう？」

「違う」

正解だと確信していた泉は、拍子抜けしてしまった。ほかに何か、考えられることはあるだろうか。

「どうした泉。降参するというなら、それなりのペナルティーを受けてもらう」

「いい線だったと思うんだが……」泉はあえて弱っているふりをした。「永尾、何かヒントをくれないか。それぐらい、かまわないだろう？」

「仕方ないな。ヒントだが、キャサリンは六十代の女性だ。そして彼女の中に、幼児のような人格は出現していない」

その年齢だとすると、別の角度から考える必要がありそうだ。

「人格Xは認知症だったとか？」

「ノー」

「ああ、そうか。認知症だったら、嘘発見器の反応も正確ではないはず……。わからないな。人格Xはまったく喋らない。……喋れない病気にかかっていた、なんてことがあるだろうか」

「イエス」

「えっ？」

思わぬところでイエスが出た。キャサリン自体はその病気でないとしても、人格Ｘが何かの疾患を抱えていたということか。

泉は携帯を耳から離して、隣にいる斉藤に話しかけた。

「何と言ったかな。文字が書けなくなる障害……」

「ええと……識字障害でしょうか？」

「いや、違う」小此木管理官が言った。「うちの親戚《しんせき》がそういう症状だった。年齢から考えたら、キャサリンの場合は失語症じゃないだろうか」

「それです！　失語症では、喋《しゃべ》ることができないケースもありますよね」

「ああ、そのとおりだ。ひとつ気になるのは、ほかの人格は無事で人格Ｘだけが失語症になるだろうか、ということだが……。しかし答えは現実と異なるものでもＯＫだというから、それが正解かもしれない」

小此木に頭を下げてから、泉は携帯を耳に当てた。

「永尾、答えがわかったぞ。キャサリンは多重人格で、殺人を犯した人格Ｘは失語症だった。聞くことはできたが、話すことと書くことに障害が出ていたんだろう。だから嘘発見器では反応が出たが、供述することはできず、字を書くこともできなかった」

しばらくの沈黙ののち、永尾は問いかけてきた。

「自供がなかったのに、なぜキャサリンは服役することになった？」

「それは……」泉は考えながら答えた。「状況証拠があったんだろう。ほかの人格たちは犯行を認めていなかったが、証拠があったせいでキャサリンは有罪になったんだと思う」

泉は息を詰めて相手の反応を待った。小此木も斉藤も、真剣な顔でスピーカーを睨《にら》んでいる。ほかの捜査員たちも、みな固唾《かたず》を呑《の》んでいた。

やがて、スピーカーから永尾の声が聞こえた。

「正解だ」

捜査員たちの表情が明るくなった。たわいないゲームだが、この緊迫した状況の中で一歩前進したという手応《てごた》えがあった。

「なかなか難しいゲームだったよ」泉は親しげな調子で永尾に話しかけた。「今のストーリーは君が考えたのか？　じつによく出来ていた。こういうゲームはいいな。知的だし、想像力を鍛えられる楽しい遊びだし……」

そのときだ。泉の言葉を遮って、永尾の冷たい声が響いた。

「おまえ、『遊び』と言ったな？」

「え、いや……」

「おい、きさま！」いきなり永尾は大声を出した。「俺のゲームを遊びと言ったな？　どういうつもりだ。おまえは、そんなふざけた態度でやっていたのか。こっちは命がけなんだぞ」

命がけとはずいぶんオーバーな表現だった。もともと「時間つぶし」とか「退屈しのぎ」のゲームだと言ったのは永尾のほうではないか。

だが、それを指摘するわけにはいかない。宥《なだ》める調子で泉は話しかけた。

「すまない、私が悪かった。許してほしい」

「俺は先に言ったよな？『おまえが真面目に取り組まなければペナルティーを与える』と。おまえには失望した。何が交渉人だ。ふざけるな！」

「待ってくれ。謝罪するから……」

「おまえ、俺のことを舐《な》めてるだろう。いい気になるな！　こっちは真剣なんだ。俺が時間をかけてじっくり考えたゲームを、遊びだと？　俺の覚悟も知らずに、よくそんなことが言えるな。おまえのことは一生許さない！」

スピーカーから大声が響き、捜査員たちはみな動揺しているようだ。それは泉も同じだった。

――何をそんなに怒っているんだ？

これまで話してきた感じでは、比較的冷静な男だという印象があった。ゲームを提案してきたことからも、知的な人物なのだろうと思った。だが今、永尾は手がつけられないほど激昂《げきこう》している。突然の変化に、泉は戸惑っていた。

とにかく、彼を怒らせてしまったのは自分のミスだ。なんとか相手を落ち着かせなければならない。

「永尾、申し訳ない。許してくれないか」

「いい加減にしろ！　おまえの謝罪には心がこもっていないんだ。俺を馬鹿にするな」

「わかった。心から謝罪する。君の考えたゲーム、あれは本当によかったと思う。ここにいる全員が知恵を絞っても、手がかりがつかめなかった。君にヒントを出してもらわなければ絶対に正解できなかった。そして……うん、最後に答えがわかると、なるほどと納得できる。じつに楽しいゲームだった」

　少しやりすぎかと思いながらも、そう言わずにはいられなかった。この会話が途切れてしまったら、奴は何を言い出すかわからない。

「もういい、泉」永尾はため息をついたようだ。

「……許してもらえるか？」

「おまえ、まだわかっていないようだな。これがペナルティーだよ」

　突然、スピーカーから叫び声が響いた。

「ああああっ！　ああっ！　うっ……ううっ。ああああっ！」

　ぎょっとして泉は目を見張った。これは男性の声だ。何かに驚いたとか、軽い痛みを感じたとか、そういう雰囲気ではない。命の危険が迫ったというような声だった。

「おい永尾！」泉は思わず携帯を握り締めた。「何があった？」

　永尾は誰かに話しかけているようだ。やがて、再び彼の声が聞こえてきた。

「俺を舐めて、不真面目なことをした罰だ。今、乗客をひとり刺してやった」

「刺したって……その人はどうなったんだ？」

「右脚を押さえてぶっ倒れているよ。ああ、血がこんなに……。床を汚してしまったな。航空会社には申し訳ないことをした。あとでしっかり清掃してもらおう。あいにく費用は出せないんだが……。いや、警察に出してもらえばいいか」

　こいつは何を言っているんだ、と泉は思った。そんな悠長な話をしている場合ではないだろう。

「永尾、怪我の具合はどうなんだ？」

「訊《き》いてみようか。……おい、おまえ。この電話に向かって名前を言え」

　数秒後、低い呻《うめ》き声の中、こんな言葉が聞き取れた。

「……沼倉《ぬまくら》……悠人《ゆうと》です。……くっ……脚が……」

「電話の相手は警察だ」永尾が言った。「助けを求めたほうがいいんじゃないのか？」

「た……助けてください。早く僕たちを助けてください！」

「沼倉さん」泉は早口になって問いかけた。「怪我はどうなんです？」

「ナイフで……刺されて……痛い。痛いです。お願いだ。早く助けて……」

　最後には消え入りそうな声になった。そのうち、永尾が電話を取り上げたようだ。

「以上で現場からの中継は終わりだ。なあ泉、あまり俺を怒らせないでくれ」

「も……もちろんだ」動揺を押し隠しながら泉は答えた。「さっきのことは私が悪かった。反省している。だから永尾、もう人質には手を出さないでほしい」

「それに関しては、なんとも約束できないな」

　ふん、と永尾は鼻で笑った。

　先ほどまで激していた彼が、別人のように落ち着いた声を出している。その急な変化に、泉は混乱させられた。

　冷静沈着なリーダーかと思いきや、ほんの些細《ささい》なことで感情を爆発させる。そうなったが最後、手がつけられない状態に陥り、いとも簡単に人を傷つける。このままでは何人負傷者が出るかわからない。

　——この男、いったい何なんだ？

　普通に話が通じるように見えても、何をしでかすかわからない男だった。とにかく残酷で危険な人物だ。

「さて、第一問は終了だな」

「何だって？」思わず泉は聞き返した。

「俺とおまえのゲームだよ。準備ができるまで時間がかかるんだろう？　その間の暇つぶしだ。だが泉、真剣にやらなかったら俺はまた乗客を刺すぞ」

「彼らは関係ないだろう」

　泉は言った。無意識のうちに、少し語調が強くなっていた。

「関係あるさ。この場に居合わせた者はみんな当事者だ。誰ひとり欠けても、この舞台は続けられない」

「舞台？」

「ショー・マスト・ゴー・オン……一度始まった芝居を止めてはいけないんだよ。それはおまえにもわかるよな？」

わかるものか、と泉は心の中で毒づいた。本当に、この永尾という奴はおかしい！

「さあ、第二問を始めるぞ」

「待ってくれ、永尾。そう急がなくても……」

泉の声は少し上ずっていた。それに気づいたらしく、相手は挑発するような口調になった。

「どうした、怖《お》じ気《け》づいたのか？　おかしな話だな。おまえは交渉人であって、人質ではない。機内で何が起こっても、おまえたち警察は痛くも痒《かゆ》くもないはずだ」

「そんなことは……」

「おまえたちは、ただゲームを楽しめばいい。他人の金でやるギャンブルのようなものだ。こんなに面白いことはないだろう？」

小此木も斉藤も険しい顔をしていた。彼らだけではない。この前線本部にいるすべての捜査員が、犯人への強い憤りを感じているはずだ。

張り詰めた空気の中、沼倉の呻き声が聞こえてきた。

痛みをこらえ、荒い呼吸をしているようだ。ややあって、助けを求める言葉が耳に届いた。絶望的な状況の中、恐怖に震えている気配が伝わってくる。

やがて呻き声が小さくなり、永尾の声が聞こえた。

「では第二問だが……」

「待て。私はこのゲームから下りる」

「何だと？」永尾の口調が厳しくなった。「おまえ、自分が何を言ったかわかっているのか。俺を怒らせたいのか？」

「君の相手をするには力不足だと悟ったんだよ」

「別におまえひとりで考える必要はない。そこにいる全員で、知恵を出し合えばいいんだ」

「こういうことには慣れていなくてね。その……何か別の話をしないか。趣味のこととか、これまでの暮らしのこととか」

「俺はこのゲームがやりたいんだ。俺が考えたストーリーを、おまえたちに聞かせたいんだよ。……では第二問。よく聞けよ」

隣にいた小此木管理官が、泉から離れていく。彼は部屋の隅で電話をかけ始めた。小さな声が漏れてくる。

「……ええ。非常に厳しい状況です。とにかく、犯人と渡り合うには知識とセンスのある人間が必要です。……そうです。今すぐ、文書解読班の出動を要請します」

泉は唇を嚙《か》んだ。自分に交渉の役は務まらない、と小此木は判断したのだろうか。悔しさが込み上げてくる。

だがその間にも、第二の出題は続いていた。永尾の話が終わると、泉は眉《まゆ》をひそめながら斉藤のシステム手帳を覗《のぞ》き込んだ。そこには不気味で不可解な物語が書き留められている。

「問題は以上だ」永尾は言った。「さあ警察の諸君、質問は？」

はたして、この状況をどう乗り越えたらいいのか。自分の対応次第で、また乗客が傷つけられるかもしれないのだ。

強い焦りを感じながら、泉は必死に考えを巡らした。

6

カーテンの隙間から、かすかに陽光が射し込んでいる。

はっとして鳴海《なるみ》理沙《りさ》はリクライニングチェアから体を起こした。胸の上には古い本が載っている。読書をしているうち、いつの間にかうとうとしてしまったようだ。

理沙は古本をテーブルに置き、椅子から立ち上がった。大きく伸びをして、棚の上の鏡を覗き込む。夜通し本を読んでいたせいで、目が少し腫《は》れぼったくなっていた。仕事場ではいつもスーツ姿だが、自宅では毛羽立ったトレーナーを着て、ゴム紐《ひも》で髪をまとめている。人には見せられない恰好《かっこう》だが、これが一番リラックスできるのだ。

先週、殺人班の応援で泊まり込みが続いたため、理沙たちは昨日から三日間、まとまった休みをもらっている。それで気分が高ぶり、昨日の午後は神保町《じんぼうちょう》の古本屋街に出かけた。自称「古本探偵」の店を訪ねたところ、前から気になっていた希少本があるとわかった。かなりの値段だったが、このチャンスを逃せば二度と手に入らないかもしれない。読みたいという誘惑に勝てず、ＡＴＭで現金を下ろして買い取ったのだった。

理沙は壁のほうに目を向けた。北側、西側の二面に巨大な書棚が据え付けてある。窓は小さくてもいいから、とにかく書棚を置くスペースがほしい。そう希望して、このマンションに入居したという経緯があった。

本が日焼けしないよう、昼間でもカーテンはほとんど閉めたままになっている。書棚には大事な本を収納していたが、入りきらない本や雑誌は床に積んであった。足の踏み場もない状態だが、この薄暗い部屋で、ひとり静かに本を読むのが無上の喜びなのだ。

――こんなふうに明日《あした》まで休めるなんて……。

理沙は書棚の本を眺めながら、ひとり口元を緩めた。人間、何のために働くかといったら趣味のためだろう。この至福の時間を、たっぷり楽しみたいと思った。

かなり日が高くなっているが、もう少し本の続きが読みたかった。キッチンでコーヒーを淹《い》れてから書斎に戻る。古本の紙のにおいと、コーヒーの豊かな香り。幸せを感じる瞬間だ。

と、そこへ携帯電話が鳴りだした。理沙はテーブルに手を伸ばし、液晶画面を確認する。表示されていたのは、上司である財津《ざいつ》喜延《よしのぶ》係長の名前だった。

何かあったのだろうか。理沙は姿勢を正し、いつもの凛とした声で電話に出た。

＊

今日は朝からよく晴れている。風も穏やかで、外出するにはちょうどいい陽気だ。

坂道を歩きながら、夏目《なつめ》静香《しずか》はバッグを肩に掛け直した。カメラを構えて、辺りの風景を撮影する。

道端に鳥がいて、何かをついばんでいるのが見えた。普段なら気に留めることもなかったが、今はそんな光景も新鮮に感じられる。足を止めて、何度かシャッターを切った。

いつも仕事で忙しいから、夏目はなかなか東京を離れることができない。そんな中、今回は連休をもらうことができたのだ。自分の趣味のために、その休みを存分に使わせてもらおうと思った。

道は右側に曲がっている。そのカーブを進んでいくと樹木が途切れて、目の前が大きく開けた。砂利の敷かれた広場があり、観光客たちがお喋《しゃべ》りをしている。

右手には石垣が長く続き、その上に白く美しい壁が見えた。

――これが小《お》田《だ》原《わら》城か。いい顔してるな！

夏目は夢中になって写真を撮った。まずは離れた場所で全体像を。それが済むと角度

を変えながら、二十枚、三十枚と撮影していった。夏目があまりに熱心なので、親に連れられていた男の子が、

「お姉ちゃん、カメラマン？」

などと訊《き》いてきた。夏目はにっこり笑って答える。

「城ガールだよ。まだ初心者だけどね」

サブカルチャーが好きな夏目は、あるアニメ作品で北条氏康《ほうじょううじやす》を知り、その時代を調べているうち小田原城に興味を持った。城ガールを名乗るのは気恥ずかしいが、青空の下、天守閣を見上げているとわくわくしてくる。

せっかくの旅行なので、足を延ばして別の城も見に行こうと思っていた。これをきっかけに、各地の城巡りをするのも楽しそうだ。一泊二日で行ける城はけっこうあるから、見ているうちに「沼」に嵌《は》まってしまうかもしれない。

小田原城の天守閣には、甲冑《かっちゅう》や刀剣などが展示されているということだった。それはそれで、非常に興味をそそられるアイテムだ。刀剣が擬人化された作品を思い出しながら、砂利を踏んで歩きだした。

そのとき、電話の着信音が聞こえた。おや、と思いながら夏目は携帯を取り出す。

液晶画面を見てはっとした。財津係長から電話がかかってきたのだ。

――まいったな。タイミングが悪いですよ、係長。

休日に仕事の電話は困る、という意味ではない。むしろ逆だった。もし何かが起こっ

たのだとしたら、今すぐ現場に向かうのは難しいだろう。もしかしたら、大事な捜査に参加できなくなるかもしれない。

表情を引き締めて、夏目は通話ボタンを押した。

＊

キーボードを叩《たた》く手を止めて、谷崎廉太郎《たにざきれんたろう》はパソコンの画面を見つめた。

普段は難なくプログラミングできるのだが、今日はなぜかうまくいかない。昨夜、自宅でゲームをやりすぎたせいだろうか。いや、そんなことはないはずだ。自分にとってはゲームと同様、プログラミングも楽しみのひとつなのだ。仕事ではあるが、好きなことだから常にやり甲斐《がい》を感じている。

それなのに今日、思うように作業が進まないのはなぜだろう。

「どうした谷崎、手が止まってるぞ。少し寝不足なんじゃないのか」

うしろから声をかけられた。振り返ると、そこに科学捜査係の主任が立っていた。痩《や》せ型で顎《あご》が長く、神経質そうな顔をした人物だ。

「あ……いえ、大丈夫です」

谷崎が軽く頭を下げると、主任は眉をひそめて言った。

「ちょっと姿勢が悪いんじゃないのか。椅子に深く腰掛けないと眠くなるぞ」

「……そうですよね。すみません」

谷崎は椅子に座り直した。背筋を伸ばし、姿勢を正してパソコンに向かう。それを見て、主任は満足げな表情になった。

「うん、それでいい。しっかりやれよ」

主任が去っていくのを横目で見てから、谷崎は小さくため息をついた。

悪い人ではない、とわかっている。だがあの主任は、やたらと細かいことを気にする性格だ。いつも部下の挙動に目を光らせ、仕事の進め方はもちろん、個人的な振る舞いにまで口を出してくる。それが谷崎にとっては窮屈で仕方がない。

今日なかなか調子が出ないのも、それが理由だと気がついた。今朝、谷崎は主任に声をかけられ、もう少し早く登庁するよう注意された。遅刻したわけではないのだが、始業時刻ぎりぎりに出てきたのがまずかったらしい。

仕事に対する熱意はある。だが谷崎は縛られるのを好まないタイプだった。できることなら時間など気にせず、好きなだけ、好きな方法でプログラミングを続けたかった。

――文書解読班の人たちはどうしているかな……。

そんなふうに思った。初めて応援に行ったときは不満を抱いたものだが、一緒に仕事をするうち、あの部署にも親しみが湧いてきた。何より、自分の力をきちんと評価してもらえることが嬉《うれ》しかったのだ。

部屋の奥で内線電話が鳴った。主任が受話器を取り、相手と何か話している。ややあって、彼はこちらを向いた。

「谷崎、ちょっと来てくれ。緊急の仕事だ」

「緊急……ですか？」

不思議に思いながら谷崎は立ち上がる。それから、急ぎ足で主任の机に向かった。

＊

あくびをしながらドアを開け、台所に入っていく。

やかんを火にかけてから、矢《や》代《しろ》朋彦《ともひこ》は椅子に腰掛け、ひとつ息をついた。

せっかく休みをもらったのに、昨日は家でだらだら過ごしてしまった。その挙げ句、宅飲みを始めて今朝は寝坊をした。何もしないうちに三日の休みが半分ほど過ぎてしまったわけで、すっかり気持ちが萎《な》えていた。

すぐに出かける気にもなれない。とりあえずカップ麵《めん》を食べることにした。

矢代はテレビのリモコンを手に取った。平日の昼間にテレビを見ることはほとんどないから、どんな番組をやっているのか少し興味がある。

バラエティーや情報番組が流れているかと思ったら、なぜか画面に映ったのは開けた土地だった。うっすら雲のかかった空と、灰色の地面。どこか屋外を撮影しているようだ。そのうち画面が切り替わり、飛行機が映し出された。灰色の地面と見えたのは滑走路だったらしい。ということは、これはどこかの空港なのだろう。

それにしても、と矢代は思った。

――なんであの飛行機は、滑走路のそばで止まっているんだ？

実際に離着陸するランウェイからは外れているが、普通なら早くそこを離れ、駐機する場所へ移動しているはずだ。だが画面を見ていても、飛行機は動きそうにない。機体のトラブルでも起きたのだろうか。

そう思っているところへ、アナウンサーの声が聞こえてきた。

「ただいまご覧いただいている映像は、東京国際空港――羽田空港の様子です。滑走路そばの誘導路に旅客機が止まっています。……本日午前八時前、新千歳発東京行きのＪＨＡ50便が何者かに乗っ取られました。旅客機は羽田に着陸したあと、滑走路のそばに停止しています。現在、警察が対応にあたっている模様ですが、詳しいことはわかっていません」

え、と矢代は声を出してしまった。これはハイジャック事件ということか。

記憶をたどってみたが、ここしばらく飛行機の乗っ取り事件が起きたというのは聞いたことがなかった。一時期、政治的な理由でハイジャックが頻繁に発生したが、最近はセキュリティーチェックが厳しくなったせいもあって、そうした事件はほとんどなくなっているはずだ。

それなのに、なぜ今になってハイジャック事件が発生したのか。

慌ててチャンネルを替えてみると、ほとんどの局がこの事件を報道していた。滑走路の様子を撮影し続けている番組、空港の構造を紹介している番組、スタジオで解説者から話を聞いている番組など、さまざまだ。それらの情報を総合したところ、旅客機が止まっているのは東京湾に張り出したD滑走路だとわかった。危険防止のため、現在羽田空港は閉鎖されているという。報道のヘリなども飛行しないよう、呼びかけられているらしい。

　湯が沸騰して、やかんが音を立て始めた。我に返って矢代は椅子から立ち、ガスコンロの火を止める。カップ麺はおいておき、そのままテレビの前に戻った。

　大変なことになったな、と矢代は思った。

　羽田空港で起こった事件だから、管轄は東京空港警察署ということになる。だがハイジャックは特殊な犯罪だ。所轄で対応できるものではないため、警視庁本部の専門部署ＳＩＴが出動しているはずだ。

　時計を見ると、午前十一時を回ったところだった。事件が起こったのは八時前だというから、三時間ほど経過したことになる。ＳＩＴはすでに犯人との交渉を始めているのではないだろうか。

　これだけの大事件となると、警視庁だけでなく警察庁も動いている可能性が高い。とにかく、一刻も早く人質を救出しなくてはならない事案だ。

　しばらくザッピングを続けていたが、状況に変化はないようだった。再び椅子から立ち上がり、矢代はカップ麺の蓋《ふた》を開けた。スープの袋を取り出し、かやくをカップに入れてやかんの湯を注ぐ。

と、そこへ携帯電話が鳴りだした。テーブルの上にあった携帯を手に取り、液晶画面を確認する。表示されていたのは財津喜延係長の名前だった。

「お疲れさまです。矢代です」

よそ行きのはっきりした声で、矢代は電話に出た。

「ああ、俺だ。すまないな。文書解読班は全員休みだと、わかってはいたんだが……」

「何かありましたか？」

休みにかかってきた上司からの電話だ。急ぎの仕事が出来たに違いない。

思ったとおり、財津は申し訳なさそうな声で言った。

「悪いけど、今から事件現場に向かってくれないか。捜査一課長から緊急の命令があったんだ」

「わかりました。これから準備します。……で、どんな事件です？」

「矢代、ニュースを見ていないか？」

テレビのほうに視線を向けて、矢代は画面を見つめた。

「見てますよ。羽田でハイジャック事件が起こったみたいですね」

「じゃあ話が早い。その件だよ」

「えっ？」まばたきをしてから、矢代は聞き返した。「ハイジャックですよね。どうして我々が呼ばれるんです？」

矢代が所属しているのは警視庁捜査一課の科学捜査係、文書解読班だ。過去の未解決事件の資料を整理する傍ら、現場の捜査に協力することもある。だがそれは殺人捜査の手伝いに限られていたはずだ。

「現在、ＳＩＴが犯人との交渉に当たっている。そのサポートをするように、という命令なんだ」

「でも……ＳＩＴは特殊な訓練を受けている部署ですよね？」

「組織上はおまえと同じ捜査一課に所属している。助けてやってほしい、と課長から電話があった」

「我々は文書解読班ですよ。よその部署から『倉庫番』なんて呼ばれています」

「うん、知ってる」

事も無げに財津は言う。いつものことながら飄々《ひょうひょう》として、とらえどころのない人物だ。

「ですから係長、我々がハイジャックの現場なんかに行ったら、いつものように邪魔者扱いされるのがオチじゃないかと……」

「いや、それはない」自信のありそうな声で財津は言った。「今回、ＳＩＴの小此木管理官が出動を要請したんだ。文書解読班の助けを借りたいと言ってきたんだよ」

「ＳＩＴがですか？」

彼らはプライドが高く、縄張り意識が強いのではないかと思っていた。そのＳＩＴが文書解読班に応援を求めたのなら、よほどのことが起こったと考えられる。

「俺と鳴海もすぐ羽田に向かう。おまえも来てくれ」

「了解しました」

待ち合わせの場所を聞いてから矢代は電話を切った。慌ててカップ麺をすすり、寝室でトレーナーからスーツに着替える。

再び台所に戻ってテレビの画面に目をやった。そこにはＪＨＡ50便が映っている。先ほどと何も変わらない映像だが、矢代の中には大きな変化があった。

もはやそれはニュースの中の出来事ではなかった。これから矢代自身が対峙《たいじ》しなければならない、重要な事案なのだ。

テレビを消すと、矢代は急ぎ足で玄関へ向かった。

第二章　D滑走路

1

空港ターミナルには大勢の旅行客が集まり、不安げな表情を浮かべていた。

今、羽田空港では離着陸が全面的にストップしている。飛行機に乗ろうとしていた人たち、家族や友人を迎えに来た人たちなど、誰もが戸惑っているようだ。館内放送に耳を傾ける者、カウンターで航空会社に質問する者などさまざまだが、今後の予定は誰にもわからないらしい。

ロビーにはマスコミの姿もあった。カメラやマイクを構え、クルーたちが撮影を始めている。待ちくたびれた利用客たちに、インタビューを行っている姿が見えた。カメラに映っている間はみな背筋を伸ばし、まともな受け答えをする。だが撮影が済むと途端に疲れた顔になり、いつになったら解決するのかとぶつぶつ言う者が多かった。

そんな人々の間を縫って、矢代は広いロビーを駆けていった。途中で少し迷ったが、財津係長に電話をかけて道順を聞いた。

警察手帳を呈示して、関係者以外立入禁止のエリアに入っていく。教えてもらった場所に、何も書かれていないドアがあった。

ノックして中に入ると、そこには二十数名の男女が集まっていた。みな地味なスーツ姿で、それぞれの作業に集中している。矢代はぴりぴりした空気を感じ取った。ここで行われているのは、ただの仕事ではない。人命のかかった重大な任務なのだ。

「矢代、こっちだ」

声のしたほうを見ると、中年男性が手招きしていた。先月五十歳になった財津喜延だ。縦縞《たてじま》のワイシャツにグレーのスーツ。銀縁眼鏡をかけている。いつも穏やかな表情をしている人だが、さすがに今は緊張している様子がうかがえた。

「すみません、遅くなりました。ここが前線本部ですか」

矢代は辺りを見回しながら言った。室内には机や椅子が設置され、パソコンをはじめとする機材も用意してある。スクリーンを見つめる捜査員たちの表情はどれも、この上なく真剣だ。

「まるで映画に出てくる司令室のようですね」

「映画なら、どれほど気が楽だったことか。……これから長丁場になりそうだ。飯は食ってきたか？」

「ええ、大丈夫です」

「よろしく頼むぞ。文書解読班をまとめるのはおまえなんだから」

「いや、リーダーは鳴海主任ですから」

財津は科学捜査係の係長であり、傘下の文書解読班も管理している。だがそれは名目上のことで、実務面ではあまりタッチしていない。

「たしかに鳴海は文書解読のエキスパートだ」財津は声を低めて言った。「だが対人関係のスキルには少し不安がある。そこで、サブリーダーのおまえに期待しているというわけだ。わかるよな？」

「とにかく、鳴海主任と協力しながら仕事を進めます」

「そうしてくれ」

などと話しているところへ、前線本部のドアが開いた。入ってきたのはひとりの女性だ。

身長は矢代より少し低くて百六十センチぐらい。今日は紺のパンツスーツを着ている。ボブにした髪に緩いウエーブをかけていて、整った顔立ちがかなり目立っている。黙っていればテレビタレントのようにも見えた。

警視庁内でも美人と噂される、鳴海理沙警部補だ。

「財津係長、矢代さん、お疲れさまです」

こちらに近づきながら理沙は声をかけてきた。彼女は辺りを見回して、

「大変なことになっているようですね」

「ああ、今回の事件は今までとは違う。リアルタイムで進行中だ」

「そんな事件に、なぜ私たちが呼ばれたんでしょう。正直な話、とても不安です」

矢代も同じ思いだった。警察官である以上、どんな場面でも臆《おく》したり萎縮《いしゅく》したりしてはいけない。危険な場面でも冷静に振る舞うべきだし、凶悪犯の前でも毅然《きぜん》とした態度をとるべきなのだ。

だがそれにしても、今回の事件はあまりにも規模が大きすぎる。

「状況を聞かせてもらう手はずになっている。向こうのテーブルへ行こう」

財津は矢代たちを促して歩きだした。文書解読班にはもうひとり夏目というメンバーがいたが、今日は所用で外出しているため遅れて来るということだった。

打ち合わせスポットに入ると、六人掛けのテーブルに資料の束が置かれていた。隅の席に二十代半ばの男性がいて、ノートパソコンを操作している。黒縁眼鏡をかけた人物で、表情には少し気むずかしそうなところがあった。

「谷崎じゃないか。久しぶりだな」

そう声をかけると、男性ははっとした様子で顔を上げた。

「矢代さん。それに鳴海主任も……。どうもご無沙汰《ぶさた》しています」

谷崎の横に腰掛けながら、財津が言った。

「今回はネット関係の調査も必要になるらしい。それで谷崎を連れてきた」

「そうだったんですか」理沙はうなずく。「谷崎さん、ネットやウェブサイト関係の調査、よろしくお願いします」

「ええ、しっかり調べます」

「心強いですね。谷崎さんなら必ず成果を挙げてくれると信じています。期待していますよ」

「はい、任せてください」

いつもなら得意げに、ふふん、と笑うところだろう。だがこの緊迫した状況の中、谷崎も表情を引き締めている。

パーティションの向こうから靴音が聞こえてきた。矢代たちは立ち上がって相手を迎え入れる。

やってきたのはふたりだった。ひとりは五十代だろうか、細面で、額に刻まれた皺《しわ》が警察官人生を物語っているかのようだ。もうひとりは四十代半ばだと思われる。浅黒い顔に、整髪料で固めた髪。精悍《せいかん》な印象の人物だった。

「小此木だ。SITの管理官をしている」

五十代の男性が口を開いた。隣にいた精悍な男性も、こちらに向かって挨拶《あいさつ》をした。

「係長の泉恭也です。よろしくお願いします」

彼はそう言ったが、矢代とはほんの一瞬目を合わせただけだった。おや、と矢代は思った。今の表情には少し引っかかるものがある。何か言いたいことがあるのだが、口に出せずにいるといった雰囲気だ。

椅子を勧められ、あらためて矢代たちは腰掛けた。文書解読班側は財津、理沙、矢代、応援の谷崎の四名。ＳＩＴ側は小此木、泉の二名だ。

まず、泉係長から状況の説明があった。

「すでにご存じだと思いますが、今朝七時五十分ごろ、新千歳発東京行きのＪＨＡ50便がハイジャックされた、と機長から連絡がありました。機はそのまま予定どおり羽田に着陸。現在、我々ＳＩＴが犯人グループと人質解放に向けた交渉を行っています。ですが……」

泉はそこでしばらくためらう様子だった。横にいた小此木がちらりと彼の顔を見た。咳払《せきばら》いをしてから、泉は続けた。

「犯人グループのリーダーと思われる永尾忠義——これは偽名なんですが、その男がゲームをしようと言い出しました。こちらも時間稼ぎをしたかったので、ちょうどいいと思いました。しかし永尾はとんでもない男でした」

その後の説明を聞いて、矢代は眉《まゆ》をひそめた。永尾という男の性格がよくわからなかった。泉の話によれば、まともな反応ではなく、どこか壊れているような印象があったという。たしかに、相手の言うことが気に入らないからといって、いきなり無関係な乗客を刺すなど、普通では考えられないことだった。

「刺された沼倉という人は、50便の乗客名簿に載っていたんですかね？」

財津が尋ねると、泉は深くうなずいた。

「沼倉悠人、三十三歳。リストに記載されています。それから、もうひとり怪我人がいるという情報がありました」

「そうですか。すでにふたりも負傷者が出ているんですね」

低い声で唸《うな》ってから、財津は腕組みをした。泉たちは携帯電話を通じて、沼倉の悲鳴も聞いたということだった。

その件により、人質たちの立場が大きく変わったと言える。彼らはただ自由を奪われただけではない。犯人たちによって、いつ襲われるかわからない危険な状態に陥ったのだ。泉の説明によれば、犯人はひとりではないらしい。仲間の中には、もしかしたら永尾よりも残忍な人間がいるかもしれなかった。

「状況は理解できました。極めて厳しい、と言わざるを得ませんね」と財津。

「永尾という男は本当に厄介です」泉は渋い顔になった。「何を考えているのかさっぱりわかりません」

「そういうふうに見せかけている、という可能性はないですかね」

「それは……」言い淀《よど》んだあと、泉は首を横に振った。「わかりませんが、もしそうだとしたら非常に手強《てごわ》い相手ですよ。奴はことごとく、こちらの意表をついてきます」

この泉という人は責任感の強い男性なのだな、と矢代は思った。とても真面目で、自分の仕事に誇りを持っているようだ。だがその誇りが彼を縛っているのではないだろうか。上司の小此木が見ている前で事件を解決しなければ、という焦りが感じられるのだ。

矢代にもわかるぐらいだから、理沙などはとうに気づいているだろう。理沙は大学で心理学を勉強していたという。厳密には文章心理学というジャンルだそうだが、大きく分ければ心理学には違いない。目の前にいるこの泉という係長が何を焦っているのか、理沙は頭の中で分析を始めているはずだ。

「では、一番気になっているところを話してもらいましょうか」

財津が促すと、泉は椅子から立ち上がった。パーティションの外に向かって声をかける。

やってきたのはセルフレームの眼鏡をかけた男性だった。

「部下の斉藤警部補です」泉は彼を紹介した。「……斉藤、例のゲームについて説明してくれ」

「わかりました」

うなずいて、斉藤は打ち合わせスポットに入ってきた。彼は外部記録メディアを持っている。立ったまま、斉藤は説明した。

「犯人との通話内容を録音したものです」

IT担当の谷崎はそれを受け取り、自分のノートパソコンにデータを取り込んだ。斉藤の説明に従い、音声ファイルを再生する。ふたりの男性のやりとりが聞こえてきた。

「要求に応じるには時間がかかるんだったたな。では時間つぶしに、少しゲームをしよう」

「ゲームだって？　今、ここでか？　いったいどんなことを……」

『ウミガメのスープ』という推理ゲームを知っているか」

「ああ、知っている。ウミガメのスープを飲んだ男が自殺したのはなぜか、という話だろう？」

　永尾がゲームをしようと誘っている。それに答える泉の声は、快活さを装ってはいるものの、かなり緊張しているようだ。

「興味深いですね！」理沙が急に目を輝かせた。「水平思考パズルが始まったわけですね。まさか犯人がこんなことを言い出すなんて」

　ウミガメのスープという話は矢代も聞いたことがある。一時期ネットで流行《はや》り、本も出版されたはずだ。ゲームだからリアリティーには欠けるかもしれないが、真相を知って矢代も背筋が寒くなったことを覚えている。

　録音を聞きながら、理沙はときどき深くうなずいていた。この知的なゲームに、かなり惹《ひ》かれているようだ。

　だが泉と永尾のゲームが終わったあと、彼女は大きく目を見開いた。矢代も息を詰めてパソコンのスピーカーを見つめる。

「あああっ！　ああっ！　うっ……ううっ。ああああっ！」

　男性の悲鳴が聞こえた。機内で乗客のひとり、沼倉悠人が刺されたのだ。

　矢代は眉をひそめた。理沙も、予想外の展開に衝撃を受けているようだ。財津や谷崎も険しい表情を浮かべている。

交渉中に突然こんなことが起こったのだ。泉が責任を感じ、プレッシャーに押しつぶされそうになるのも無理はなかった。

音声の再生が終わったあと、毒気に当てられて矢代たちは黙り込んでしまった。概要を聞かされただけではわからない、リアルな切迫感がそこにあった。

ややあって斉藤が再び口を開いた。

「この手のゲームでは本来、出題者はイエスかノーの回答をするだけです。しかし今回、永尾は要望に応じて途中でヒントを出しました。その結果、泉係長は正解にたどり着いたわけです」

「降参させて警察をやり込めたかったわけではない、ということですか？」

矢代が尋ねると、斉藤はこちらに視線を向けてうなずいた。

「たぶん、そうだと思います」

「妙ですね。ゲームは勝ち負けを競うものでしょう。永尾は出題する側なんだから、相手を降参させたかったのでは？」

「私もそこが気になっているんです」

不可解だという顔で斉藤はつぶやいた。矢代も首をかしげる。

ここで理沙が小さく右手を挙げた。

「私の推測ですが、永尾は出題者というより『ゲームマスター』に近い立場だったんじゃないでしょうか」

「ゲームマスター？」財津は谷崎のほうを向いた。「谷崎はたしかゲームが好きだったよな。今の、わかるかい？」

もちろんです、と谷崎は答える。彼は眼鏡のフレームに指先を当てながら説明した。

「テーブルトークRPGなんかで、ゲームを進行させる語り手のことです。ルールやシナリオをプレイヤーたちに説明して、ストーリーを進めていきます。……ですよね、鳴海主任」

「ええ、そうです。ゲームマスターはプレイヤーではないので勝敗には関係ありません。用意したシナリオを最後まで語るのが仕事ですから、それとなくプレイヤーを導くことがあります。今回、永尾はそういう立場でゲームに臨んだんだと思います。自分が考えたシナリオを最後まできっちり演出し、プレイヤーをゴールに誘導したかったんじゃないでしょうか」

「なるほど……」斉藤は納得したという顔になった。「激昂《げきこう》したとき、永尾は変なことを言ったんです。『俺が時間をかけてじっくり考えたゲームを、遊びだと？』というふうにね」

「おそらく、ゲームマスターとしてのプライドを傷つけられたと感じたんでしょう。俺が考えた物語を馬鹿にするな、と怒ったわけです」

話を聞いて、泉は驚いているようだった。説明はわかるが、どうも釈然としないといった表情だ。

「もし鳴海くんが言ったとおりだとすると、永尾はシナリオ作りを楽しんでいる、ということだろうか」

「そして、そのシナリオを誰かに聞かせたがっている、ということです」

考え込んでいたが、そのうち泉は理沙を見つめた。思い当たることがある、という様子だった。

「個人的には理解しがたいことだが、永尾がそういう人間だという可能性はあるな」

「永尾には、テーブルトークRPGの趣味があるのかもしれませんね。あるいは、ほかのゲームだという可能性もあります」

理沙は、その考えに自信があるようだ。

「鳴海主任にゲームの知識があるとは思いませんでした」

感心したように矢代が言うと、理沙はこくりとうなずいた。

「一時期、興味を持っていたんです。私もストーリーを作るのが好きですから」

そういえば彼女は小説を書いているそうだ。新人賞にも応募していると話していた。

「ゲームに限らず、永尾はストーリー作りを好んでいるんじゃないでしょうか」理沙は続けた。「もしかしたらゲーム作家を目指していたとか、シナリオライターを目指していたとか、そんなことも考えられます。……まあ、こういう推測を話すと、単なる当てずっぽうだろうと怒る人もいるんですけど」

理沙は少し警戒するような目で周りを見た。矢代にはその気持ちがよくわかる。今まで殺人班のサポートをしたとき、強面《こわもて》の捜査員たちに「単なる思いつきだろう」と何度も批判されてきたからだ。

実際、泉は半信半疑という面持ちだった。だが彼の上司である小此木管理官は、真剣な口調で言った。

「たしかに、そういう可能性もあるな」

「……批判なさらないんですか？」

理沙は意外だという顔で尋ねた。その理沙を見て、小此木のほうも意外そうな表情になった。

「批判などしないさ。今の時点で、犯人に関する情報は少ししかないんだ。永尾との会話の中から、手がかりになりそうなものをすべて拾い上げなければならない。今、鳴海が言ったことを我々は捜査の参考にさせてもらう。たとえそれが外れだったとしても、状況が状況だ、誰も君たちを責めたりはしない」

「ありがとうございます」理沙はわずかに口元を緩めた。「応援していただければ、文書解読班は今まで以上に活躍できると思います」

「そうあってほしいものだ。今回、君たちに応援を要請したのは私だ。永尾とのゲームで泉が苦戦していたから、これは文書解読班の出番ではないかと思った。以前から君たちの噂を聞いていたのでね」

「本当ですか？　それは嬉《うれ》しいですね」

理沙と小此木は馬が合うようだ。ふたりを見ていた泉は、軽く息をついた。

「まあ一理あるかもしれません。……もし鳴海くんが本当に永尾のゲームを読み解けるのなら、我々に協力してもらいたい」

「それがいい」小此木は言った。「二問目も難しかったからな」

はっとして矢代は小此木の顔を見つめた。

「すでに二問目が出題されていたんですね？」

「ああ、そのとおりだ」

重々しい声で小此木は認めた。彼の表情は一段と厳しくなっていた。

2

ゲームの第二問について説明するよう、小此木は斉藤に命じた。

「ふたつ目の音声ファイルを再生してください」斉藤は谷崎のほうを向く。

谷崎がパソコンを操作して、第二の音声ファイルをクリックした。緊張した空気の中、再び泉と永尾のやりとりが聞こえてきた。

「では第二問。よく聞けよ。ジェームズは田舎の村に家を借りて、自分の研究を進めていた。ある日ドロシーという住民が、全焼した自宅で発見された。遺体はひどく焼け焦げていた。ジェームズは彼女の父親とともにその遺体を調べ、墓地に埋葬した。一週間後、今度はドロシーの実家が全焼し、ひとり暮らしだった父親が遺体となって発見された。村長とともにジェームズは遺体を調べ、やはり埋葬した。その一週間後、ジェームズは借りていた家に放火し、自殺した。なぜジェームズはそんなことをしたのだろうか。……問題は以上だ。さあ警察の諸君、質問は？」

「……そうだな。今の話を聞いてすぐに疑ったのはこのことだ。ドロシーとその父親を殺害したのはジェームズですか？」

「ノー」

「……違うのか？　じゃあ……ジェームズは、ドロシー親子を殺害した犯人と知り合いでしたか？」

「ノー」

「ジェームズが研究していたのは、ドロシー親子と関係あることですか？」

「イエス」

「ジェームズは警察や司法関係の人間でしたか？」

「ノー」

「……わからないな。ジェームズは火事の前から、ドロシー親子と面識がありましたか？」

「イエス。補足すると、もともと知り合いだったわけではない」

「その村に来てから知り合った？」

「イエス」

「ジェームズの研究と、ドロシー親子の死は関係ありますか？」

「イエス」

「……ドロシーを殺害したのは父親だった、とか？」

「ノー」

「ふたりを殺害したのはドロシーの母親だった？」

「ノー。母親は五年前に亡くなっている」

「念のため確認するが、ドロシー親子を殺害したのは村の住人ですね？」

「ノー」

「えっ？　どういうことだ。……ドロシー親子は他人に殺害されたわけではないのか？」

「イエス。殺害されたのではない」

「だったら……彼らは自殺したのか？」

「ノー」

「自殺でも他殺でもないとすると……もしかして病死？」

「病死ではないが、それに近い形で死亡した。ある種のカビによる中毒死だ」

「なるほど。ふたりが中毒死したあと誰かが放火をした。火を放ったのはジェームズだったのでは？」

「イエス」

「よし、いいぞ。……ふたりの中毒死とジェームズの自殺は関係ありますか？」

「イエス」

「……ジェームズはふたりの中毒死を確認して放火したわけだ。そして自分の命を絶ったときも家に放火している。……待てよ。ジェームズもふたりと同じ中毒になっていたのでは？」

「イエス。この毒は森の瘴気《しょうき》によるものだと言われていた。しかし原因ははっきりしない。わかっていたのは、中毒者からほかの者にカビが広がる、ということだ」

「すると、ふたりに毒をうつしたのはジェームズですか？」

「ノー」

「そうか、中毒者に会ったとき、ジェームズは毒にやられたんですね？」

「イエス。火事が起こる前、中毒になった」

「ドロシーから父親、そしてジェームズへとカビが広がったわけだ」

「イエス。ドロシーが亡くなる前、父親はジェームズを呼んでいた。そのとき父親も中毒になっていて、ジェームズはカビの毒をうつされた」

「ジェームズは医師か、毒物の研究者でしたか？」

「イエス。医師だった」

「わかった！　ジェームズは地域に広がるカビの毒を研究するため、田舎の村にやってきた。もともと中毒者が多く出ている集落だったんだろう。その村でドロシーが毒により死亡した。放っておくとカビが広がってしまうから、ジェームズは遺体を家ごと焼いた。その後、父親も中毒のせいで一週間後に死亡した。この遺体もジェームズが焼いた。ところが今度はジェームズ自身が毒にやられて、もう助からないことがわかった。だからジェームズは家に火を放って自殺した」

「こちらから質問だ。なぜジェームズは、故郷の病院に助けを求めなかった？」

「それは、故郷にそのカビの毒を持ち込まないためだろう」

「……ここまでで八十点というところだな」

「え？」

「おかしいと思わないか。ジェームズはそれほど毒を甘く見ていたんだろうか。危険だとわかっていただろうに、なぜその村に行ったんだ？」

「それは……行かざるを得ない状況だったとか」

「どういう状況だ？」

「誰かに命令されて村に行った。いや、脅されて行ったのかも……」

「ノー。ジェームズは誰にも脅されていない」

「となると……ジェームズは医師としての使命感から、村に行ったのでは？」

「ノー」

「だったら、その村に誰か知り合いがいたんですか？」

「ノー」

「……正解が思いつかないな。何かヒントをくれないか、永尾」

「これは二問目だ。自分で考えろ」

「しかし……」

「わかった。降参だな？」

「いや、まだだ。もう少し考えたい」

「答えを教えてやろう。ジェームズは癌で、あと少ししか生きられないとわかっていた。どうせ長くないのなら、みんなが嫌がる仕事を引き受けようと思った。だから村に行ったんだ」

「……後世に名を残したかったということか？」

「そんな高尚な話じゃない。ジェームズは病院から金をたっぷりもらい、その村で贅沢《ぜいたく》三昧《ざんまい》だったのさ。高い酒を飲み、旨《うま》いものを食い、賭《か》け事をしたあと売春宿にも行った」

「毒の研究はどうなったんだ」

「研究はしていた。だがそれは形だけのことだ。ジェームズひとりがいくら努力しても、毒の解明なんてできない。彼は最初から諦《あきら》めていたんだよ」

「救いのない話だな。ファンタジーとしては、ありかもしれないが……」

「さあ泉、ペナルティーだ」

「何だって？」

「ペナルティーだと言ったんだ。俺の問題を真剣に解かなかった罰だ」

「ちょっと待て。待ってくれ」

「嫌だ！　やめて、離して！　ああああああっ！」

甲高い女性の悲鳴が響き渡った。

痛みと恐怖、衝撃によって発せられた動物的な叫び。聞いているだけで、こちらまで背筋が寒くなる声だ。

録音はそこで終わっていた。

矢代は動揺を押し隠しながら、泉係長に尋ねた。

「また乗客が刺されたんですか」

「そうだ」泉は硬い声で答える。「このあとの会話で名前がわかった。佐々《ささ》岡仁絵《おかひとえ》という二十四歳の女性だ。乗客名簿に載っていた」

「第三の負傷者を出してしまったんですね」

理沙が眉《まゆ》をひそめながらつぶやく。それを受けて泉は、思い詰めた表情になった。

「君の言うとおりだ。私のせいで、三人も怪我人を出してしまった」

「あ……すみません。そんなつもりじゃなかったんですが」

「事実だよ。力不足だった」

相手にどう声をかけようかと、理沙は戸惑っているようだ。

財津係長は理沙のほうに体を向けて、ノートパソコンを指差した。

「鳴海、今の通話内容から何かわかるかな」

「そうですね。……第一問では、永尾はプレイヤーを正解まで導きました。でも第二問では、ゴールにたどり着いたと思わせてから、最後に意外なオチを語った。これについては、ふたつの解釈ができます。ひとつは、それが永尾の企《たくら》みだったというケース。警察を動揺させて、今後の交渉を有利に運ぼうとしたのかもしれません」

「実際、我々は相当動揺し、焦りを感じているよな」

「もうひとつは……永尾に作為はなく、あらかじめあのオチを用意していた、というケースです。普通では思いつかないような救いのない結末です。なぜ永尾がそんな話を考えたのか、気になりますよね。もしかしたら彼は、何らかのトラウマを抱えているのかもしれません」

「たしかに、奴の反応には得体の知れないところがある」小此木はうなずく。

「永尾が発作のように感情を高ぶらせ、意識せずに凶暴な行動をとる人間だとしたら、この先何が起こるかわかりません」

理沙の言葉を聞いて、あらためて泉は敵の脅威を知ることになったらしい。彼は表情を曇らせていた。

「それから、もう一点気になったんですが……」理沙は話を続けた。「第二問の初めと終わりで、主人公ジェームズのキャラクターがずいぶん変わりましたよね。最初は無個性な研究者として登場した彼が、最後には自暴自棄な悪党のようになっています。賭け事をしたあと売春宿にまで行ったというんですから……。それまでの推理ゲームは知的で、人工的な印象のストーリーでした。それがラストで急に生々しい話になっている。不思議だと思いませんか」

「そうですね。たしかに違和感があります」と矢代。

「どうもそこにヒントがあるような気がします。本来この第二問は、ジェームズの自殺の理由がわかったところで終わってもいいと思うんです。それなのに永尾は、蛇足とも言えるような最後のエピソードを語った。あんな理由、なかなか考えつくものではないのに……」

「なぜ永尾はそんなことを？」

「そうせずにはいられない、何か感情的な理由があったんでしょう。たとえば、ストーリーの中で永尾は願望を満たしたかった。自分をジェームズという人物に重ね合わせたのかもしれません」

酒にギャンブル、そして女。やりたいことを、ジェームズという登場人物に代行させたのだろうか。矢代は首をかしげた。

「永尾の過去に、何かあったんでしょうか」

「そんな気がします」理沙はこちらを向いた。「とにかく、彼には普通の考え方が通用しない可能性が高い。急に怒り出したり、乗客を刺したりするところも理解できません」

だとしたら、ますます人質が危険だということになる。永尾はこのあといったいどんな行動に出るのだろう。

「第二問が終わったあと、我々は休憩を要求した」小此木管理官が言った。「永尾もそれを受け入れた。奴は負傷者を三人出すことで、これはただの脅しではないと知らせてきたわけだ。この先、警察がどう出るか、永尾は様子を見ているに違いない」

「とりあえず今はその休憩中であると……。しかし、いずれ第三問を出してくる可能性がありますね」

財津の言葉を聞いて、小此木は大きくうなずいた。

「だから君たちの力を借りたいんだ。交渉に関しては泉ひとりでも問題ないだろう。だが、あのおかしなゲームにつきあうには独特の発想が必要だ」

理沙は真顔になって小此木を見つめた。

「では今後の方針を決めましょう。犯人との交渉窓口は今までどおり泉係長。私たち文書解読班はそのサポートをさせていただきます。特に推理ゲームが行われたときですね」

「そのほか、交渉中に永尾の言葉の背景も探ってもらいたい」

「ああ……そうですよね。永尾の言葉の中に、本人に関する手がかりがあるかもしれません。何かの専門用語を使うとか、独特の言い回しをするとか、そういう情報から彼の属性がわかる可能性があります」

「思想や信条なんかも探りたいですね」と矢代。

「そして、できることなら彼との間に信頼関係を築いて、早く人質を解放させたいところですが……」

理沙がそうつぶやくと、泉がこちらに視線を向けた。彼は硬い表情のまま言った。

「もちろん、それは私も意識しています。信頼関係が必要だと、最初から永尾にも伝えてある。当然のことです」

その言葉には少し棘《とげ》があった。泉の気持ちを察したのだろう、理沙は頭を下げた。

「すみません。私、よけいなことを……」

泉は何か言いかけたが、その言葉を呑《の》み込んだようだ。ややあって、彼のほうも小さく頭を下げた。

「いや……こちらこそ申し訳ない。ナーバスになってしまって」

この切迫した状況の中、誰もが焦りを感じている。人質は約三百八十名もいるのだ。

しかも、説得すべき相手は常識の通じない犯罪者だ。自信を持って交渉に臨める者などひとりもいないだろう。

同じ捜査一課でも、殺人班とＳＩＴでは仕事の仕方がまったく違う。普段矢代たちがサポートしている殺人班は、たいてい遺体が見つかってから捜査を開始する。基本的には物証の捜索や、関係者への聞き込みなどが活動の中心となる。だがＳＩＴの場合、今まさに事件は進行中なのだ。犯人との交渉に失敗すれば、すぐにも人質が傷つけられるおそれがある。

早く文書解読班を出て事件現場で働きたい、と矢代は常に考えていた。だがＳＩＴのような仕事に就いた場合、はたして自分はプレッシャーに耐えられるだろうか。

この泉という人は、そういう現場で重責を引き受けている。それが仕事だとはいえ、並大抵の神経では務まらないだろう、と矢代は思った。

——俺たちは、全力で泉さんをサポートしなければ。

交渉するのは泉だが、今、この前線本部には大勢の捜査員が集まっている。ひとりひとりの力を積み重ねて事件に臨むべきだ、と矢代は自分に言い聞かせた。

推理ゲーム以外のことも詳しく説明してもらい、矢代たちは現在の状況を理解した。

「早く四つの条件を呑め、と永尾はねじ込んでくるでしょうね」財津は眼鏡の位置を直しながら言った。「もたもたしていたら次の負傷者が出る、と脅してくるはずです」

「なんとか時間稼ぎをしたいと思っています」と泉。

「実際のところ、四つの条件についてはどうなっているんですか？」

「どれもまだ調整中です。ああ、いや、後続の52便を羽田に向かわせる件は、すでに手配済みですね。そのことは犯人にも伝えました。あとは……そうだ、金塊については桜田門――警視庁から、警察庁のほうに依頼していて……」

泉の言葉を聞いて、斉藤が口を開いた。

「係長、その件ですが、先ほど桜田門から連絡があって、金塊の準備は政府が引き受けてくれるそうです」

「何だって？　私は聞いていないぞ」

驚いたという顔をして泉は言った。システム手帳を開いたまま、斉藤は戸惑う様子を見せた。

「桜田門の警視庁舎で、副総監を長とする対策本部が発足しています。刑事部長、警備部長も詰めているとのこと。また、政府にも対策本部が設置されました」

「そういう情報は、しっかり伝えてくれないと困る」

「ああ……私はお伝えしたつもりだったんですが、申し訳ありません」

もしかしたら泉がメモを見落としていたのかもしれない。だがこういう場合、詫《わ》びるのは部下のほうと決まっている。

「私もよくやってしまうんですよ」気をつかって理沙がふたりに言った。「特捜入りしたとき、情報が多すぎて混乱することがあるんですよね。忙しいときほど、漏れがないか気をつける必要があって……」

彼女はバッグから、Ａ4判のコピー用紙を取り出した。

「ここに現在の状況を書き出しましょう。何がどこまで進んでいるか、みんなで情報共有できるように」

泉や斉藤から話を聞いて、理沙はタスク管理図を書いていった。

- □ＪＨＡ50便ハイジャック事件
  - □ＪＨＡ50便
    - □乗客、乗員
      - □機長、副操縦士
      - □ＣＡ
      - □乗客　★乗客名簿確認中
        - □リスクの高い乗客
          - □搬送中の患者・河島昇一
          - □負傷者　★沼倉悠人、佐々岡仁絵、ほか一名
          - □人質代表の少女　★栗山明日香
    - □犯人グループ
      - □身元確認　★永尾忠義
      - □ウェブサイト

- □サイト情報
- □千刃会
- □犯人の要求（四項目）
  - □燃料の準備
  - □五十キロの金塊　★政府が担当
  - ■52便の行き先変更（羽田へ）
  - □古屋成司の移送
    - □古屋成司の経歴　★永尾らと関係あり？
- □推理ゲーム　★文書解読班がサポート（第二問まで終了）
- □JHA52便
  - □乗客、乗員
    - □機長、副操縦士
    - □CA
    - □乗客　★乗客名簿確認中
- □警備部・SAT
  - ■応援要請
  - □配置
  - □突入部隊の接近

泉はその紙を覗《のぞ》き込み、感心したような声を出した。

「これはいいですね。わかりやすい」

「財津係長が教えてくれたものです。白い四角は未解決、黒は解決済みの項目です」

各項目を指差しながら、あらためて泉は進捗《しんちょく》状況を説明していった。

「『リスクの高い乗客』ですが、搬送中の患者が乗り合わせていました。症状は重いということなので、早く救出する必要があります。それから乗っ取り直後に負傷者一名、ゲーム後に刺された負傷者二名。さらにウェブサイトに動画が出た少女のことも気になります。この先、あの子が永尾に何をされるかわかりません」

そのとおりだった。少女は人質の代表として選ばれたのだ。あらたな動画を撮影するため、永尾が彼女を苦しめたり、傷つけたりするおそれがある。

「今、50便、52便の乗客名簿を見て、捜査員が身元確認を急いでいる」小此木がパーティションの向こうを指差した。「自宅や職場に電話をかけて、不審な人物かどうか確認しているところだ。ただ、人数が多いので時間がかかっている」

「50便の名簿の中には、犯人の仲間がいるはずですからね」理沙は言った。「とはいえ、電話で聞いたぐらいでは、どこまで情報がつかめるか……」

「泉さん、サイト情報の調査は進んでいますか？　よかったら、うちの谷崎にもやらせますが」

財津が申し出ると、泉は深くうなずいた。

「サイバー犯罪対策課に依頼していますが、別途調べてくれるなら助かります。何かわかったら教えてもらえますか」

「了解です、僕に任せてください。サイバー課の人たちには負けませんよ」

谷崎は妙な対抗心を燃やしているようだ。ＩＴ担当としてプライドがあるのだろう。

「四件の要求のうち、古屋成司の件はどうなっていますか？」

理沙が尋ねると、斉藤が手元のシステム手帳に目を落とした。

「所轄の人間が府中刑務所に到着しました。そろそろ連絡が来るころだと思います」

「古屋は永尾と深い関係があった、と見るべきでしょうね」

「そういえば、鳴海と矢代はこの前の事件で府中刑務所に行ってきたんだよな？」

思い出したという顔で財津が尋ねてきた。そうです、と矢代は答える。遺体の口に印刷用の金属活字が押し込まれていた、という事件だった。

「捜査の過程で、私たちは収監されていた男性を訪ねました。元印刷所の経営者で、脚の悪い人だったんですが……」

同じ場所に古屋成司が収監されていたのは、奇妙な偶然というべきだろうか。

矢代は府中刑務所の周囲に設置された、高い塀を思い出していた。

前線本部の隅には液晶テレビが何台か用意されている。

今、それぞれの画面には各テレビ局の番組が映し出されていた。どの局でも予定を変更してハイジャック事件を報じている。矢代たちは仕事の合間にときどき放送をチェックした。マスコミがこの事件をどう扱っているか気になったからだ。

そのうち、ある局がとうとう千刃会のウェブサイトを見つけて、少女の動画を流し始めた。まずいな、と矢代は舌打ちをした。あれをそのまま使われては、こちらの交渉に影響が出そうだ。

やがてほかの局も次々追随して、その動画を放送した。さらに、動画を見た一般市民の声まで報じるようになった。

「あんな小さい子が人質になっているのに、警察は何を……」

「長引くと人質が心配ですよ。中で怪我している人もいるのでは……」

「解放の条件が出ているんですかね。早く助けてあげないと……」

少女の動画のインパクトは強かったらしく、世間では人質解放を最優先にすべき、という声が大きくなっているようだ。

矢代は腕組みをして低く唸《うな》った。番組を見たＳＩＴの捜査員たちも、一様に暗い表情を浮かべている。

そんな中、オペレーターから報告があった。

「泉係長、所轄から連絡が入りました。府中刑務所にいる古屋成司の件です」

「わかった。電話に出よう」

泉は近くにあった電話の受話器を取る。矢代たちは彼をじっと見つめた。

「もしもし、泉です。……そうです。このまま報告してください。……え？　それは本当に古屋成司なんですか。……いや、しかしそんな男がどうして……」

話を聞いて、泉は怪訝《けげん》そうに眉《まゆ》をひそめている。

矢代が不思議に思っていると、泉は通話を終えて受話器を架台に戻した。電話を切ってもなお、腑《ふ》に落ちないという顔をしている。

「どうかしたんですか？」理沙が尋ねた。

「古屋成司のことがわかりました。年齢は五十四歳。現在、健康を害しているらしいんですが、それはいいとして、どうも経歴がおかしい。一年半ほど前から刑務所への入出所を繰り返しているんです。罪状は、スーパーやコンビニでの窃盗。食料品を盗む累犯者だということです」

え、と言って理沙はまばたきをした。

「窃盗犯……ですか？　テロとか殺人とかの罪ではなく？」

「ええ、万引きの累犯者です」

矢代と理沙は顔を見合わせた。財津や谷崎も不思議そうな表情だ。

「永尾は、なんでそんな男を釈放させたいんだろう」矢代は首をかしげた。「てっきり古い仲間だと思っていたのに……」

「経歴を洗ってみたんですが、古屋は以前、家電メーカーで設計技師をしていました。

特に問題などは起こしていません。政治的な活動もしていないようです」

「羽田に連れてこいという件、彼自身はどう思っているんでしょうか」と理沙。

「永尾のことは知らないそうです。しかし本人は羽田に行きたいと話しているらしい。まあ、今すぐ刑務所から出られるわけだから、そう言うでしょうね」

「超法規的措置か」財津がつぶやいた。「かつてハイジャックが多発していたころ、そういう事件がありました。一九七七年のダッカ日航機ハイジャック事件では『人命は地球より重い』として、政府は刑務所の受刑者を飛行機に乗せた。あとで世界中から批判されたそうですけどね」

「現在ではテロリストには絶対に屈しない、というのが主流だからな」

そう言ったのは小此木管理官だった。いつの間にか、矢代たちのそばに来ていたらしい。

「弱みを見せたら、相手はどこまでつけ上がるかわからない」小此木は続けた。「だからこちらは武器を用意して対決するわけだ。もちろん交渉はするが、それはハイジャック対策の一ステップでしかない。最後には機内に突入し、犯人を制圧することになる」

「多少の犠牲はやむを得ない、ということですか？」

訊《き》きにくいことを財津が質問した。だがそれは、今後の活動を進める上で、矢代たち全員が共有しなければならない情報だ。

「やむを得ない、とまでは言えない。しかし仮に犠牲者が出たとしても、気に病みすぎるべきではないと思う」

「シビアなご意見ですね」財津は小此木の表情をうかがった。

「ああ、ここはシビアにならないとな。仮に、突入して死者が出てしまったとして、悪いのは誰だろうか。交渉人か？　それとも特殊部隊か？　それは違うだろう。悪いのは人質を殺害した犯人だ。そこを見誤ってはいけない」

厳しい見方だ、と矢代は思った。そんなことをマスコミの前で話したら、どれほど叩《たた》かれるかわからない。

だがよく見れば、小此木の顔にも苦悩の色があった。もちろん犠牲者など出したくはない。それでも死者が出てしまった場合、個人の責任にはしたくないということだろう。

「責任を負うのはあくまで組織だよ。謝罪するとしたらそれは管理職の仕事だ。現場の人間は目の前の仕事に集中してほしい。いろいろなリスクは承知の上でな」

思い詰めたような声で小此木は言った。矢代や財津は黙り込む。泉や斉藤も顔を曇らせている。

そんな中、理沙は首を横に振った。

「犯人は武器を持っています。それに対して、ここにいる私たちは電話で交渉するしかありません。でも、可能性は残されていると思うんです。私たちには言葉という武器があります」

「言葉だけでどうにかなるものだろうか」小此木は懐疑的だ。

「相手が同じ言葉を使うのであれば、意思の疎通はできます。人間というものは、話が耳に入ってくれば、必ず意味を理解しようとする生き物です。無意識のうちに、自分の中にあるメンタル・レキシコン——心的辞書に照らし合わせて、文脈を読み取ろうとするからです。酩酊《めいてい》など特殊な状況でない限り、必ずそうなります」

「話せばわかる、ということか」

「わかってもらえるかどうかは相手次第です。ただ、話し続けることで関係が変化する可能性はあります。精神的な距離が近づくこともあるはずです。とにかく言葉が通じる限りは対話を続けていきましょう」

理沙の話を聞いて、小此木は何か考える様子だった。ややあって彼は咳払《せきばら》いをした。

「泉のサポートをよろしく頼むぞ、鳴海」

「了解しました」

理沙は背筋を伸ばした。いずれ永尾はまた電話をかけてくるだろう。そこで文書解読班は、言葉を使って交渉をサポートするのだ。

だが、と矢代は思った。ひとつ気になるのは、永尾がまた込み入ったゲームを出題してくるかもしれない、ということだ。もう第一問、第二問のような失敗は許されない。理沙には勝算があるのだろうか。

理沙はタスク管理図に目を戻した。

「最後に書いたＳＡＴのことなんですが……」

ＳＡＴというのは警備部に所属する特殊部隊のことだ。対テロ訓練を積んでいて、場合によってはライフルやサブマシンガンも使用する。

「上からの命令だ」小此木管理官が説明してくれた。「我々ＳＩＴも突入訓練はしているが、今回は場所が悪い。旅客機は見晴らしのいい誘導路にいるから、容易には近づけない」

「それで、狙撃も辞さないということですか」

「犯人グループの人数がわからないから、簡単には撃てないがな。しかしこういうケースでは狙撃手が必要だということで、ＳＡＴとの共同作戦になった。交渉はうちがやるが、最終的に突入するのはＳＡＴだろう」

突入という言葉を聞いて、矢代はあらためて状況の難しさを感じた。建物なら裏口を使うとか別フロアから入るとか、いくつかの方法が考えられる。だが旅客機の場合はドアが限られていて、そこは当然犯人も見張っているはずだから、容易に忍び込むことはできない。

これからＳＩＴ、ＳＡＴ、文書解読班が取り組むミッションは、連携の難しさ、判断の難しさが際立つものだと言える。

矢代がそう考えていると、パーティションの向こうからオペレーターの声が聞こえた。

「係長、ＳＡＴが到着しました！」

「来たか」泉はオペレーターに指示を出した。「ここへ来るよう、隊長に伝えてくれ」

矢代たちの顔を見回したあと、泉は資料を手にして椅子から立った。

「今のうちにＳＡＴと打ち合わせをしますが、いつ永尾がゲームを持ちかけてくるかわかりません。そのときにはサポートをよろしく頼みます」

文書解読班の力を借りることには不満があるかもしれない。だが泉は自分のプライドより、組織の一員としての立場を優先したようだ。泉も理沙も矢代も、同じ警視庁の警察官だ。今ここでは縄張り意識など必要ない。一般市民を救出するため、協力し合うのは当然のことだった。

「係長、ちょっとよろしいですか」

若手の捜査員が泉のそばにやってきた。矢代たちの前で、何かためらっているように見える。彼の考えを察して、泉が言った。

「かまわない。ここで話してくれ」

「はい。……警視庁本部から連絡がありました。日本政府は、超法規的措置で古屋成司を解放すると決定したそうです。手続きを済ませたあと、所轄の人間が古屋をここに移送することになります」

矢代は先ほどのテレビ番組を思い出した。千刃会のウェブサイトを見た人たちは、人命を第一にしてほしいと強く訴えていた。あのあと警視庁や警察庁、法務省、あるいは政府、与党に対して、数え切れないほどの意見が寄せられたのではないか。それが政府を動かした可能性は少なくない。

泉は表情を引き締めていた。そのまなざしから、強い覚悟が伝わってくる。

「わかった。政府が決定したのなら、それに従うまでだ」泉は言った。

交渉は次の段階に進むことになる。矢代は理沙と顔を見合わせ、うなずき合った。

3

機内の空気はずっと張り詰めたままだ。

ハイジャックが宣言されたときの驚き。少女の母・栗山充代が負傷したときの恐怖。携帯電話を通じて永尾が妙なゲームを始めたときの戸惑い。そしてゲームのあと、突然永尾が乗客の男性を刺したときの衝撃。

機内に響き渡った男性の叫びに、多くの乗客は震え上がった。女性客の何人かは悲鳴を上げ、失神しそうになる者もいた。

凶行はそれだけでは終わらなかった。永尾はゲームの第二問をスタートさせたのだ。相手は警察の交渉人だろう。まずいことにその交渉人は、二度目も永尾を怒らせてしまった。その結果、今度は女性の乗客がナイフで腕を刺された。再び機内に響き渡った叫び声――。

助けを求める彼女を前にしても、乗客たちは何もできなかった。犯人たちと視線を合わせないよう目を伏せ、自分は何も見ていない、何も聞いていないという顔をしていた。

冷たいと言われようと、みなそうするしかなかった。なぜなら、下手なことをすれば自分自身が次に刺されるかもしれないからだ。

とにかく、できるだけ目立たず、犯人たちに目をつけられないようにするしかない。どうしても次の負傷者が出るのなら誰かほかの人間であってほしい、とみな考えていたのだ。

そんな中、自分だけはプライドを捨てたくない、と望美は思っていた。

第一問で沼倉悠人が刺されたのを見て、望美はすぐに席を立った。負傷して苦しんでいる人を放っておくわけにはいかない。それが看護師としての、自分の役目だ。今、彼の手当てができるのは望美だけだった。だから呻《うめ》いている沼倉に近づいていった。

その前に立ちはだかったのは永尾だった。恐怖がなかったといえば嘘になる。だが望美は精一杯の勇気をもって、永尾に言った。

「永尾さん、その人の手当てをさせてください」

「駄目だと言ったら？」

「何度でもあなたにお願いします。どうか手当てをさせてください」

「死ぬほどの怪我じゃないぞ」永尾は事も無げに言った。「少しばかり血が流れただけだ。あとは……そう、少しばかり痛みもあっただろうけどな」

「放っておいたら、あの人は痛みで騒ぎだすかもしれません。そうなれば、あなたたちも困りますよね。今後の計画に集中できなくなるのでは？」

しばらく考えてから永尾は顎《あご》をしゃくった。

「わかった。あんたの好きなように手当てしていい」

ありがとう、と言って望美はすぐに傷の手当てをした。本当は永尾に礼など言いたくなかったが、仕方なかった。

第二問で佐々岡仁絵が刺されたときも、望美は同じように処置をした。

今はふたりとも痛みをこらえながら、自分の席でじっとしている。思ったより傷は浅かったものの、精神的なショックもあるだろうから早く外へ出してあげたい、と望美は考えた。しかし現時点で、人質が解放される目処《めど》はまったく立っていない。

交渉人はもっと機転を利かせてくれないのだろうか。望美は警察の対応に期待していたが、これまでのところ状況に変化はなく、失望が広がるばかりだった。おそらく警察の捜査員たちは、空港のどこかからこの飛行機を監視しているはずだ。だが有効な救出方法を計画できずにいるのだろう。

二回行われたゲームは休憩に入ったようだった。それにともなって交渉も中断されたらしい。機内には安堵《あんど》の空気が広がったが、だからといって状況がよくなったわけではない。

特設スペースで何度目かのバイタルサインを調べていると、河島が不安げな目をこちらに向けた。

「気分はどうですか？」

「良好……とは言えません」

「ですよね。こんなことに巻き込まれてしまったから」

「それより……杉村さん、大丈夫……ですか」

「え？」望美はまばたきをした。

「話が聞こえてきました。杉村さん……偶然乗り合わせただけなのに……いろいろ乗客の世話をして……大変でしょう」

意外なことを言われて驚いた。患者に心配されるようではいけないな、と望美は思う。

「大丈夫です」うなずきながら、望美は答えた。「河島さんも、ほかの人たちも、必ず安全な場所までお連れしますから」

すみません、と言って河島はまた目を閉じた。

ひとつ息をつくと、望美はカーテンの隙間から機内の様子をうかがった。今、望美がいる特設スペースは機体後方にある。ここからは機体の大部分を占めるエコノミークラスの客室を見渡すことができる。

永尾はひとりで機体中央前部のギャレーに入っていった。あそこはたしか、ＣＡたちが飲み物などを用意する場所だ。望美がじっと見ていると、思ったとおり永尾は紙コップを持って通路に出てきた。窓の外に目をやりながら、優雅にコーヒーか何かを飲んでいる。つい先ほど人を刺したばかりだというのに、この余裕は何なのだろう。

髪を角刈りにした大野は、拳銃《けんじゅう》をもてあそびながら機体中央付近の通路を歩いている。

ときどき女性客に顔を近づけ、下品な冗談を飛ばしていた。女性たちは明らかに嫌がっているが、怖くて声が出せずにいるらしい。

望美は眉《まゆ》をひそめた。以前、病棟のナースだったとき入院患者からセクハラを受けたことを思い出したのだ。相手は患者なのだから仕方ない、こちらはナースなのだから我慢しなければと、当時は自分に言い聞かせていた。だが、と望美は思う。自分はああいう男が大嫌いだ。犯罪者だということの前に、人として許せなかった。

細川は機体中央後部で、相変わらずノートパソコンの操作に忙しいようだった。さしずめ彼がIT担当というところなのだろう。望美が覗《のぞ》いた画面には、千刃会というウェブサイトが表示されていた。その後、永尾が警察との電話であのウェブサイトのURLを伝えていた。あの千刃会というのは何かの組織なのではないか。警察にそれを見せて、自分たちの主義主張を読ませたのではないだろうか。

犯人グループ最後のひとり、小磯は機体前方のビジネスクラスを担当しているようで、ときどきカーテンの向こうに姿を消すことがあった。だがしばらくするとまたエコノミークラスに顔を覗かせた。仲間たちと情報交換するためだろう。

小磯は銃器に愛着があるようで、ときどき拳銃をハンカチで拭《ふ》いていた。寡黙な性格なのか、彼はほかの犯人たちとほとんど言葉を交わしていない。野卑な大野に比べると接しやすそうだが、あまり喋《しゃべ》らないというのが引っかかった。普段黙っている人間が何かの弾みに感情を爆発させ、手がつけられなくなることがある。小柄な小磯にも注意したほうがよさそうだった。

犯人グループは人質たちに目を配るため、ときどき通路を行き来していた。望美は目を合わせないようにしながら、彼らの会話に耳を傾けた。そのうち、こんな声が聞こえてきた。

「ワキサカの件は早く手を打たないと……」

ＣＡの高根涼子も「ワキサカ」という言葉を聞いたと話していた。何か事件に関係のある人物なのだろうか。

機内を見回しているうち、望美はある乗客の様子がおかしいことに気づいた。髪を栗色に染め、茶色いカーディガンを着た六十代ぐらいの女性だ。彼女は通路の前やうしろをきょろきょろと見ていて、どうも落ち着きがない。

望美はカーテンの外に出て通路を歩きだした。その女性のそばに行って、そっと声をかける。

「どうかしましたか？」

「ああ、看護師さん。すみません、私ちょっと……」

「お手洗いですね？」

恥ずかしそうな顔をして、その女性は小さくうなずいた。そうではないかと思っていた。この機がハイジャックされてから、みな動かないよう命令されていたからだ。

「ちょっと待っていてください」

犯人グループは別として、今通路を歩くことを黙認されているのは、ナースの望美と何人かのCAだけだった。こういう場合、犯人に許可を求めるのは自分の役目だろう。望美はパソコンを使っている細川に目をやった。犯人たちの中で、もっとも話しかけやすいのはこの男だ。彼ならすぐに許可をくれそうな気がする。

だが、望美は思いとどまった。大きな病院に勤務していたころの記憶が脳裏に甦《よみがえ》った。自分の手違いについて報告と謝罪をする必要があったのだが、リーダー格の医師には話しにくかった。それで望美は若い医師に報告し、みなに伝えておいてほしいと頼んだのだ。その件を知ったリーダー格の医師から、望美は厳しく叱責《しっせき》された。報告や連絡、相談はしかるべき相手にしなければならない、と諭された。軽い気持ちで引き受けた若い医師も、あとで注意されたらしい。

あのときのことを思い出すと、今でも冷や汗が出そうになる。言いにくいことほど、上の立場の人物にきちんと伝えるべきなのだ。そのことを学ばされた一件だった。

望美は永尾に近づいていって、小声で話しかけた。

「永尾さん、ちょっといいですか」

彼はメモ帳の文字を読んでいるようだったが、ページを閉じて、無表情な顔をこちらに向けた。

「何だ？」

「私たちが拘束されてから、もうかなり時間がたっています。体調のよくない人もいます。せめてトイレにだけは、自由に行かせてもらえませんか」

「おまえが行きたいのか？」

「いえ、私は……」否定しかけたが、考え直して望美はうなずいた。「そうです。私も行きたいですね。ほかにも我慢している人が多いと思います」

「なんでそいつらは自分で言わないんだろうな」

「……言いにくいことですから」

「だが、我慢できそうにない奴もいるんじゃないのか」

「そうかもしれません」

「だったら、自分で言えばいいじゃないか」

「状況が状況ですから、言い出すのが怖かったんでしょう」

「怖い？」永尾は少し首をかしげた。「よくわからないな。怖かろうが何だろうが、生理的な欲求のほうが重要じゃないのか。何を遠慮しているんだ？」

望美は軽い驚きを感じながら、永尾の顔をじっと見つめた。

――この男は、他人の感情が想像できないのでは？

三人の人間を傷つけたのは、乗客たちを脅し、警察にプレッシャーをかけるためだと思っていた。しかしどうやら、永尾は他人の気持ちがわからないようだ。もしかしたら彼は、計算して動いているのではなく、気分のままに行動しているのではないだろうか。乗客を刺した件も、子供っぽい感情の爆発による行動だったのではないか。

やはりこの男は普通ではない、と思った。常識や良識、一般的な感覚が通じないのだ。だから彼はこの緊張した場面で警察とゲームを始め、突然激昂《げきこう》し、罪もない乗客を傷つけた。そうかと思うと、なぜトイレに行きたいと申し出ないのか不思議だと首をかしげている。予想外の反応が多すぎて、手に負えないという印象が強い。

どこで怒りのスイッチが入るのか、そこがもっとも気になるところだった。

とりあえず今は落ち着いているようだ。このまま永尾の機嫌を損ねないよう注意しつつ、小さな要求を聞き入れてもらうしかないだろう。

望美は口元に笑みを浮かべ、できるだけ穏やかな調子で言った。

「永尾さん、私たち乗客からのお願いです。希望者をトイレに行かせてもらえませんか。この機にはトイレが何ヵ所かありますから、順番に……」

「ひとりずつだ」永尾は言った。「我慢すれば、それだけありがたみが増すだろう」

どう反応していいのかわからず、望美は戸惑うような表情を浮かべた。

すると永尾は、眉を少し上下させてから付け加えた。

「今のは笑うところじゃないのか?」

「え……あ、はい……」

「まあいい」

永尾は機内に目を走らせてから、大きな声を出した。

「トイレに行きたい奴は、この看護婦に申し出ることだ。順番を守って行ってこい。ただし、おかしなことをしたらペナルティーを与える。どんな罰かはわかっているな？」

彼の手には、鈍い光を放つナイフがあった。ハイジャック直後に少女の母親・栗山充代が額を切られ、ゲームのあとには男女ひとりずつが刺されている。それらの現場を見せられ、乗客たちはみな萎縮《いしゅく》していた。

「順番にご案内しますから待っていてください」

そう呼びかけたあと、望美はまずカーディガンの女性のところに行った。彼女を連れて、中央後部のトイレに向かう。通路を進んでいく望美たちを、座席に腰掛けた乗客たちがじっと見守っていた。何かを訴えるように、こちらへ視線を送ってくる人もいた。

やはりみな我慢していたようで、カーディガンの女性がトイレから出たあと、次々と手が挙がった。これは捌《さば》ききれないと思い、望美はあらためて永尾と交渉して、中央前部のトイレも使わせてもらうことにした。そちらへの乗客の誘導は、ＣＡの高根涼子が引き受けてくれた。

さらにビジネスクラスの乗客は、別のＣＡが機体前方のトイレへ順次案内することになった。

ひとまず、機内にほっとした空気が流れた。

しばらく乗客たちの案内を続けて、ようやくトイレの問題も一段落した。

最初のうちは犯人たちも警戒心をあらわにしていた。だがトイレでは誰も騒がなかったし、隠れて何か画策する者もいなかったため、安心したらしい。大柄な大野はギャレーからサンドイッチを持ち出して、ひとりでつまんでいるようだった。

望美はまた特設スペースに戻り、横になっている河島の状態を確認した。

体がだるいのか、河島はじっと目を閉じたままだ。

血圧測定が終わると、望美は彼の腕から腕帯を外した。それから床にしゃがみ込んだ。周囲に目を走らせてから、看護用品のバッグを開ける。自分にしかわからない隠しポケットを手探りした。

望美はカーテンの隙間から通路に出た。

「じゃあ、私も失礼して……」

誰にともなくそう言ってからトイレに向かう。使用中の表示がないことを確認してから、ドアを開けた。

トイレの中は決して広くはない。だがドアを閉め、ひとりになれたことで落ち着くことができた。深呼吸をしてから、望美はナースウエアのポケットを探った。そこに入っていたのは小型のフィーチャー・フォン――いわゆるガラケーだ。

望美は仕事用と個人用、ふたつの携帯を持ってきていた。ハイジャック犯たちに差し出したスマホは仕事用だ。残った個人用携帯をいつ使うか、今までずっと機会を待っていた。

乗客たちも犯人も一息ついている今こそ、絶好のチャンスだと思った。ほかに通信手段はないから、この携帯を最大限に活用しなくてはならない。

　しかし音声通話は避けたほうがいいだろう。トイレに入ったとはいえ、話している声を犯人たちに聞かれたら困る。そうなれば携帯を取り上げられるだけでなく、永尾に刺されてしまうかもしれない。彼はこれまでナースである望美を特別視してくれたが、携帯を隠していたと知ったら激怒するだろう。とにかく、あの男を怒らせるのはまずい。

　だから望美はメールを使おうと決めていた。フィーチャー・フォンなのでＳＮＳでメッセージを発信するのは無理だった。できるのはメール本文を書くことと、せいぜい画像を添付することぐらいだ。

　送信先は現在自分が勤務しているクリニックの院長、信頼できる友人三名、そして実家の母親にした。本当は警察にも直接送りたかったが、あいにくメールアドレスがわからない。

　ボタン入力で本文を打っていく。気持ちが焦って、何度も打ち間違えてしまった。入力し直すうち、指先が震えてきた。

　早く、早く、とつぶやきながら望美は入力を続ける。

《ハイジャックされた飛行機に乗っています。大至急、警察に連絡してください。怪我人が三人います。犯人は四人。永尾、大野、細川、小磯。それからワキサカという名前が出て》

　そこまで打ったとき、外から乱暴にドアがノックされた。

ぎくりとして望美は動きを止める。

「おい、看護婦さんよ。気分が悪いって客がいる。早く出て来い」

大野の声だった。女性がトイレの中にいるというのに、遠慮も何もないようだ。

「ちょ……ちょっと待ってください」

「まったくよう、女のトイレは長《なげ》えんだよ」

もう時間がない。最後まで書き終わらなかったが、そのままメールを送信した。

望美は便器に水を流したあと、身支度を整えてトイレから出た。

「なんだよ、クソでもしてたのか？」

にやにやしながら大野が言う。本当に嫌な男だな、と望美は思った。

「気分が悪いという方はどこですか？」

「待てよ、看護婦さん」大野が呼び止めた。「あんた、そこに何を入れてる？」

彼はナースウエアのポケットを指差していた。

「いえ、これは……」

「見せてみろよ。早くしろ！」

大野は低い声で凄《すご》んだ。望美は黙ったまま、ポケットの中身を取り出してみせた。それは血圧測定用の腕帯だった。

「ほかには？」

「何も入っていません」

「俺が調べてやるよ」

そう言って大野はポケットに右手を突っ込んできた。何もないことは一瞬でわかっただろうに、まさぐるように指先を動かしている。

「もう、いいですよね？」

不満げな顔で望美が言うと、大野はまたにやけた顔になった。ようやくポケットから手を引き出して、彼は言った。

「ナース服って、ほかにも持って来てるのかい」

「ありますけど……」

「そうか。じゃあ、この服が血で汚れても問題ないってわけだ」

気味の悪いことを言って大野は笑った。

彼の案内で、望美は気分が悪いという乗客のところに行った。幸い症状は軽かったので、飲み物を出してくれるようＣＡの高根に頼んだ。

機内を見回したあと、望美は先ほどのことを思い返した。個人用の携帯電話はトイレの中に残してきた。わかりにくいようペーパータオルにくるんで、ごみ箱に入れておいたのだ。ごみ箱は独立したものではなく、壁のユニットに造り付けられているから、簡単に中を覗《のぞ》くことはできない。しばらくの間は携帯を隠しておけるはずだ。

――ＳＯＳは送った。このまま連絡を待とう。

望美は気持ちを切り替え、不安そうな乗客たちに声をかけて回った。

4

ゲームの第二問が終わったあと、犯人からの連絡は途絶えていた。

何度かＳＩＴの泉係長が電話をかけたが、なぜか永尾は出ないという。ＪＨＡの森重に頼んで操縦室に連絡をとってもらったが、機長や副操縦士にも客席の状況はわからないそうだ。

――いったい、中で何が起こっているんだ？

矢代は腕組みをして考え込んだ。

これほどの大事件を起こしてしまった以上、犯人グループも後には引けないはずだ。あまり時間がたたないうちに、羽田からの逃走を考えるのではないか。だとしたら、そろそろこちらに連絡があってもいいはずだった。それなのに、なぜ電話に出ないのか。

前線本部の隅に、矢代たち文書解読班は作業用の机を与えられていた。谷崎はノートパソコンを使って作業を続けている。犯人が作ったと思われるウェブサイトについて、情報収集をしているようだ。

「途中経過ですが、報告します」谷崎は財津に向かって言った。「ウェブサイトに書かれていた千刃会というのは右翼団体ですね。会員はおよそ三十名。設立されたのは十五年ほど前で、実力行使を厭《いと》わない武闘派とされています。以前はほかの右翼団体からも一目置かれていましたが、だんだん状況が変わってきました。千刃会は他民族に対するヘイト発言が多く、在日外国人への襲撃事件をたびたび起こしているんです。最近では同じ右翼団体からも批判を受け、孤立して、だいぶ立場が悪くなっていたそうです」

おかしいですね、と矢代は財津に話しかけた。

「ハイジャックといったら左翼グループのすること、というイメージがありましたけど」

「うん、昔はそうだったよな」財津が応じた。「社会主義国へ亡命するという目的で、ハイジャックする事件があった。手っ取り早く外国へ行くには、飛行機が便利だったわけだ。人質ごと外国まで飛んでいってしまうケースもあったし」

それなのに今回は、右翼の武闘派組織がハイジャックを行った。その目的は何なのか。

財津が今の話を、ＳＩＴの泉係長に報告した。泉のほうでもその件をつかんでいたらしい。部下への命令が一段落すると、彼はこちらにやってきた。小此木も一緒だ。

「千刃会について、警視庁本部から情報が入っています」椅子に腰掛けて、泉は話し始めた。「行動があまりに過激だったため、千刃会は公安部から目をつけられていました。決定的だったのは、半年前に起きた在日外国人襲撃事件です。ヘイト活動に反対していた外国人を襲って、重傷を負わせました。その件以来、ほかの右翼団体も千刃会を厄介者扱いし始めたようです」

「何事も、やりすぎはよくないですからね」財津が渋い表情で言った。「あそことは関わらないほうがいい、ということなんでしょう」

「千刃会は突っ走りすぎたんです。今はどんな組織でも、世論を味方につけなくてはやっていけません。大きな括《くく》りでは同じ右翼ですが、千刃会のせいで自分たちまで悪いイメージに染まっては困る。だからほかの右翼団体は『うちは千刃会とは無関係だ』と表明し、千刃会の活動を批判するようになったんです」

「それで孤立した、と……」

「公安部は千刃会のメンバーを追っていたそうです。今回、緊急事態ということで特別に情報提供してもらえました」

泉は一枚の捜査資料を机の上に置いた。

「リーダーは中井《なかい》武徳《たけのり》、四十五歳。子供のころ、父親が強盗に襲われて殺害されています。それ以降、素行不良になったとのこと」

「その強盗はどうなった？」と小此木。

「逃走するとき、車に撥《は》ねられて死亡しました」

「だとすると、その恨みがハイジャックの動機、というわけではなさそうだな」

「中井武徳の写真はこれです」

俳優のように整った容貌《ようぼう》の男性だった。肌の色が白く、髪にはパーマがかかっている。インテリふうな雰囲気のある人物だった。

「永尾の正体はこの中井かもしれませんね」理沙が口を開いた。「機内にいる永尾の顔がわかれば、はっきりします」

千刃会のメンバーのうち、ほかに手配されている者は三人いるそうだ。ひとりは金田《かねだ》竜次《りゅうじ》、二十九歳。大柄で目つきが鋭く、見るからに粗暴そうな男だった。ふたり目は本《ほん》庄伸博《じょうのぶひろ》、二十五歳。優男ふうで、パソコンなどに精通しているらしい。最後は浜口守《はまぐちまもる》、二十八歳。小柄な男で銃器などに詳しいという。

「奴らが見ろと言ってきたウェブサイトは、この本庄が作ったんだろうか」矢代は谷崎のほうを向いて尋ねた。「サイトに何か手がかりはないかな。たとえば、作った本人の名前が残っているとか……」

谷崎はノートパソコンの画面から顔を上げた。

「連中もそんなヘマはしませんよ。調べてみましたけど、作成者の記名などは一切なし。ただ、タグの使い方に癖があるので、それが手がかりになるかもしれません」

引き続き、谷崎にはウェブサイトを調べてもらうことになった。可能であれば千刃会のことも探ってほしい、と矢代は付け加えた。

「刑務所にいた古屋は、千刃会には所属していなかったんですか？」

矢代の問いに、泉は答える。

「今のところ千刃会との接点は見つかっていません」

不可解な話だった。わざわざ刑務所から連れてこようとするのだから、古屋はよほど重要な人物だと思われる。それなのに、古屋と千刃会は繋《つな》がっていないらしい。

「次の報告ですが……」泉は説明を続けた。「SATの狙撃手が配置についたそうです。ほかにSATの突入部隊も到着していて、現在待機中です。本当は旅客機にもっと接近させたいんですが、D滑走路の周りには隠れる場所がないので、なかなか近づけません」

「SATの突入部隊はしっかり武装しているんですよね？」

財津が尋ねると、泉は緊張した表情でうなずいた。

「サブマシンガンを装備しています。訓練を積んだ対テロ特殊部隊ですから、いざというときは頼りになりますよ」

「問題は、どうやって距離を詰めるかだな」財津は唸《うな》った。

もしSATが接近していると気づいたら、犯人はまた暴挙に出るおそれがある。人質は約三百八十名もいるのだ。迂闊《うかつ》なことはできなかった。

「そのほかの報告ですが……」泉はメモを見ながら言った。「録音した永尾の声を科捜研に回しましたが、これといった情報はつかめていません。それから、あとで捜査一課長がここに来られるそうです」

「やはり、そうなるか」財津が腕組みをした。「これだけ大きな事件だから、課長も放っておくわけにはいかないだろうし……」

「正直な話、交渉担当としては戸惑いもあります」

泉は渋い表情でそう言った。できれば、現場のことは現場に任せておいてほしい、という意味だろう。幹部がやってくれば、状況説明だけでも時間がかかってしまう。

「わかった。課長には別室に入っていただこう」小此木が言った。「説明や連絡は私が引き受ける。泉は交渉に専念してくれ」

　ありがとうございます、と泉は頭を下げた。今の話を聞いて、少し気が楽になったようだ。

　と、そこへ女性オペレーターの声が響いた。

「泉係長、所轄の捜査員から報告がありました。府中刑務所から古屋成司を移送している途中だというんですが……」

　なぜかオペレーターの声に力がない。何か問題があったのだろうか。

「報告の内容は？」と泉。

「それが……移送中、古屋成司が逃走したというんです」

　矢代は自分の耳を疑った。理沙も財津も谷崎も、みな目を見張っている。

「どういうことだ！」泉は腰を浮かせて言った。「ここへ電話を回してくれ。話を聞く」

　内線電話が鳴った。眉《まゆ》をひそめながら泉は受話器をつかんだ。

　スピーカーから男性の声が流れ出す。電話の相手は所轄の刑事だった。

「本当に申し訳ありません。こんなミスは初めてなんです。なんとお詫《わ》びしたらいいか……」

「詫びはあとにして、何があったのか正確に教えてもらえますか」

そう促した泉の声は、明らかに苛立《いらだ》っていた。相手もそれは察しているだろう。ますます萎縮《いしゅく》してしまったようだ。

所轄の刑事は、何度か咳払《せきばら》いをしてから話し始めた。

「我々は府中刑務所で古屋成司という受刑者に面会して、いろいろ話を聞きました。それと同時に、別の捜査員に古屋の身辺を調べるよう依頼しました。同時進行ということでして……」

「ええ、私が指示しましたからね」

「そのあと、古屋成司を超法規的措置で解放すると聞かされました。我々は覆面パトカーに古屋を乗せて、羽田空港へ出発したわけです。ところが途中で、急に古屋が苦しみだしました」

「何だって？」

「奴は車内で吐いたんです。痙攣《けいれん》もしているようだったので、これはまずいと思い、JR大井《おおい》町《まち》駅の近くにある病院へ運びました。もともと古屋は体調が悪くて、刑務所の中でも薬を服用していたらしいんです。そういう事情を聞いていたものですから、大事をとったような次第で……」

「途中で病院に行ったという報告は受けていないぞ」

「ええ、ですから、今こうして報告しているわけですが……」

「遅いじゃないか！」

　つい声を荒らげてしまったようだ。今度は泉のほうが咳払いをした。

「すまない。報告を続けてください」

「はい……。古屋は病院で検査を受けたんですが、放射線室からなかなか出てこなかったんです。ちょっと遅すぎるんじゃないかということでノックをしましたが、誰も出てきません。それで我々は看護師を探しました。ところが看護師に訊《き》いても、放射線室のことは技師でなければわからないと言われまして、そんなことをしているうち時間がたってしまって……」

「ドアを開けて調べることはできなかったんですか」

「できませんでした。なぜかというと、放射線の機器を使っている間は危険なので、関係者以外立入禁止となっていまして……」

　矢代も病院でそういう貼り紙を見たことがある。しかし看護師に頼るのではなく、何か別の方法はなかったのだろうか。

「……それで？」泉は促した。

「担当者を呼んでもらって部屋の中を覗《のぞ》くと、放射線技師が倒れていたんです。猿ぐつわをかまされ、手足を縛られていました。古屋成司は技師を縛って、放射線室から別の部屋へ抜け、そこの窓から逃走していたんです。まったく予想外のことでした」

　泉は舌打ちをしてから、責めるような口調で言った。

「手錠はかけていなかったんですか」

「はい。その……収監されている人間を我々警察が移送するのは異例のことですよね。それに今回は、超法規的措置ということでしたので……」

「……病院の捜索はしましたか？」

「はい。建物の中を調べましたが、古屋は見つかっていません。おそらくもう病院の外に出てしまったのではないかと……」

「病院の外の捜索は？」

「まだです。先に前線本部へ報告したほうがいいと思いまして」

泉は受話器を握ったまま、大きなため息をついた。当然それは相手にも聞こえているだろう。

「報告内容は以上ですね？　緊急配備をかけますから、あなたたちは病院付近を捜索してください」

「あ、はい、了解です」一呼吸おいてから、所轄の刑事は続けた。「あの、このたびは本当にご迷惑を……」

「いいから、早く捜索を！」

「わかりました」

電話を切ると、泉は乱暴に受話器を架台へ戻した。ＳＩＴの捜査員たちはみな黙ったままだ。

「まずいですね。これはまずい」と財津。

「緊急配備をかけるんだな？」

小此木管理官が尋ねると、泉は深呼吸をしてから答えた。

「そうですね。大井町駅ということは大井署の管内です。至急、手配します」

「所轄の大失態だが、今は責任がどうのと言っている場合ではないぞ」小此木は泉を諭した。「古屋が見つからなければ、犯人は何をするかわからない」

「あの永尾のことですからね」理沙がつぶやいた。「警察が時間稼ぎをしていると思い込んで激昂《げきこう》するかもしれません。下手をすると、また人質に手を出すおそれがあります」

小此木の指示を受けて、泉はどこかへ電話をかけ始めた。緊急配備の手配をしているのだろう。

「おまえたち、自分の仕事を進めてくれ」小此木管理官は室内を見回した。「古屋の件以外にも、やるべきことはたくさんある。ぼんやりしている暇はないんだ」

はっとした様子で、ＳＩＴの捜査員たちは仕事を再開した。小此木の言うとおり、課題は山積している。情報収集やリストのチェック、関係各所への連絡などを早く進めなくてはならない。

しばらくして小此木管理官と斉藤が、矢代たちのところへやってきた。泉係長はまだ電話中だ。

財津に向かって、小此木は真剣な顔で話しかけた。

「財津さん、古屋の捜索に協力してもらえないだろうか。手が足りないんだ」

「大井町駅近辺ですね？」

「いや、そっちは所轄にやらせる。財津さんたちに頼みたいのは、聞き込みを中心とした捜査だ。矢代は以前、刑事課にいたそうだな。鑑取りの経験もあるだろう？」

「ええ、矢代は特捜本部にもよく参加していました」

「粘り強い捜査が得意だったと聞いている。あいにくＳＩＴはそういう捜査に慣れていない。力を貸してくれないか」

矢代はいくらか驚きを感じながら、財津に目で尋ねた。うん、と財津はうなずく。

「やってみたらどうだ」

「いいんですか？」

「昔の経験を活《い》かすチャンスじゃないか。それに、早く解決しなければ負傷者が何人出るかわからない。同じ警視庁の一員として、絶対に協力しなければいけない案件だろう」

「了解しました！」

矢代は姿勢を正して答えた。だがそこで、ひとつ大事なことを思い出した。

「誰とコンビを組みましょうか。緊急とはいえ、自分ひとりで捜査というわけにはいきませんが」

「鳴海は……泉係長のサポートがあるから無理だな。谷崎を連れていくか？」

「いえ、谷崎は谷崎で、ウェブサイトやネット関係の調査をしていますから……」

しばらく思案してから財津は言った。

「じゃあ、満を持して俺が出るか」

えっ、と矢代は声を出してしまった。管理職の財津が聞き込みなどできるのだろうか。

「なんだその顔は。俺と一緒じゃ嫌なのか」

「そんなことはないですが、機動力の面で問題がありそうだと思って」

「……たしかに、あまり歩き回るのは得意じゃないんだよな」

矢代たち四人は難しい顔で考え込む。この際ひとりで行こうかと矢代が思っていると、うしろから女性の声が聞こえた。

「みなさん、ただいま到着しました！」

はっとして矢代たちは振り返った。そこに立っていたのは、身長百八十センチほどの大柄な女性だ。ショートカットのすっきりした髪はスポーツ選手を思わせる。薄いブルーのジャケットを着て、バッグを肩に掛けていた。

同じ文書解読班の後輩、夏目静香巡査だった。

「夏目、来てくれたか。用事のほうはいいのか？」

矢代は立ち上がって彼女に尋ねた。今日は休みで、夏目はどこかへ出かけていたと聞いている。

「小田原にいたんですが、急遽《きゅうきょ》戻ってきました。すっかり遅くなってしまって……」

「すまなかったな」財津が申し訳なさそうに言った。「本来、文書解読班の案件じゃないから、夏目まで呼ぶかどうか迷ったんだが……」

「何をおっしゃいます」彼女は大きく眉《まゆ》を上下させた。「この夏目、全国どこからでも馳《は》せ参じます。それが主君への忠義というものです」

　どうも様子が変だった。矢代は小声で尋ねる。

「もしかして小田原城にでも行ってたのか？」

「えっ、なぜわかりました？」

　夏目は剣道をたしなむスポーツ女子だが、サブカルチャーを愛するおたく気質も持っている。漫画、アニメ、ゲームなどが守備範囲だと聞いていたが、最近は歴史ものにも興味を持ち始めたのだろう。

「とにかく、私が来たからにはもう大丈夫です。矢代先輩、何でも命じてください」

　彼女も以前は所轄の刑事だった。だから文書解読の仕事より、現場で情報収集するほうが好きだと話していた。

「よし、夏目、捜査に出かけよう。古屋成司を捜索するぞ」

「了解しました。詳しいことは道中、聞かせてください」

　鞄《かばん》に捜査資料をしまい込んで、矢代は財津たちのほうを向いた。

「行ってきます。何かわかったらすぐに連絡します」

「ええ、よろしくお願いします」理沙はこくりとうなずいた。「私たちは、私たちのできることをやりましょう。ひとりひとりの力を積み重ねて、この大きな事件を解決するんです」

わかりました、と答えて矢代たちは廊下に向かった。

5

部下にいくつか指示を与えたあと、泉は資料ファイルに目を落とした。

あちこちに付箋《ふせん》があり、メモが記されている。捜査員から報告されたこと、各所へ連絡すべきこと、判断が必要なこと。短時間のうちに情報が集まりすぎて、頭が混乱してしまう。だがこれらすべてを知っておかなければ、的確な交渉はできない。

――しっかりしろ。俺はリーダーなんだ。

ともすれば弱気になりそうな場面だが、泉は自分を叱咤《しった》した。上に立つ者が不安そうな顔を見せたら、すぐさま部下にも伝染してしまう。そうなれば彼らは萎縮《いしゅく》して、本来の力を発揮できなくなる。ここは虚勢を張ってでも、落ち着いていなくてはならない。

だが保留事項のメモを見ていても、なかなか考えがまとまらなかった。急がなければという気持ちのせいで、かえって仕事が遅くなる。苛立《いらだ》ちを感じながらこめかみを揉《も》んでいると、うしろから声をかけられた。

「泉係長、大丈夫ですか」

慌てて泉は振り返った。そこにいたのは文書解読班のリーダー・鳴海理沙だった。

今の顔を見られてしまっただろうか、と泉は焦った。情けない姿を他人に見られたくはない、という思いがある。まして相手は無関係な部署の警部補で、泉より階級が下なのだ。

「鳴海くんか。どうした。何か報告か」

「よかったらどうぞ」

そう言いながら、彼女は小さなトレイを差し出した。紙コップに入ったふたり分のコーヒーと砂糖、それに、なぜかメロンパンが載っている。

「ああ、すまない。こんなことは、うちの者にやらせるのに」

「ずっと気を張っていると、いい判断ができなくなります。少し休憩してください」

「しかし今は……」とつぶやいたが、そこで泉は言い直した。「そうだな、ありがとう。コーヒーをいただくよ」

砂糖を入れて、コーヒーを一口飲んだ。泉はコーヒーが好きなのだが、ずいぶん久しぶりだという気がする。いや、そんなことはないな、と思った。今朝、いつものように一杯飲んできたはずだ。そう、あのときはまだハイジャック事件の連絡は入っていなかった。

理沙もコーヒーを飲み始めた。しばしの沈黙の中、泉はトレイをじっと見つめた。

「なぜここにメロンパンがあるんだ？」

「うちの夏目さんが、いつも持ち歩いているんです。彼女、元は刑事ですから、聞き込みや張り込みの途中で、よく食べていたらしくて」

「今日はそれを置いていってしまったのか」

「泉係長に差し上げます、と言っていました」

「私に？」

「ああ見えて彼女、女子力が高いんですよ」

そんなことを言って、理沙はくすくす笑っている。彼女が冗談を口にしたのか、それとも本気なのか、泉には判断がつかなかった。だが、今の話を聞いて何かほっとしたような気持ちになれた。

「疲れた脳には糖分が必要ですからね。私からもお勧めします」

「わかった。あとでいただくよ」

「そうしてください。夏目さんも喜ぶと思います」

　理沙はのんびりしたタイプなのかもしれない。タレントのように容姿が整っているし、警視庁内でもきっと人気があるのだろう。だが自分には関係ないことだ、と泉は思った。

　これまで泉は、何よりも仕事を大切にしてきた。真面目すぎると言われることもあるが、そのおかげで係長になれたのだと考えている。警察の仕事は民間企業とは違う。少し気を抜けば、人命が失われることもあるのだ。

そういう思いが強いから、小此木が文書解読班を呼んだことには疑問を感じていた。交渉の現場など知りもしない理沙たちに、なぜ応援を頼んだのか。理沙たちに恨みはないし、悪意も持ってはいない。だが小此木にとって泉はそんなに頼りない存在なのだろうか、という失望感が強かった。

コーヒーを飲み干したところへ、オペレーターの声が聞こえた。

「泉係長、警視庁本部より連絡がありました。真偽は不明ですが、50便の乗客と思われる人物から助けを求めるメールが届いたそうです」

「何だって？」泉はオペレーターの顔を見つめた。「そのメールを見せてくれ」

「このパソコンで見ましょうか？」と谷崎が尋ねてきた。

オペレーターから情報を聞いて、谷崎はノートパソコンを操作した。四十秒ほどのち、桜田門から転送されてきたメールが表示された。泉と理沙は、揃って画面を覗《のぞ》き込む。本文に警視庁本部からの状況説明があった。ある女性からSOSのメールが友人に送信された。それを見て友人は警視庁に電話で相談し、該当のメールを転送したという。

泉はそのメールに目を走らせた。

《ハイジャックされた飛行機に乗っています。大至急、警察に連絡してください。怪我人が三人います。犯人は四人。永尾、大野、細川、小磯。それからワキサカという名前が出て》

途中で文章が切れてしまっている。短いメールではあるが、切迫感が伝わってくるようだった。

「元のメールを送ったのは杉村望美、二十七歳、看護師だそうです」そこまで言って、谷崎ははっとした表情になった。「これ、例の患者に付き添っているエスコート・ナースじゃありませんか？」

そばにいた斉藤が手早くリストをめくっていく。やがて彼は大きな声を出した。

「そのとおりです！　エスコート・ナースが携帯でメールを送ってきたんだ。たぶん犯人たちの目を盗んで……」

危険な状況の中、彼女は警察に情報を伝えようと努力してくれたのだ。

「わずかな文章だが、この情報はありがたい」泉は言った。「犯人は四名。永尾のほかにあと三人いるわけだ。大野、細川、小磯だな」

「ワキサカというのは誰でしょうね」と理沙。

「すぐに50便の乗客名簿を調べさせる。事件に関わっているのか、それとも負傷者なのか……。とにかく急いでこのナースに返信しよう。小此木管理官、よろしいですよね？」

近くにやってきた小此木に、泉はそう尋ねた。小此木は真顔になってうなずいた。

「ああ、かまわない。ただ、こちらも慎重に動く必要があるぞ。ナースは犯人に隠れてメールしているだろうから、そう頻繁に返事は出せないかもしれない」

「わかりました。我々がほしい情報を列挙して、効率よくやりとりしましょう」

「そうしてくれ」

泉は再びパソコンのほうを向いた。

「谷崎くんといったな。ナースの携帯に返信してくれないか」

「了解です」

泉が口にした言葉を、谷崎はメールの本文に打ち込んだ。

《こちらは警視庁の交渉人・泉です。現在、ＪＨＡ50便の永尾という人物と交渉を行っています。機内の状況を教えてください。（1）犯人たちの武器は？（2）命の危険がある負傷者はいますか？（3）犯人たちは急いでいますか、持久戦を覚悟していますか？（4）犯人たちがどこへ逃亡しようとしているかわかりますか？（5）外部に仲間はいるようですか？以上です。少しずつでもかまわないので返事をください》

文章を見直したあと、谷崎が顔を上げて言った。

「長くないですか？」

「これでもかなり質問を絞ってある。本当は電話で話したいぐらいだ」

「たしかに、話ができれば手っ取り早いですけどね」

泉の指示を受けて谷崎はメールを送信した。だが、すぐには反応もないだろう。泉は谷崎の肩を叩《たた》いた。

「作業を続けながらメールの確認もしてほしい。返事があったら教えてくれ」

「任せてください」と谷崎は答えた。

泉は軽く息をついてスクリーンを見つめた。これで、情報入手のためのルートがひとつ確保できた。

と、そのときだった。泉の持っていた携帯電話が鳴りだした。

「犯人からの電話だ！」泉は周囲を見回した。「みんな静かに。これから交渉を再開する」

捜査員たちは全員、口を閉ざした。それまでざわついていた前線本部の中が、しんと静まり返る。

――またゲームが始まるのか？

息を詰めて携帯の液晶画面をじっと見つめる。緊張した空気の中、泉は通話ボタンを押した。

「もしもし、泉です。……永尾だな？」

「ああ、俺だ」

スピーカーから永尾の声が流れてきた。こうして聞けば冷静な人物のように思えるが、泉たちはすでに知っている。この男は何かの弾みに感情を爆発させ、とんでもない行動を起こすのだ。

「何度か電話したんだが、出てくれなかったな」泉は言った。

決して相手を咎《とが》めるような口調ではなく、友人に対して少し拗《す》ねてみせるような演技をした。

「こっちもいろいろ忙しかった。乗客をトイレに行かせたりな」

「ああ……そうだったのか。それはありがとう」

「なぜ泉が礼を言う？」

「私は交渉人として、乗客全員の安全を確保しなければならないんだ。トイレに行くのを我慢して、具合が悪くなる人が出たりしたら困る」

「仕事として交渉しているだけだろう？　実際のところ、ひとりやふたり死人が出ても仕方ないんじゃないのか？」

「まさか。私はこの交渉が成功すると信じているんだ」

決して諦《あきら》めない、諦めてはならない、と泉は自分に言い聞かせる。永尾を説得し、この事件を無事解決しなければならないのだ。

「さて泉、おまえに訊《き》きたいことがある」永尾は話を変えた。「四つの要求項目はどうなった？　進捗《しんちょく》状況を教えてもらいたい」

泉は机の上に目を走らせた。理沙が考えを察したらしく、タスク管理図の紙を差し出してくれた。拝むような仕草をして、泉はその紙を手に取る。

「まず……後続のＪＨＡ52便だが、一度成田行きにしたところを羽田行きに戻した。もう少しで到着すると思う。従って、この件は解決ということだ」

「Ｄ滑走路に着陸させろ。この50便のいる誘導路に近づけさせるんだ」

「それは……少し検討させてくれ」

「検討など必要ない。おまえは俺の言うことを聞けばいい」

「わかった。可能かどうか空港に確認しておく」

永尾は黙り込んだ。その沈黙が不気味に感じられる。

「次の項目だが……」気を取り直して泉は続けた。「燃料についてはもう少し待ってほしい。今、準備しているところだ」

「準備というと、具体的には？」

「機体を空港ターミナルに近づけさせないとすれば、給油用の車両――レフューラーをそこに向かわせるしかない。その手配をしている」

「その気になればもっと早く用意できるんじゃないのか？」

「いや、難しいんだ。レフューラーは、この空港ではもともと補助的な役割のものだ。使用するにはそれなりの準備がいる。しばらく待ってほしい」

「もし嘘だったら、どうなるかわかっているんだろうな」

「嘘なんてつかない。そこは信じてくれ」

ふん、と不機嫌そうに鼻を鳴らしたあと、永尾は言った。

「金塊はどうなっている？」

「警察だけではどうにもならないから、国に相談している。これも、もう少し時間をくれ」

「……あとは古屋成司の件だな」

「そのことで、永尾、ひとつ教えてくれないか。ウェブサイトを見せてもらったが、君たちは千刃会という政治団体に所属しているんだよな？」

「そのとおりだ」

「で、古屋について調べたんだが、君たちとの関連がわからなかった。どうして君は、古屋を連れてこいと言ったんだ？」

　永尾はまた黙り込んだ。五秒、六秒と沈黙が続く。

　返事を待ちながら泉は気を揉《も》んだ。まさか、永尾の怒りのスイッチが入ってしまったのだろうか。

　だが幸いなことに、永尾は普通の受け答えをしてくれた。

「古屋成司には価値がある。おまえたちにはわからないだろうがな」

「昔、古屋は右翼活動をしていたのか？　何十年も前に君たちと知り合っていたということか？」

「おまえが知る必要はない。……それで古屋は、いつここに来る？」

「まだ、彼を刑務所から出せるかどうかわからないんだ。法的にどうなのか、という問題がある」

　実際には超法規的措置が決定され、移送の間に古屋が逃走するという大変なトラブルが発生している。それを隠すため、泉は嘘をついた。

だがそれを聞いた途端、永尾の声が厳しいものに変わった。

「おまえ、ふざけたことを言うなよ」

「永尾、わかってほしい。これは非常に難しいことなんだ。我々警察だけの判断ではどうにもならない。おそらく国レベルで判断してもらわなければ……」

「そのために、おまえはどう動いている？」

「金塊の件と同じで、警察庁から政府に打診してもらっている。これは高度な政治的判断が必要となる話だ。君にもわかるだろう？」

「おまえたちの事情など、どうでもいい」永尾は吐き捨てるように言った。「それより人質のことを考えたらどうだ。約三百八十人、ひとりずつ切り刻んでやろうか？」

「そんなことをしたら、呑《の》める条件も呑めなくなるぞ」

「何だと？」

明らかに永尾が苛立《いらだ》っているのがわかった。これ以上はまずいのでは、という気がする。

少し考えたあと、泉は穏やかな口調に切り替えた。

「わかった。もう一度政府に働きかけてみる。何か方法がないか、関係各所にも当たってみる」

「出来の悪い官僚みたいな答えだな。……おい泉、俺たちの間に必要なのは何だ？　信頼関係だろう。それを忘れるなよ」

「そうだな。忘れないようにする」

どうやら永尾を怒らせることは回避できたようだ。泉だけでなく、そばにいる理沙や財津たちもほっと息をついていた。

しかし永尾の話はこれで終わりではなかった。次の段階に進んだのだ。

「おまえたちにはもう少し時間を与えることにする。さて泉、そうなると暇だよな。時間つぶしにゲームの第三問といこうか」

「例のゲームか」泉は眉をひそめた。「永尾、もう少しあとでもかまわないと思うんだが……」

「俺は今やりたいんだ。おまえもそうだろう?」

「え? ああ……もちろんだ。楽しみにしていた」

ここで相手を怒らせてはまずい。だからそう答えざるを得なかった。

早速、永尾は新しい問題を口にした。

「では第三問。よく聞けよ。マリアには子供のころの奇妙な記憶があった。荒れ地をひとりで歩いているうち、つまずいて転んだ。地面を見ると、そこには半ば白骨化した遺体があった。驚いて逃げようとするとまた転んだ。今度は、まだ肉の残っている遺体があった。恐ろしくなって走りだしたが、その一帯にはいくつも腐乱した遺体があることがわかった。マリアが泣き叫びながら走っていくと、ハンドライトの光が彼女を照らした。マスクをつけた大人たちが現れ、彼女を捕らえた。大人たちの中にはマリアの母親もいた。母親は消毒や血液検査などの処置をしたあと、マリアを眠らせた。そこから先はよく覚えていない。のちに母親に訊いても、まともに答えてはくれなかった。十年後、マリアの母親は病床にいた。マリアはあの記憶についてあらためて質問し、ついに真相を知ることができた。そして母親が亡くなった今、マリア自身もまた遺体に囲まれるようになっている。マリアは数々の遺体を見て、目を輝かせる。さて、マリアの身にいったい何が起こったのだろうか」

携帯を握り締めたまま、泉は身動きできずにいた。なんとも居心地が悪くなるようなこの話は、いったい何なのだろう。

もともと第一問も第二問も、不気味なストーリーだった。それが今回は、最初から最後まで遺体の物語となっている。推理ゲームだからリアリティーの有無は関係ないが、それにしてもこの話は猟奇的な雰囲気が強い。

——こちらを動揺させるためか？

そうかもしれない。実際、泉は今の出題を聞いて戸惑っている。それを悟られないよう、はっきりした声で泉は言った。

「ではこちらから質問させてもらおう。マリアが子供のころに経験したことは、夢ではなく事実ですか？」

「イエス」

「子供のころマリアがいたのは墓地ですか？」

「ノー」

「マリアがいたのは紛争地帯でしたか？」

「ノー」

「大量殺人事件などの現場でしたか？」

「ノー」

「じゃあ……何かの事故現場だった？」

「ノー」

「中毒や伝染病が発生した地域でしたか？」

「ノー」

数多くの遺体があったという情報から、泉はいくつかのことを推測した。だが、どうやら方向性が違うようだ。少し考えたあと、別の角度から質問してみた。

「マリアがその場所にいたのは偶然ですか？」

「ノー」

「彼女は自分の意思でその場所に入り込んだ？」

「ノー」

「ということは……マリアを連れてきたのは母親ですか？」

「イエス」

「なるほど。……母親は何か企《たくら》みをもって、マリアをそこへ連れてきましたか？」

「ノー。企みというわけではない。しかし目的はあった」

「母親がマリアの消毒や血液検査をしたのは、遺体と関係ありますか？」

「イエス。遺体に細菌やウィルスが付着していなかったか、気にしてのことだ」

「母親がその後、病気になったのは、遺体と関係ありますか？」

「イエス。ただし、直接遺体から何かがうつったわけではなかった」

泉は言葉を切って、じっと考え込む。

ここで理沙が動いた。彼女は手元のメモ用紙にペンを走らせ、泉のほうに向けた。紙にはこう書かれている。

《遺体たくさん　↓　心の病に？》

うなずいて泉は永尾に尋ねた。

「母親は遺体をたくさん扱ったせいで、心の病になったとか？」

「ノー」

泉は理沙と顔を見合わせる。理沙は再び走り書きをした。それを見て泉は携帯を握り直した。

「マリア自身が心の病でしたか？」

「ノー」

「マリアは記憶障害になっていましたか？」

「ノー」

どうやら心の病だったという線はないらしい。泉は質問を重ねていったが、はっきりしたヒントは得られなかった。

理沙が、財津と谷崎を手招きするのが見えた。彼女はふたりにささやいた。

「思いついたことがあれば紙に書いてください。そんな馬鹿なと思うようなことでも、遠慮せずに」

財津と谷崎は慌ててペンを手に取る。出来上がったメモを、理沙がこちらに差し出した。

その内容を見て泉は一瞬驚いたが、咳払《せきばら》いをしてから永尾に質問した。

「マリアの母親はゾンビを研究していたのではないですか？」

「ノー」

このアイデアには自信があったのだろう、谷崎が悔しそうな顔をした。

「では、カビや寄生虫の研究？」

「ノー」

「サイボーグの研究とか？」

「ノー」

谷崎の案はどれも核心に迫れなかったようだ。続いて泉は、財津の書いたメモに目を落とした。

「遺体というのは、じつは人間ではなく動物だったのでは？」

「ノー。動物なら『死骸《しがい》』と言うだろうな」

「その遺体たちは、動物によって殺されましたか？」

「ノー」

「その場所のことを、周辺の住民は知っていましたか？」

「ノー。周辺に住宅などはなかった」

人里離れた場所ということだろうか。残念ながら財津の案も、手がかりには繋《つな》がらなかった。

次に泉は、理沙の新しいメモを手に取った。内容を見て、おや、と思った。

「マリアは自分の母親を憎んでいましたか？」

「ノー」

「マリアは現在までに、何か罪を犯しましたか？」

「ノー。少なくとも、警察に追われるようなことはしていない」

その答え方が気になったようで、理沙は追加のメモを差し出した。受け取って、泉は電話の向こうに問いかける。

「世間に知られていないような罪を犯していたのでは？」

「ノー」

理沙は眉間《みけん》に皺《しわ》を寄せている。癖なのかもしれないが、そんな顔をするとせっかくの美人が台無しだ。

　そのうち彼女は突然立ち上がった。また何かを思いついたようだ。紙に書くのがもどかしかったのだろう、彼女は泉のそばでささやいた。

「この話には、マリアの父親が出てきていません」

　あ、と泉は思った。理沙の言うとおりだ。泉は深くうなずいたあと、携帯電話を握り直して尋ねた。

「マリアの父親は生きていますか？」

「ノー」

「父親はこの遺体たちと関係ありますか？」

「イエス」

「もしかして、遺体の中にはマリアの父親もいた？」

「イエス」

　そうだったのか、と泉は驚いていた。マリアの父親もまた、遺体となっていたのだ。

　理沙のアドバイスで、正解に一歩近づいたという気がする。

「彼はマリアの母親に殺害されたのでは？」

「ノー」

「じゃあ……母親と一緒にいた大人というのが、父親殺しの犯人ですか？」

「ノー」

「妙だな。父親は誰かに殺害されたんですよね？」

「ノー」

どういうことだろう。泉はじっと考え込む。父親がほかの遺体と同じ扱いを受けている、というのが納得いかなかった。マリアの母親が夫を殺害したというならまだわかるが、それは違うという。彼女は夫の遺体が腐乱しているのを見て、なんとも思わなかったのだろうか。

「それが夫の遺体だと、マリアの母親は気づいていない？」

「ノー。彼女は最初から知っていた」

だとしたら、彼女の精神状態はいったいどうなっているのだろう。

泉は戸惑いを感じながら理沙のほうを向いた。理沙も財津も谷崎も、みな困惑の表情を浮かべている。

ややあって、永尾が低い声で尋ねてきた。

「どうした。降参か？」

「いや、そんなことはない」泉はすぐに否定したが、動揺を隠すのに必死だった。「そうだな、次の質問は……マリアの母親は病ではないが、他人の気持ちが理解できない人間だったんじゃないだろうか」

「ノー」

「じゃあ、こうかな。マリアの母親は誰かに脅されていて、自分でも不本意な行動をとっていた……」

「ノー」

「マリアの母親は人間ではなかった。ロボットとかＡＩとか」

「ノー。……なあ泉、何でも言えばいいってものじゃないんだがな」

「すべては死ぬ間際にマリアが見た夢だった……」

「おい、いい加減にしろ！」

スピーカーから大きな声が響いた。一瞬で、辺りの空気が冷えたような気がした。捜査員たちはみな顔を強《こわ》ばらせ、息を殺している。

「そんなふざけた質問をするのなら、ゲームはもう終わりだ！」

「いや、ふざけていたわけじゃない。正解を出すために、私はあらゆる可能性を探りたいと思って……」

泉は早口になって釈明した。だがそれを遮って、永尾は言った。

「おまえは真面目に取り組まなかった。これでは推理も何もない」

「すまなかった。ここから先はしっかり考えるから……」

「もういい。おまえにはペナルティーを与える」

「待ってくれ永尾！」泉は慌てた声で呼びかけた。「落ち着いてほしい。君はまだ正解を話していないだろう。せっかく考えたストーリーを中途半端にするのは、もったいないじゃないか。な？　最後まで続けよう」

泉は必死に声をかける。これまでにゲームでふたり負傷者を出してしまったことが、脳裏に甦《よみがえ》ってきた。

「やかましい！」

永尾は怒鳴った。その声に圧倒され、泉は黙り込んだ。

――まずい。怒りのスイッチが……。

宥《なだ》めようとした言葉が、かえって永尾を苛立《いらだ》たせてしまったのだ。小此木管理官と財津係長が、緊張した顔で椅子から腰を浮かせた。

「おまえたち警察がここまで馬鹿だとは思わなかった。俺を不快にさせたおまえらを、絶対に許さない。だが、痛い目に遭うのはおまえらではないんだ。さて、今度はどいつを刺してやろうか？」

「永尾、待て。話をしよう」

「遅いんだよ。この俺を誰だと思ってるんだ。こんな嫌な気分にさせやがって。……おい、おまえ。おまえだ、そこの男！」

「……やめてくれ。俺は何もしてない」

電話の向こうから揉《も》める声が聞こえてきた。永尾が乗客の男性を捕らえたらしい。奴は怒りにまかせてその男性をナイフで刺すつもりだ。また負傷者が出てしまう――。

そのときだった。前線本部の中に女性の声が響き渡った。

「52便が来ます！　ＪＨＡ52便がまもなく羽田に到着します！」

驚いて泉は声の主を見つめた。今、叫んだのはＳＩＴの捜査員ではない。泉のすぐ隣にいる理沙だった。

　だが電話の向こうの永尾は、それをオペレーターの声だと思い込んだらしい。呼吸を整えながら、彼は言った。

「そうか、52便が来たか。だったら乗客をいたぶるのは後回しだ。おい泉。さっきも言ったが、52便は同じ滑走路に着陸させたあと、この50便の近くに駐機させるんだ。事前にステップカーを二台用意しておけ」

「ステップカーというと……タラップ車のことか」

　一般にはターミナルの建物から、ボーディング・ブリッジという通路が搭乗口まで延びる形になる。だがその設備がない場合や、ターミナルビル以外で乗降する場合、階段の付いたステップカーを利用することになっている。

「永尾、そのあとはどうする？　乗客を解放してくれるのか？」

「これから到着する52便の乗客、乗員を降ろせ。ただし機長と副操縦士は残すこと。警察官は絶対に近づけさせるな。おかしな真似をしたら50便の人質を殺す」

　泉はいくらかの落胆を感じた。52便の乗客はもともと監禁されていたわけではないから、状況はほとんど変わらない。

「……了解した。よけいなことはしないと約束する」

「それでいい。こちらの気分ひとつで何もかも決まるんだ。いいか、俺を怒らせるんじゃないぞ」ここで永尾は、思い出したという口調で問いかけてきた。「さっきの女は誰だ？　おまえの部下か」

　泉はぎくりとして理沙に目を向けた。彼女は黙ったまま、ふたりのやりとりに耳を傾けている。

「彼女は捜査員のひとりだ」泉は平静を装いながら答えた。

「あのタイミングで報告するとは、たいした度胸だ。俺の気を逸《そ》らすために声を張り上げたんだろう？　ただの捜査員じゃなさそうだな」

「優秀な人間だよ。交渉のサポートをしてもらっている」

「電話に出せ。その女と話がしたい」

「……え？」

　突然の要求を受けて泉は戸惑った。小此木管理官に目を向けると、彼もどうしていいかわからないという表情だ。小此木は、理沙の上司である財津のほうを向いた。財津も判断に迷っているようだった。だが数秒考えたあと、彼は電話に出るよう手振りで示した。

　泉は携帯を理沙に手渡す。相当緊張し、唇を震わせているかと思いきや、そうではなかった。理沙は目を輝かせていたのだ。

「もしもし、お電話代わりました」

「ふん……。あんた、名前は？」

　偽名を使うかどうか躊躇《ちゅうちょ》したようだが、理沙はそのまま本名を口にした。

「捜査一課、文書解読班の鳴海理沙です」

「文書解読班？　聞いたことがないな」

「それは残念です。ぜひ覚えておいてください」

「何をする部署なんだ。ＳＩＴの傘下なのか」

「いえ、未解決の資料を整理したり、事件に関わる文字や文書を読み解いたりするのが仕事です。口の悪い人からは、倉庫番なんて呼ばれることもあります」

　ここでユーモアを交えてくるとは思わなかった。その落ち着きはどこから出てくるのかと驚きながら、泉は理沙の横顔を見つめる。

「文字や文書に詳しい、か……。それだけで交渉の現場に呼ばれたのか」

「ええ、そのようです」

「ＳＩＴとはまるで違う仕事だろう。だが、あんたをここへ呼んだ奴は、慧眼《けいがん》の持ち主かもしれない」

「なぜです？」

「あんたはおそらく観察力のある人間だ。周りを見て、自分が何をすべきか判断する力を持っている。それを実行する度胸もある。案外、俺と近いタイプかもしれないな」

　そんなことがあるものか、と泉は苦々しく思った。永尾は感情にまかせて、他人を傷つけるような人間だ。それが理沙と近いなど、とても考えられない。

「褒めていただけて光栄です」

「だがな」電話の向こうで永尾は続けた。「もっと努力しなくては駄目だ。あんたが横にいたのに、ゲームの第三問は正解にたどり着かなかった。また負傷者が出るところだったぞ」

「いえ、これからですよ」余裕があるのだろうか、理沙は笑みを浮かべながら言った。

「次は負けません。必ず失点を取り返してみせます」

「たいした自信じゃないか。鳴海、後悔するなよ」

「もちろんです。私は自分の仕事を全力で……」

と、そこで唐突に電話は切れてしまった。

理沙は携帯電話を耳から離し、まばたきをして液晶画面を見つめる。それから、「ありがとうございました」と言って携帯をこちらに返した。

泉はスクリーンのそばにいた捜査員に声をかけた。

「実際のところ、52便はどうなっている？」

「あと十分ほどで到着する予定です」

理沙の言ったことは、当てずっぽうではなかったらしい。そろそろ羽田にやってくると予想して、彼女はあのように声を上げたのだろう。その判断によって、あらたな負傷者を出さずに済んだのだ。

「鳴海くん、君には助けられた。礼を言う」泉は彼女に話しかけた。「だが、今後ああいうことは控えてほしい。交渉担当者は私だ。窓口がふたつになっては犯人も混乱する」

「そうですね。わかりました。これからは気をつけます」

思いのほか素直な口調で、理沙はそう答えた。自分の立場をよく理解しているようだ。

泉は捜査員たちを見回し、はっきりした声で言った。

「まもなく52便が到着する。50便の人質についても何か動きがあるかもしれない。全員、これまで以上に注意を払ってほしい」

はい、と捜査員たちは一斉に答えた。

この先の活動に向けて、みなの士気が高まった。ひとつの目標のために全員が一致協力するのが、警察の組織捜査だ。

油断せず、慎重に交渉を続けなければならない。泉は自分にそう言い聞かせていた。

第三章　招かれた男

1

矢代と夏目は覆面パトカーに乗り込み、戸越《とごし》に向かっていた。

ハイジャックが発生してから、それに関連する捜査はすべて緊急対応扱いとなっている。普段は経費にうるさい組織だが、今警視庁は事件解決を最優先課題としていた。

「せっかくの休みに悪かったな」ハンドルを操作しながら矢代は言った。「小田原から戻るのは大変だったろう？」

「仕方ありません。『いざ鎌倉《かまくら》』という言葉もありますから、非常時には何が何でも駆けつけないと。……あ、今回は『いざ羽田』でしたけど」

「立派な姿勢だよ。警察官の鑑《かがみ》だな」

「でも正直な話……」夏目は声のトーンを落とした。「今の時代にハイジャック事件が起こるなんて、思ってもみませんでした。時代錯誤も甚だしいですよね」

「みんな油断していたのかもしれない。だからこそ永尾たちの計画は成功してしまった」

「先輩、まだ成功したとは言えませんよ」夏目は口を尖《とが》らせた。「人質を救出して犯人たちを逮捕すれば、奴らの計画は失敗です。その結果を全世界に伝えれば、次の事件の抑止効果も出ます。そのためにも、私たちは全力で捜査しなくちゃいけません」

「今日の夏目は一段と頼もしいな。やる気に満ちてるじゃないか」

「それはそうです。私の城巡りを中止させたあいつら……絶対許しません！」

鼻息荒く夏目は言う。どうやら、休みを返上させられたという私《し》怨《えん》から、彼女は犯人グループを憎んでいるらしい。まあ、そういう動機もありだよな、と矢代は思った。

車で移動する間、これまでの経緯を夏目に説明した。彼女が一番気にしていたのは、古屋の行動についてだった。

「古屋はなぜ逃げたんでしょうか」

「俺もそのことが気になっていた。奴は刑務所を出て羽田に来るのを了承していたはずなんだ。それなのに、どうして途中で逃走したのか」

「可能性としては……」夏目は思案顔になった。「もともと犯人グループと合流するつもりはなかった、という線が考えられますね。刑務所を出るチャンスだったから、その話に乗ったふりをしたのかもしれません」

実際、古屋の過去を調べても、千刃会との繋《つな》がりは見つかっていない。

「仮にそうだったとして、羽田へ向かう途中、うまく逃走できる勝算はあったんだろうか」

「そこは賭《か》けだったんじゃないでしょうか。もし途中で逃げられなかった場合は、とりあえず永尾と合流して、その先のことはゆっくり考えるつもりだった、とか？」

「刑務所から出てしまえば、あとはどうにでもなるというわけか……」

そうつぶやいたものの、矢代の中には釈然としないものがあった。少し考えてから、矢代は首をかしげる。

「しかし永尾は古屋成司を指名したよな。わざわざハイジャックの現場に連れてこいと言ったんだから、よほど大事な用があったんじゃないか？」

「じゃあ、次の可能性です」夏目は窓外に視線を向けた。「私たちは調べきれていないけれど、じつは古屋と永尾は面識があった。ただし、それは千刃会とは別の繋がりだった。そういうわけで、古屋は永尾の誘いに応じて刑務所を出た」

「その場合、どんな理由で古屋は逃走したんだ？」

「最初は永尾たちと合流するつもりだったんです。でも刑務所を出て車で移送されているうち、気が変わったんじゃないでしょうか」

「どうだろうなあ。そう考えるのなら、やはり最初から逃走するつもりだった、というほうがわかりやすい気がする」

夏目は助手席で腕組みをした。しばらくひとりで唸っていたが、やがて矢代のほうを向いた。

「いずれにせよ情報収集が必要ですね。古屋がどんな人間だったのか、まずはそこを調べないと」

「そういうことだ」矢代はウィンカーを出して車線を変更した。「これから俺たちは古屋成司の母親に会う。所轄の刑事たちが家を調べてくれたんだ」

夏目は自分のメモ帳を開いて、手早くページをめくった。

「古屋成司は五十四歳ですね。……ということは、お母さんはもう七、八十歳？」

「情報によればちょうど八十歳だそうだ。戸越銀座《ぎんざ》の近くでひとり暮らしをしているらしい」

目的地付近で、矢代はコインパーキングに面パトを停めた。夏目とともに住宅街を歩いていくと、クリーニング店の近くに二階建てのアパートが見つかった。築四、五十年というところだろうか、あちこち傷んでいる建物だ。二階の屋根からまっすぐ下りてきた雨樋《あまどい》が、途中で壊れている。雨の日には水が跳ねてしまって大変だろう。

一階の角部屋に《古屋》という表札が出ていた。何かの汚れが付いていて、字が読みづらくなっている。

チャイムを鳴らすと、はあい、という返事があった。だが、なかなかドアが開かない。

十五秒ほどたって、ようやく錠を外す音がした。

ドアから顔を出したのは、薄いグリーンのセーターを着た女性だった。髪を茶色に染めているし、セーターにはワンポイントの飾りが付いている。贅沢《ぜいたく》ではないが、ちょっとしたお洒落《しゃれ》を楽しんでいる人なのだろう。ただ、表情は明るくなかった。

「すみません。ちょっと火を使っていたものですから……」

「ああ、そうでしたか」矢代はうなずきながら警察手帳を呈示した。「先ほどお電話を差し上げた、警視庁の矢代といいます」

「古屋妙子《たえこ》です。どうぞ、お上がりください」

　矢代と夏目は六畳の居間に案内された。ローテーブルの上にはテレビのリモコンや通販カタログ、老眼鏡などが置かれている。

　お茶の用意をすると言うのを断って、矢代はすぐに質問を始めた。

「最近、成司さんとはお会いになりましたか」

「いえ、あの子はその……刑務所に入っていますから」

「罪状はご存じですか？」

「コンビニで商品を盗んだと聞いています。おにぎりとかサンドイッチとか、安いものばかりなのに、刑務所に入れられてしまうんですね」

「累犯者の場合、そうなることがあります」矢代はうなずいた。

　万引きも犯罪ではあるが、額が小さい場合、店側も大きな問題にしたがらないことが多い。ただ、何度も盗みを繰り返す者には、裁判で実刑判決が下されるケースがある。古屋成司の場合がそうだった。

「私、脚が悪くて遠出ができないものだから、面会に行ったことがないんです」申し訳なさそうに妙子は言った。「それにしても恥ずかしい罪ですよね。本当にすみません。親として、何とお詫《わ》びをしたらいいか……」

「あ、いえ、お母さんは関係ありませんから」

古屋成司は今、五十四歳だ。息子がそんな歳になっても、妙子は母親としての責任を感じているようだった。深々と頭を下げる彼女を見ていると、なんとも気の毒になってくる。

矢代から質問を受けて、妙子は成司のことを話し始めた。

「あの子は小さいころから体が弱かったんです。亡くなった夫とふたりで、夜中に病院へ連れていったことが何度もありました。小さい体で、顔を真っ赤にして泣くんですよ。そんな姿を見ると、私たちはつらくて……。でもその後は無事に育って進学、就職と、うまくいきました。私はそれだけでも幸せだと思っていました。だけど、いい歳をして万引きなんかで刑務所に入って……まったく馬鹿みたいです。子供ってわがままなものですけど、親の私もわがままだったんでしょうか。あんまりあの子に期待しすぎるのはよくないとわかっていたんですが、それでも人並みの生活をしてほしいと願うのが、親ってものですよね」

就職して一人前になったはずの息子が、いつの間にかつまらない窃盗犯になってしまったのだ。親としては、情けなく思っているに違いない。

隣で夏目が身じろぎをした。ふと見ると、彼女は大粒の涙をこぼしていた。

「お母さん、本当につらい思いをなさいましたね。親の心子知らずとは、まさに、このこと……」

ああそうか、と矢代は思い出した。夏目は涙もろい性格で、こういう話には特に弱いのだ。相手に感情移入してしまって、聞き込みどころではなくなってしまう。

「夏目、大丈夫か」

矢代が訊《き》くと、彼女はハンカチを目に当てて何度かしゃくり上げた。しばらくそうしていたが、やがて表情を引き締め、こちらへ頭を下げた。

「失礼しました。もう大丈夫です」

涙を流したせいか、夏目はすっきりした顔をしている。もしかしたらあれは、彼女にとってデトックスのような効果があるのかもしれない。

「成司さんは家電メーカーの設計技師をしていたんですよね」メモ帳を見ながら矢代は尋ねた。「退職したのはいつでしたか？」

「詳しくはわかりません。就職するとき成司はこの家を出まして……。いつだったか、あの子の同級生から聞いた話では、三十歳ぐらいのときに会社を辞めたみたいです。その後はアルバイトでいろんな仕事をしていたようですね。結婚はしていません」

「この家に顔を出すことはありませんでしたか」

「もう長いこと、あの子には会っていません。たまに電話がかかってくることはあったんですけど……」

矢代はメモ帳のページをめくりながら妙子の表情を観察した。それから、あらたまった口調で尋ねた。

「成司さんが何かに困っているとか、悩んでいるとか、そんな感じはなかったでしょうか」

「いえ、それはなかったと思います」

「念のためにうかがいますが、成司さんが犯罪者と関わっていたことは？」

「犯罪者……ですか？」妙子は怪訝《けげん》そうな顔をする。

「テロ組織とか暴力団とか窃盗グループとか……」

「まさか」彼女は即座に首を横に振った。「あの子は、ひとりでこつこつやるのが好きなんです。テロ組織とか、そんな恐ろしいところに関わるはずはありません」

妙子は真顔になっていた。矢代はしばらく彼女を観察していたが、やがて手元のメモ帳を閉じた。

「この家に、成司さんの所持品などはないですか」

「子供のころのアルバムとか賞状とか、そんなものしかありません。ほかは、家を出るとき本人が持っていってしまったので……」

そうですか、と言って矢代は部屋の中を見回した。壁には茶色い染みが付いている。仏壇に立ててあるのは、たぶん妙子の夫の写真だろう。

ここで夏目が何かに気づいたようだった。彼女は妙子の顔を見つめた。

「成司さんの住まいはどうなったんでしょうか。刑務所に入ったあとも、アパートかマンションの契約は続いているんですか？」

「解約したと聞きました。私は動けなかったんですが、成司の友達から、全部手続きをすると連絡があったんです」

「あ……。そんなに仲のいい人がいたんですね」

「はい。成司の持ち物を整理したあと、大事なものは段ボール箱に入れて保管してくれているとか。本当に親切な方です」

「それは本当ですか？」

夏目は身を乗り出していた。矢代も興味を持ってその話を聞いた。

友人は高畑尚志《たかはたなおし》という男性で、家電メーカー時代からのつきあいだという。会社を退職してからもずっと、古屋はその人物と親交があったらしい。

高畑の連絡先を教えてもらって、矢代はメモ帳に書き付けた。

「あの……」遠慮がちに妙子が尋ねてきた。「今さらですが、また何かあの子の罪が見つかったんでしょうか。今の刑期が長くなるとか、そんなことはありませんよね？」

矢代は返答に窮した。ここで事実を話してしまっていいのかどうか、咄嗟《とっさ》には判断がつかない。夏目のほうを向くと、彼女も困ったという顔をしていた。

軽く咳払《せきばら》いをしてから、矢代は再び口を開いた。

「詳しくはお話しできないんですが、我々は今、成司さんを捜しています」

「え……。成司は刑務所にいるんですよね？」

「彼は今、訳があって刑務所の外にいるんです」

「仮出所できたんですか？」

「いえ、成司さんは逃げ出したんですよ」

妙子は眉間《みけん》に皺《しわ》を寄せたあと、何度かまばたきをした。それから急に肩を落として、深いため息をついた。

「どうしてそんなことを……」

「もしかしたら彼はここに連絡してくるかもしれません。もし何かあったら、こちらへ電話をもらえませんか」

　メモ用紙に自分の携帯番号を書き込んで、矢代は妙子のほうへ差し出した。彼女はまだ動揺している様子だったが、右手でその紙をつまみ上げた。何か不思議なことでも書かれているかのように、怪訝そうな目でメモを見ている。

　この家の電話番号を聞いてから、矢代と夏目は捜査協力への礼を述べた。

2

　前回トイレに入ってから、まだあまり時間がたっていない。

その不自然さをごまかすため、望美は体調が悪いという演技をしなければならなかった。万一不審に思われたら、計画が失敗するかもしれない。できるだけ慎重に行動する必要があった。

先ほどと同じトイレに入って、望美は壁に造り付けられたごみ箱に手を差し込んだ。底のほうを探り、ペーパータオルにくるまれた携帯電話を取り出す。急いで電源を入れ、メールを受信してみた。

――あった！　返事が来ている。

二通届いていた。まず一通目を開き、本文に目を走らせる。

《こちらは警視庁の交渉人・泉です》

その文章を見たとき、望美は快哉《かいさい》を叫びたくなった。警察の人と直接連絡ができるのだ。事件解決へ向けて、ようやく一歩踏み出せたのではないだろうか。

一通目の本文を読んで、望美は相手の目的を理解した。この泉という警察官は、機内の状況を知りたがっている。ということは、操縦室に立てこもっている機長や副操縦士は、客室で起こっていることを知らないのだろう。

望美はすぐに返事を打ち込み始めた。

《杉村望美です。（1）武器は拳銃《けんじゅう》3、ナイフ1です。（2）命の危険はないと思います。ただ、私はナースで重病の患者を搬送しています。（3）警察とゲームをしていたので急いではいないかも。でもよくわかりません。（4）逃亡先、わかりません。（5）外部に仲間、わかりません。早く助けてください。とにかく永尾という男が危険です。急に怒りだしてナイフで人を刺します。返信を待っています》

メールを送信して望美はほっと息をついた。だが、これで安心してはいけない。続けて二通目のメールを開いた。

《警視庁の交渉人・泉です。まだ返事をもらっていませんが二通目です。杉村望美さん、あなたにお願いがあります。携帯電話で犯人たちの写真を撮ってもらえないでしょうか。顔がわかれば身元が特定でき、私たちの捜査が大きく進みます。なんとか挑戦していただけませんか。ただし、身の危険があるようなら決して無理はしないでください。あくまで、可能である場合のみお願いします》

そんなことを言われても、と望美は困惑した。相手の言っていることはわかる。だが、この状況で永尾たちの顔写真など撮れるだろうか。メールの最後には、無理はしないでください、と書いてある。だったら危険を冒さないほうがいいのではないか。

でも、と思った。自分が写真を撮ることで事件の解決が早まるなら、挑戦する価値はある。これは自分にしかできないことなのだ、という使命感のようなものもあった。

望美は携帯電話をナースウエアのポケットに忍ばせた。

トイレから出て犯人たちの姿を探す。だが、すぐに何か変だと気がついた。

機内にいる乗客のうち、左の窓際にいる人たちがみな外を見ているのだ。通路側の席にいる人たちも、身を乗り出して左の窓に注目している。

「何かあったんですか？」

近くにいた中年女性に、望美は訊いてみた。女性は真顔になって教えてくれた。

「滑走路に飛行機が下りてきたのよ。ほら、すぐそこ」

彼女は左翼側の窓を指差した。望美は腰を屈《かが》めて窓の外に目を向ける。

女性の言うとおりだった。少し離れた場所に旅客機が止まっている。型式は違うが、機体のペイントから、この50便と同じＪＨＡのものだとわかった。そういえば永尾が警察に出した条件の中に、後続のＪＨＡ52便を羽田に向かわせろ、というものがあった。あの旅客機は、その52便ではないだろうか。

「おいおまえら、静かにしろ！」

大野の野卑な声が機内に響いた。乗客たちはびくりとして黙り込む。

彼のうしろにいた永尾が、一歩前に進み出た。

「今、ＪＨＡの52便が到着した。向こうの乗客が全員降りたら、この機の乗客も解放してやる」

えっ、という声があちこちから上がった。先が見えない状況の中、みな大きな不安を抱えていたはずだ。ところがそこへ、急に解放の話が出た。誰も彼も、驚きと喜びを隠せないようだった。

「ただし……」永尾は続けた。「一部の人間には残ってもらう。当然のことだろう？」

それを聞いて、一度は明るくなった乗客たちの表情がまた暗くなった。彼らはそれとなく周囲に目をやり、ほかの客の様子をうかがっている。

これまでは全員が人質という、同じ立場にあった。だからみな感情を共有することができた。ところがこのあと乗客はふたつのグループに分けられるという。自由を取り戻せる者と、引き続き監禁される者。後者に選ばれてしまったら、次にいつ解放のチャンスが巡ってくるかわからない。現在の恐怖が今後もずっと続くことになるのだ。

いや、今より状況は悪くなるはずだ、と望美は思った。人質の人数が減れば、ひとりひとりのリスクは高くなる。これまで、ひとりの客が痛めつけられる確率はおよそ三百八十分の一だった。しかし一部が解放され、たとえば百九十人が残されたとしたら、永尾の餌食《えじき》になる確率は二倍に跳ね上がる。人質が少なくなればなるほど、残った者は危険な状態に陥るのだ。

「あの……解放される人は、どうやって選ばれるんですか」

ジャンパーを着た中年男性が永尾に尋ねた。その質問をするには、かなりの勇気が必要だったはずだ。それでも重大な局面を控えて、訊《き》かずにはいられなかったのだろう。

「安心しろ。おまえは解放してやる」

「……本当ですか？」

男性は驚きの表情を浮かべながらも嬉《うれ》しそうだった。訊いてよかった、という思いが伝わってくる。

永尾は携帯を操作して、どこかへ電話をかけた。

「もしもし、泉か？　俺だ」相手は警察の交渉人らしい。「ステップカーを一台、今到着した52便に接続しろ。準備ができたら客とＣＡを全員降ろすんだ。……ああそうだ。52便に残すのは機長と副操縦士だけだ。……ここで見ているから、おかしな真似をすればすぐわかる。その場合、人質の命は保証しない。終わったら連絡しろ」

話を終えると永尾は電話を切った。それから窓際に行って、外の様子を観察し始めた。

望美のいる場所からも52便の様子が見えた。空港ターミナル方面から、二台のステップカーがやってくる。そのうちの一台が52便に近づいていった。停車したあとステップ部分が斜め上に延びて、ドア付近にぴたりと合わせられた。透明な雨よけの屋根がある階段だ。

しばらくして厚いドアが開き、ＣＡが姿を見せた。彼女が周囲の安全確認を行ったあと、乗客たちが階段を下り始めた。どの客も不安げな顔をしている。無事羽田に着いたとはいえ、このイレギュラーな事態にみな戸惑いを感じているはずだった。彼らは地上に下り立つと、すぐそばに駐機している50便を見上げた。それがハイジャックされた機であることは、すでに知らされているに違いない。

ステップカーから少し離れた場所に、ランプバスが四台停車している。駐機している場所から空港ターミナルまで乗客を運ぶバスで、たしか百人ほど乗れるはずだ。52便の乗客たちは案内されてそのバスに乗り込んでいった。準備の出来た車から、順次ターミナルのほうへと走りだす。

電話の着信音が聞こえた。永尾はポケットから携帯を取り出し、左の耳に当てる。

「泉か。……ああ、ここからも見えた。52便の客室は空っぽになったんだな？　じゃあ次の命令だ。もう一台のステップカーを、俺たちのいる50便に接続するんだ。……なぜかって？　そんなこと、考えればわかるだろう。50便の乗客を解放してやるんだよ」

電話の向こうで交渉人はさぞ驚いていることだろう、と望美は思った。

「いいから、言うとおりにしろ」永尾は続けた。「早くしないと、こちらの気が変わるかもしれないぞ」

じきに話はついたようで、永尾は携帯をポケットに戻した。彼は機内の乗客たちを、ゆっくりと見回した。

「この機に残る人質を伝える。機長と副操縦士、ＣＡは八名全員、それから怪我をした三名と栗山明日香、病人の河島昇一、あとは看護婦さん、あんただ。合計十六名ということになる」

彼の言葉を聞いて、多くの乗客はほっと安堵《あんど》の息をついた。だが解放されないとわかった人たちは、いずれもショックを受けているようだ。ＣＡの高根たちは職務上、仕方ないと諦《あきら》めているだろう。だが負傷者三名は絶望的な表情を浮かべていた。

「なぜ怪我人を解放してくれないんですか」

戸惑いながら、望美は尋ねてみた。永尾はパーマのかかった髪をいじりながら、こう言った。

「元気のいい人間はよけいなことを考えるが、一度痛い目に遭った人間は従順だ。人質としては最適なんだよ」

たしかに、負傷者たちには抵抗の意志などないだろう。それに、今すぐ命が危険だという怪我ではないから、人質として扱うのは容易かもしれない。

負傷者たちが集められている場所に行って、望美はそっと声をかけた。

「気を落とさないでください。私が一緒にいますから」

「なんで僕たちが……」

スーツ姿の沼倉悠人が悔しそうな声を出した。望美が手当てをしたとき、彼は三十三歳の会社員だと話していた。ナイフで刺された右の太ももには包帯が巻いてある。ときどき痛むらしく、顔をしかめていた。

「私たち、これからどうなるんですか？」

そう言ったのは、左腕を刺された佐々岡仁絵だ。今その腕は三角巾《さんかくきん》で吊《つ》ってある。彼女は長めの髪をうしろで縛った、おとなしい感じの女性だった。まだ二十四歳、大学院生だという。不安に襲われたのだろう、彼女は小刻みに肩を震わせていた。

「次の解放のとき、チャンスがあるかもしれません」望美はささやいた。

「このまま飛行機でどこかへ連れていかれるんじゃないですか？」

「希望を持ちましょう。今、警察の人たちが交渉してくれています」

望美はそう励ましたが、自分でも半信半疑という気持ちだった。今は三百八十名ほどいる人質が、このあとわずか十六名になる。そこまで減ったら、もう次の解放は行われないのではないか。

「私たちまで連れていかなくてもいいと思うんです……」

か細い声で栗山充代が言った。額の傷は比較的軽いものだったが、おそらく彼女が気にしているのは自分より娘のことだ。明日香は今も犯人たちに捕らえられている。

「とにかく今は犯人の命令に従いましょう」望美は負傷者たちに言った。「必ず助けが来ます。そのときまで体力を温存してください」

負傷者たちは互いに顔を見合わせたあと、それぞれうなずいた。

絶望的な状況だったが、ひとつだけいいこともあった。もう動画を撮影する必要もなくなったのか、犯人グループは栗山明日香を母親に返してくれたのだ。

「明日香！　大丈夫？　怖かったね」

充代は娘のロープをほどいたあと、強く抱き締めた。

少し安心したようだったが、明日香はときどき犯人たちのほうを見て泣きそうな顔をしている。耳を引っ張られたり、髪をつかまれたりしたことを思い出しているのかもしれない。

彼女たちから離れて、望美は機体後部の特設スペースに向かった。カーテンをめくって中に入ると、眠っているように見えた河島が両目を開いた。

「杉村さん……さっき聞こえたんですが……」彼は深刻な表情で尋ねてきた。「私は解放……されないんですか？　ずっとここに……いなくちゃいけないんですか？」

「河島さん、心配しないでください」

　体温、血圧などを測定したあと、できるだけ穏やかな声で望美は言った。

「あとでもう一度確認してみますから、今は落ち着いて……」

　しかし河島は不安を払拭《ふっしょく》できないようだった。ここにいては、彼にあれこれ追及されそうだ。正直な話、望美にも状況は読めていない。河島の質問にすべて答えることは難しいだろう。

　カーテンの隙間から通路に出て、望美は永尾のそばに行った。

「お願いがあります。病気の河島さんを解放してもらえませんか」

「悪いが、そういうわけにはいかない。さっき話しただろう。抵抗できない奴のほうが、人質には合っているんだ」

「でも河島さんは重い病気なんですよ。たまたまこの飛行機に乗り合わせただけなのに」

「運が悪かったんだろうな」

　冷たい口調でそう言うと、永尾はまた窓の外に目をやった。ステップカーがこちらに近づいてくるのが見えた。

　永尾は仲間に声をかけてから、ＣＡの高根を呼んだ。

「ステップカーが接続されたらドアを開けろ。そのあと順番に乗客を降ろすんだ。おまえたちCAは逃げるなよ。ひとりでも逃げたら、ほかのCAを刺す」

CAたちはみな強《こわ》ばった表情を見せていた。

永尾に言われるまでもない。自分だけ逃走しようなどという者はいないだろう、と望美は思った。なぜなら、彼女たちはこの仕事のプロだからだ。

3

夏目を助手席に乗せ、矢代は覆面パトカーを走らせた。

高畑という男性に電話をかけたところ、彼は蒲田《かまた》で工場を経営していることがわかった。話を聞きに行きたいと伝えると、面食らいながらも彼は了承してくれた。矢代たちは車に乗り込み、早速蒲田に向かったのだった。

目的の建物には《高畑産業》という看板が掛かっていた。自宅に仕事場を併設したという形で、いわゆる町工場だ。

玄関の隣に、車庫ふたつ分ぐらいの作業場があった。中には機械部品を加工するための装置がいくつかあり、棚にはさまざまなサイズの箱が並んでいる。作業場の奥の机で資料を睨《にら》んでいる男性がいた。青い作業服を着て、帽子を前後反対にかぶっている。この人物が経営者だと見当がついた。

「こんにちは。高畑さんでしょうか」警察手帳を見せながら矢代は言った。「先ほどお電話を差し上げた矢代です」

「ああ、もう来たのか」男性は椅子から立ち上がった。左手で右の肩を叩《たた》きながら、こちらへやってくる。

「高畑だ。古屋のことを聞きたいって？」

「ええ。古屋成司さんが刑務所に入ったとき、高畑さんがいろいろ手続きをしたと聞いたものですから」

「そのとおりだが、何か問題があるのか」

「今、古屋さんの所持品を管理なさっているんですよね？ 見せてもらえないでしょうか」

「あれは古屋のものだ。俺が勝手に見せるわけにはいかない」

高畑はそう言って黙り込んだ。その表情から読み取れるのは強い警戒心だ。

少し考えたあと、矢代は相手にこう説明した。

「我々はある事件の捜査で、古屋さんのことを調べているんです」

「捜査って何だよ。古屋はとっくにムショに入ってるじゃねえか」

この男性は手強そうだ、と矢代は思った。協力を仰ぐためには、こちらから情報を出すことも必要だろう。あなたにだけ特別に話します、という態度をとるのだ。

「刑務所にはいません」矢代は真剣な目で相手を見た。「古屋さんは今、逃走中です」

「え？　あいつ脱獄でもしたのか」

「高畑さん、今羽田空港でハイジャック事件が起こっているのを知っていますか」

隣で夏目が身じろぎするのがわかった。詳しく話してしまっていいのか、と困惑しているようだ。

普通なら話すべきではないだろう。だが矢代の中には直感があった。この男性は過去に古屋の面倒を見ている。親しい間柄だったため、放っておけなかったのではないか。だとすれば彼以上に古屋のことを理解している人物はいないはずだ。

「ハイジャックか。知ってるよ。大変な騒ぎになってるようだな」

「その犯人が、古屋さんを連れてこいと言っているんです」

「何だと？」

高畑は目を大きく見開いた。さすがに、そんなことになっているとは予想できなかったのだろう。

「それを聞いた古屋さんは羽田に行くことを決めました。ところが移送される途中、逃走してしまったんです」

「言ってることがよくわからねえな」高畑は首をかしげた。「あいつは羽田に行くつもりじゃなかったのか？」

「我々にも古屋さんの真意はわかりません。とにかく、すぐに彼を見つけて連れていかないと大勢の乗客が危険なんです」

高畑は眉《まゆ》をひそめていたが、矢代がでたらめを言っているのではないと理解してくれたようだ。舌打ちをしてから、彼は言った。

「古屋の奴、まだそんなおかしなことに関わっていたのか」

その言葉には引っかかるものがある。矢代は相手の顔を覗《のぞ》き込むようにして尋ねた。

「高畑さん、何か知っているんですか？」

「いや、それは……」

急に高畑の口が重くなった。やはり何かを隠しているのだ。

長らく友人だった高畑は、古屋をかばおうとしているのではないだろうか。とはいえ、刑務所に入っていた古屋が最近何かしでかした、という可能性は低い。だとすれば考えられることは限られる。おそらく過去に何かあったのだ。高畑はそれを知っていて、まずいことだと認識しているのではないか。その出来事が今のトラブルに繋《つな》がっている、と推測しているのではないだろうか。

「ハイジャック犯たちは、千刃会という右翼団体に所属している可能性があります。過去、古屋さんがその団体に関わっていたことはありませんでしたか？　あるいは古屋さんが、リーダーの中井という男と関係していたことは？」

高畑は目を伏せている。何か言いかけたが、言葉を呑《の》み込んだようだ。

「知っていることがあるなら話してください。このハイジャック事件の鍵《かぎ》を握っているのは、たぶん古屋さんです。彼が見つからなければ、たくさんの人が犠牲になるおそれがあります。そんなことになったら高畑さんはきっと後悔しますよ。いいんですか？」

「くそ、冗談じゃないぞ」高畑は首を横に振った。「俺は関係ない。そんなことはやめたほうがいいって何度も言ったのに……」

高畑が落ちるまで、あとわずかだ。矢代は一歩前に出た。

「古屋さんは何かの犯罪に関わっていたんですね？」

何度かうなずいたあと、高畑は記憶をたどる表情になった。

「三十年ちょっと前、あいつは俺の一年後輩として入社してきた。口べたで、あまり人づきあいをしない男だったよ。俺も仲間とつるんで行動するほうじゃなかったから、なんとなく奴のことが気になってね。話をするうち、模型とか警察・軍事関係で趣味が合うのがわかったから、ときどき一緒に飲みに行くようになった。あいつも俺も設計技師だから、好きなものが似ていたのかもしれないな。ふたりともネクラだったよ。地味で目立たなくて、でも好きなことには異様に熱中するという……。どう考えても、モテないタイプだわな」

高畑は自虐的な笑いを浮かべる。夏目は声をひそめて彼に尋ねた。

「でも、今ならおたくと呼ばれる人たちですよね。ある分野にものすごく詳しい人、多いと思います」

「おたくか……。とにかく、警察官になるようなあんたたちとは相容《あいい》れない性格だった」

「そんなことはありません。私だって立派な腐女子……」言いかけて、夏目は咳払《せきばら》いをした。「まあ、それはいいとして……警察・軍事関係の趣味って気になりますね」

うん、と高畑はうなずく。腕組みをしながら彼は続けた。

「俺のほうは浅いマニアだったよ。だけどあいつは筋金入りでね。昔はパソコン通信、その後はインターネットで仲間と情報交換していたようだ。奴も俺も会社を辞めてしまったが、その後もときどき酒を飲んだ。聞けば、古屋はだんだんヤバいことに手を出すようになったみたいでな。警察や自衛隊の装備を調べたり、アナログ時代の警察無線を傍受したり、武器になるものを作って山で試したりしたらしい。やめておけって俺は諭したんだけど、あいつ、すごく嬉《うれ》しそうに話すんだよ」

「武器ってどういうものですか。改造拳銃《けんじゅう》とか？」

矢代が訊《き》くと、高畑は少しためらう様子だったが、やがてこう答えた。

「拳銃もそうだが、爆弾をね」

「爆発物！」矢代はまばたきをした。「ネットの情報を見て、そんなものを作っていたんですか」

「あいつは凝り性だからな。作っては試し、試してはまた作るの繰り返しで、立派な爆弾屋になってしまった。そうこうするうち、左翼とか暴力団とかに声をかけられて、爆弾を提供するようになったらしい。いい商売になると言って、古屋は笑っていたよ。あれはもう二十年ぐらい前のことだったかな」

矢代は夏目と顔を見合わせる。ハイジャック犯に呼び出されるぐらいだから、犯罪に関わっていた可能性はあると思っていた。だが、まさか爆発物を作って、それを販売するテロリストだったとは――。

「表向きはアルバイター、裏では爆弾作りのプロとして古屋は生活していた。でもハイジャックと同じで、爆破事件なんてだんだん流行《はや》らなくなってきただろう？　それで奴は爆弾作りをやめたようだった」

「たしかに最近そういう物騒な事件は減りましたね。しかし今日、久しぶりにハイジャック事件が起こってしまった……」

「ハイジャック犯が古屋を呼んだというのなら、昔、爆弾作りをしていたことと関係があるんだろう。もしかしたらハイジャックの犯人は、当時爆弾を買っていた客じゃないのか？」

どうなのだろう、と矢代は考えた。千刃会は右翼団体であって、反政府活動を行うような組織ではない。武器を使うような行動をするだろうか。

と、そこで気がついた。千刃会は右翼団体の中でも、いわば武闘派だ。公安部に追われる原因となったのは、在日外国人の襲撃事件だった。リーダーの永尾はもともと過激な思想を持つ人物だったのではないか。千刃会が設立されたのは十五年前だが、それ以前、永尾は別の活動をしていたのかもしれない。そのころ武器などを扱っていて、古屋と面識があったのではないか。

「犯人の男は警察に追われて自暴自棄になり、ハイジャック事件を起こしたのかもしれません」

「そいつら、外国に亡命でもするつもりなんだろうか。できるのかね、そんなこと」

「わかりませんが、これから先、古屋さんの力が必要だと思ったんでしょう。普通なら刑務所から呼び寄せるなんて無理ですが、人質解放の条件だと言えば実現できる可能性がある。言い方は変ですが、ほかの条件のついでに古屋さんを呼んだのでは？」

「ずいぶんとまあ、スケールの大きな話だ」

感心したような調子で高畑はつぶやいた。それから、彼は軽くため息をついた。

矢代は声のトーンを落として高畑に問いかける。

「最近、古屋さんと会いましたか？」

「二ヵ月前、刑務所に行ったよ。あいつに面会する人間なんて俺ぐらいだろうな」

「何か気になることを話していませんでしたか。テロ組織とか、ハイジャックとか、爆発物のこととか」

「いや、そんな話は出なかったんだけど、気になることといえば……」高畑は右手の指先で額を掻《か》いた。「二年ぐらい前から、誰かに追われているなんて言ってたな」

「追われている？」

「刑務官が近くにいたから、はっきりとは聞き出せなかった。でも想像はついたよ。昔、爆弾作りでヤバい連中とつきあっていたから、そのせいだろう」

古屋が小さな盗みで入出所するようになったのは、一年半ほど前からだと聞いている。それ以前に誰かに狙われていたということか。

表情を引き締めて、矢代は質問した。

「古屋成司の居場所について、心当たりはありませんか」

「そうだなあ……。古屋が逃げ出したというんなら、覚悟があってのことだろう。実家には行ってないんだよな？」

「ええ、お母さんがそう話していました」

「じゃあ、もうひとつの実家のほうかな」

「……どういうことです？」

「あいつは養子になって、古屋という苗字《みょうじ》になったんだ」

えっ、と言って矢代は黙り込んでしまった。そんな話はまったく聞いていない。数秒たってから、あらためて尋ねてみた。

「その話、本当なんですか？」

「うん。一緒に飲んだとき本人がそう話していたよ。育ての親には感謝しているが、産みの親はやっぱり特別だってね。……何だったらもう一度、母親に確認してみたらどうだ」

「わかりました。情報をありがとうございます」

謝意を伝えたあと、矢代たちは踵《きびす》を返した。古屋成司の身元について、すぐに捜査を進めなければならない。

うしろから高畑の声が聞こえてきた。

「刑事さん、古屋を助けてやってくれないか。あいつがおかしなことをする前に、こっち側へ引き戻してほしい。そのために俺は、いろんなことをあんたに打ち明けたんだからさ」

「ええ、全力を尽くします」

振り返って高畑にそう答えたあと、矢代は町工場を出た。


どうも釈然としない話だった。

古屋妙子は、成司が養子であることをなぜ黙っていたのだろう。矢代たちが質問しなかったからと言われればそれまでだが、彼女は息子の幼少期のことも話していたのだ。その中で、養子の件が出なかったのは不自然だった。

「これは、訳ありだな」

「私もそう思います」夏目もうなずいている。「できれば、あのお母さんを疑いたくはなかったんですけど……」

矢代はポケットから携帯電話を取り出し、妙子の家に架電した。

「もしもし……」様子をうかがうような声が聞こえてきた。

「警視庁の矢代です。古屋さん、先ほどはどうもありがとうございました」

「いえ、お役に立ちませんで……」

「聞き忘れたことがあるんですが、教えていただけますか。成司さんは養子だったんですよね？」

相手がはっと息を呑《の》むのがわかった。そのまま矢代は待った。二秒、三秒、四秒。やがて、か細い声で返事があった。

「……そのとおりです」

「どうして話してくれなかったんですか」

「黙っていてくれと、あの子に言われたもので……」

「言われたって、いつの話です？」

「今日です」

「えっ？」

矢代は携帯電話を取り落としそうになった。いったいどういうことなのか。相手を厳しく問い詰めたいところだが、何度か深呼吸をして自分を落ち着かせた。

「古屋さん、ここからは正直に話してもらえますか。そうでないと成司さんにとっても、あなたにとっても、よくないことになります」

「……わかりました」

後ろめたい気持ちがあるのだろう。妙子の声は弱々しく、消え入りそうだった。

「成司さんは何をしに来たんですか？」

「子供のころの話を聞きたいということでした。今刑事さんがおっしゃった養子の件です」

「彼は自分が養子だと知っていたんでしょうか」

「はい、高校生になったとき本人に伝えました。最初はかなり驚いていましたが、時間がたつうち、受け入れてくれたようで……」

「なぜ今日、あらためて養子のことを確認しにきたんでしょう？」

「わかりません。でも、このあと飛行機に乗って外国へ行くかもしれないから、その前に実家へ戻りたかったんだと言っていました」

「飛行機で……。そこまで話していたんですか」

「ハイジャックの犯人から呼ばれているので、会いに行くんだと……」

矢代は低い声で唸《うな》った。そこまで知っていたのなら、早く教えてもらいたかった。

「ほかに何か、気になることはありませんでしたか」

「うちに来るなり、電話を貸してくれ、と言って誰かに連絡をとっていましたけど」

「どんな話を？」

「よくわかりませんが、飛行機のことを訊《き》いているようでした」

もしかしたら、犯人グループと話していたのだろうか。その可能性は高い。

「これまであの子が何をしてきたのか、私は詳しく知りません」妙子は続けた。「でも、なんとか逃がしてやりたくて……それで刑事さんには黙っていたんです。本当にすみませんでした」

話を聞いて、矢代は苦い思いを感じていた。黙っていた母親を責めるのは簡単だ。だが先ほど矢代たちは、彼女と直接対面している。刑事として所轄で活動してきた経験があるのに、なぜ自分は大事な情報を引き出せなかったのだろう。

「成司さんを養子にしたのはいつですか？」

「あの子が二歳のときです。もとは宇山《うやま》という苗字でした。事情があってご両親が育てられないというので、夫と相談して引き取ったんです」

「当時のことを詳しく聞かせてもらえますか」

「ええ、じつは……」

成司を引き取ることになった経緯を、矢代は妙子から聞き出した。そのあと、彼女にこう尋ねた。

「あらためてお訊きしますが、今、成司さんがどこにいるか知りませんか」

「宇山さんのお墓に行く、と話していました」妙子は言った。「あの子の本当の両親は、もうずいぶん前に亡くなっているんです。戻れなくなる前に、いろいろなことを報告しておきたかったんでしょう」

宇山家の墓は大田《おおた》区池上《いけがみ》にあるという。場所を教えてもらって、矢代はメモ帳に書き付けた。

「話してくださってありがとうございました。これから墓に行ってみます」

「ああ、刑事さん。もうひとつ、お伝えしておきたいことがあるんですが……」

「何です？」

少しためらう様子だったが、じきに妙子は説明を始めた。この際、すべて伝えてしまったほうがいいと判断したのだろう。

話は意外なものだった。その事実が、今回の件と関係あるかどうかはわからない。だが、これからの捜査に役立つかもしれない情報だった。

礼を述べて矢代は電話を切った。携帯をポケットにしまい込み、待っていた夏目のほうを向く。

「古屋は養子だった。池上にある宇山という墓に行ったらしい。急ぐぞ」

「了解です！」

矢代と夏目は、覆面パトカーに向かって走りだした。

目的の墓地に着いたのは、約二十分後のことだった。

矢代は夏目とともに、タイルの敷かれた通路を歩いていく。宗派は問わないという、最近よく見るタイプの霊園だった。平日の午後だからか、墓参りをする人の姿は見えない。

いや、ひとりだけいた。

奥のほうにある灰色の墓石のそばで、中年の男がしゃがみ込んでいる。手を合わせ、長い時間をかけて何かを祈っていた。

矢代たちは足音を忍ばせて、その男に近づいていった。

墓参りにやってきたにしては服装が変だった。灰色のトレーナーの上下に青いジャンパー、スニーカーという恰好《かっこう》で、散歩の途中のように見えた。

間違いない、と矢代は思った。夏目に目配せをして、脇から後方に回り込ませる。彼女の準備が整ってから、矢代は男に声をかけた。

「古屋成司さんでしょうか」

その男ははっとした様子で振り返った。髪は半ば白くなり、肌には皺《しわ》が多くてハリもない。五十四歳だと聞いているが、もっと高齢のように見える。

彼はゆっくりと立ち上がった。矢代の顔をしばらく見てから、少し首をかしげた。

「そうです、古屋ですが……。あなたは警察の方かな？」

「警視庁の矢代といいます」警察手帳を呈示した。「古屋さん、なぜ逃げたりしたんですか。ご自分が今どういう立場なのか、わかっているでしょう？」

「人身御供《ごくう》、というところかね」古屋は口元を緩めた。「こんな中年男に似合う役じゃないよ。若い娘さんとかさ、そういう人を差し出さないと」

「宇山さんの墓に何を報告していたんですか」

矢代が尋ねると、古屋は眉《まゆ》を上下に動かした。どうやら事情を察したらしい。

「なるほど、俺の出自を知っているわけか」

「あなたは羽田に行くことを希望しました。永尾と名乗る者たちと、合流するつもりだったんですよね？」

「そのとおりだ」

「でもあなたは途中で逃走した。ひょっとしたら気が変わったんじゃありませんか？　もし永尾たちと会いたくないのなら、我々は方針を変える必要があります」

「いや、そのままでかまわない」古屋は穏やかな口調で言った。「途中で寄り道をしたが、俺の目的地は羽田空港だ。あんたたちには迷惑をかけたな。悪いと思っているよ」

古屋の表情には余裕が感じられる。矢代を見て、若造だとあなどっているのだろうか。

「あなたが永尾と会って何をしようというのか、我々にはわかりません」矢代は言った。「逆に、永尾があなたに何をさせたいのかもわからない。ここは古屋さん次第です。今でもあなたが希望しているのなら、このまま羽田空港まで移送します。それでいいんですよね？」

「けっこうだ。タクシー代がなかったからちょうどいい」

そんなことを言って、古屋は低い声で笑った。

後方から夏目が近づいてきた。彼女にうなずきかけてから、矢代は古屋成司の腕をとる。

細い腕だった。運動不足のせいなのか、あるいは昔からこういう体質なのだろうか。手早く身体検査をすると、ポケットから薬の紙袋が出てきた。

「ああ、それは刑務所で出してもらった薬だ。あちこち具合が悪くてね」

そういえば、古屋は健康を害しているらしい、という話を聞いている。紙袋を返したあと、矢代は彼を促した。

「車に乗ってください。羽田空港に向かいます」

「いよいよだな。楽しみだ」

面パトのそばへ連れていき、古屋を後部座席に座らせた。見張りは夏目に任せることにする。

前線本部に電話を入れてから、矢代は運転席に乗り込んだ。

4

望美は機体後部の座席から、窓の外に目を向けた。

ステップカーのうち一台は、あとから着陸した52便に接続されている。そちらの乗客はすでに全員降りていて、残っているのは機長と副操縦士の二名だけらしい。

もう一台のステップカーが、望美たちの乗っている50便に近づいてきた。軽い振動があって、階段が装着されたことがわかった。

やがてCAが中央前部、左側のドアを開けた。

「お客様、これより飛行機を降りていただきます」CAの高根涼子が、緊張した表情で言った。「順次ご案内しますので、ゆっくりと移動をお願いいたします」

　小柄な小磯が機体前方、ビジネスクラスの客室から現れた。彼はCAとともに、乗客たちをドアに向かわせる。ほとんどの客は冷静に行動していたが、中には先を争うような者もいて周囲の顰蹙《ひんしゅく》を買っていた。

　ビジネスクラスが空になったのだろう、やがて小磯はエコノミークラスの座席にやってきた。

　エコノミークラスの乗客たちが、ドアに向かって長い列を作り始めた。機内がざわついていた。永尾や大野、小磯は乗客の列に目を光らせている。

　今がチャンスだ、と望美は思った。

　ざわざわしている中、機体後部に向かう。ポケットからフィーチャー・フォンを取り出し、スピーカー部分を指で押さえた。撮影ボタンを押すと、どうしても効果音が出てしまう。それをできるだけ小さくしようという考えだ。

　空いていた座席に腰掛け、前のシートに携帯本体を隠しながら、レンズの部分だけ犯人に向けようと努力した。隣に座っていた男性客が、何か言いたそうな顔をしている。だが、それにかまっている暇はなかった。このチャンスを逃したら人質は大幅に減ってしまうのだ。そうなればもう写真を撮ることなど不可能だろう。

　試しに一枚撮影してみると、思ったより大きな効果音が聞こえた。慌てて望美は周囲に目を走らせる。ほかの乗客たちが驚いた様子でこちらを見ていた。

盗撮防止のための音だろうが、まさに盗撮を試みている望美にとって、この機能はまったく邪魔だった。非常時になぜこんな効果音を出すのかと、メーカーを罵《ののし》りたくなった。

望美は続けて何枚か写真を撮った。多少ぶれているかもしれないが、急いでいるから仕方がない。撮影した写真を添付して、簡単にメールの本文を打ち、送信ボタンを押す。データ送信中のアニメーションが出たが、写真のサイズが大きいため、なかなか処理が終わらない。焦りを感じながら望美は液晶画面を見守る。途中で顔を上げ、犯人たちの様子をうかがった。

永尾も大野も小磯も、こちらには気づいていないようだ。よかった、と思いかけたとき、はっとした。

——あとひとりは、どこに？

そのときだった。望美は斜めうしろから声をかけられた。

「おい、何をしてるんだ？」

ぎくりとして望美は振り返る。通路に立っていたのは細川だった。彼はノートパソコンを小脇に抱え、足早にこちらへやってくる。

「あんた、今、何か隠したよね？」

「いえ、私は何も……」

そう答えたが、無意識のうちに声が少し高くなってしまった。

細川は望美のそばに立ち、顔を近づけてくる。望美は携帯電話をナースウエアのポケットに押し込んだ。

「ポケットの中を見せるんだ」

「これですか？」

望美は血圧測定用の腕帯を差し出した。だがそれを見ても細川は納得しなかった。

「まだ何かあるんじゃないのか」

「何もありません」

「いいから見せろって」

細川はポケットに手を突っ込んできた。こうなってはもう隠すことも、ごまかすこともできない。望美は携帯を奪われた。

「こんなものを持っていたのか。どこまで情報を流した？」

返事に困って望美はうつむいた。目を伏せて、じっと黙り込む。

「どうした？」

永尾がトラブルに気づいて、足早にこちらへやってきた。まずい、と望美は思った。

「こいつが携帯を持っていたんだ」

「電話をかけていたのか？」

「いや……」細川は液晶画面を確認している。「履歴を消したのでなければ、ハイジャックのあと誰かと通話した形跡はないね。でもメールは送っている」

「誰に送った？」

「送信先は……えっ、警視庁に送ったのか！」

「何だと？」

「俺たちの顔写真まで添付してるよ。ちょうど送り終わったところらしい」

永尾は無表情のまま望美の顔を凝視した。そのプレッシャーに耐えられず、望美は目を逸《そ》らしてしまった。

「看護婦さん、ずいぶんひどいことをしてくれたな」永尾が言った。

「警察の人に頼まれたんです。写真を撮って送るようにって」

「ふざけてるのか？　最初に機内からメールを送ったのはおまえだろう。おまえはルールを破った。俺たちに従うと見せかけて、裏切っていたんだ。許されることではない」

「すみません。いつ解放されるかわからなくて、不安になってしまって……」

そこまで釈明したとき、望美は両肩をつかまれた。強い力で座席から立たされた。

次の瞬間、永尾の拳《こぶし》が飛んできた。腹を殴られ、望美はエビのように体を曲げてしゃがみ込む。咳《せ》き込んでいると今度は髪をつかまれ、顔を上げさせられた。いきなり頬を張られた。

眉《まゆ》をひそめながら、永尾は望美の顔を覗《のぞ》き込んできた。

「あんたは看護婦だから、これぐらいで許してやる。だが次にまたこんなことをしたら、そのときは警告なしで刺す。わかったら返事をしろ」

「……わかりました」

「それから謝罪だ。俺たちを裏切ったことを詫《わ》びてもらう」

「すみませんでした」

望美がそう言うと、永尾はまた腹を殴りつけてきた。しばらく息ができず、望美は痛みをこらえるのに必死だった。呼吸を整え、おそるおそる相手の顔を見上げる。

「心をこめて謝罪しろ」

「……申し訳ありませんでした」永尾の目を見るのが怖かった。「もう二度とこんなことはしません。本当に……申し訳ありませんでした」

「俺を侮辱することは許さない。信頼を裏切ることも許さない。自分の立場をよく考えて行動しろ」

「わかりました。気をつけます」

深く頭を下げて望美は言った。そう言わなければこの場は収まらなかっただろう。

永尾がドアのほうへ戻っていったあと、細川がこちらを見ていることに気がついた。

「やるんなら、もっとうまくやりなよ」からかうような調子で彼は言った。「あんた、みっともなかったよ。最低だ」

「すみません」望美は硬い表情のまま口を開いた。「これからは注意します」

「今度やったら、あんた死ぬぞ」

吐き捨てるように言って、細川は永尾のあとを追った。

ふたりが立ち去ってから、望美は通路にへたり込んでしまった。周りにいた乗客たちはみな遠巻きにして見守っている。そんな中、そばにやってきた人がいた。

「杉村さん、大丈夫ですか」

ＣＡの高根涼子だった。彼女は望美の背中をさすってくれた。ほんの小さな親切だったが、望美は高根の気づかいに感謝した。

ほっとしたせいか、今になって急に体が震えてきた。あのときは自覚できなかったが、自分は永尾に大きな恐怖を感じていたのだ。それは死の恐怖だったのかもしれない。

「まったく、私たちって運が悪いですよね」高根が小声で話しかけてきた。「世界一、運が悪いんじゃないかと思います」

高根はそんなふうに言って、寂しげな表情を見せた。

十五分ほどでほとんどの客は50便から降りていった。

「行っちゃった……。みんな、ずるいな」

窓の外を見ながら高根がつぶやいた。おそらくそれは独り言だったのだろう。だが近くに望美がいたと気づいて、彼女はばつの悪そうな顔をした。

「すみません、変なことを言ってしまって」彼女は深く頭を下げる。

「気にしないでください」望美は首を振ってみせた。「お互い、残ることになってしまいましたね。もうしばらく、よろしくお願いします」

「いえ、こちらこそ」

そう答えてから、高根はがらんとした機内を見回した。彼女はＣＡとして乗客たちを安全に機外へ脱出させた。そこにはプロとしての誇りがあったに違いない。だが今、それを上回る不安が心を覆っているはずだった。

――まるで、沈没する船みたい。

望美は妙な気分を味わっていた。乗客はみな逃げてしまって、残っているのは死を覚悟した船員ばかり。そんなふうに思えてきたのだ。

「私、このフライトが終わったら離婚するつもりなんです」

急に高根が打ち明けてきたので、望美は驚いてしまった。

「そうなんですか？」

「夫は会社を辞めてカフェバーを始めたんですけど、うまくいかなくて……。お金って怖いですよね。あればあったで欲が出るし、なければ会話がぎすぎすして心を削られます」

「それはわかるような気がします」

「夫は夢を追って自分の好きなことをしました。私より夢を選んで、その結果、私に当たり散らすようになったんです。それで我慢できなくなりました」

極めて個人的な話だった。こんな場で打ち明けることではないように思うが、そうせずにはいられない気持ちもよくわかる。高根はこれまで、ＣＡとして毅然《きぜん》とした態度をとってきた。それは大勢の乗客の前だったからだ。ほとんどの乗客がいなくなった今、初めて自分の事情と向き合う余裕ができたのだろう。

「大変だったんですね」

「ああ、ごめんなさい。どうしたんでしょうね、私」高根は少し涙ぐんでいるようだった。「こんなこと、今まで誰にも話さなかったのに」

「私でよければ、もっと聞きますよ」

緊迫した状況の中で、高根は望美に仲間意識を感じているのかもしれない。望美のほうも、彼女に対して信頼感のようなものを抱いていた。

ひとつ深呼吸をしたあと、高根は背筋を伸ばした。

「失礼しました。今の話は忘れてください」

「いいじゃないですか。愚痴でもこぼさなくちゃ、やってられません」

あえて明るい調子で望美は言った。高根と目を見交わし、笑い合った。

通路をこちらへ歩いてくる姿が見えた。永尾と大野だ。望美は真顔になって彼らを見つめた。

「看護婦さん、移動だ。52便に行くぞ」

「えっ？」

望美は大きく目を見開いた。隣にいた高根も、意外だという顔でまばたきをしている。

「おまえたち人質は、向こうの飛行機に移るんだ」

「なぜそんなことを？」

「よけいなことは訊《き》くな。それより、うしろのほうに病人がいるだろう。ＣＡたちを使っていいから、その男も移動させろ」

「待ってください」望美は抗議する口調で言った。「あの人は重い病気なんです。すぐにも解放してほしいのに、飛行機を乗り換えるなんて……」

「聞こえなかったのか」永尾は表情の感じられない目で、望美をじっと見つめた。「二度同じことは言わないぞ。さっさと支度をしろ」

「でも、向こうの飛行機にもストレッチャーを用意しないと……」

「今使っているものを持っていけばいい。飛行機のタイプは違うが、52便にもストレッチャーは設置できるだろう」

「点滴もやっていますし、階段を歩いてもらうのは無理です」

「だからＣＡを使えと言ってるんだ。あんたも看護婦なら、いい方法を考えろ」

取り付く島がないとはこのことだ。永尾は大野とともに、何か話しながら機体前方へ去っていった。

望美は眉をひそめて考え込んだ。だが、いつまでそうしていても仕方がない。永尾に逆らえば、今よりはるかに状況が悪くなるだろう。命令に従うしかなかった。

高根たちに手伝ってもらって、望美は河島を移動させることにした。

「河島さん、申し訳ありません」特設スペースに入って患者に話しかける。「犯人の命令で、別の飛行機に移ることになりました」

「移動……ですか？」

よくわからないという顔で、河島はこちらを見ている。望美は声をひそめて言った。

「ご迷惑をおかけしますが、犯人の指示に従わないと危険ですので」

「そう……ですよね。わかります」彼はこくりとうなずいた。「いいですよ。移動……しましょう」

もともとこの旅客機には、機内用の車椅子が用意されている。河島をそれに座らせ、望美はゆっくりと通路を押していった。

階段ではさすがに苦労した。だがこういうことにも慣れているらしく、高根が同僚のCAたちにてきぱきと指示を出し、六人がかりで車椅子を階段の下まで運んでくれた。望美たちは数時間ぶりに飛行機の外に出た。海からの風が頬に吹きつけてくる。潮のにおいが強く感じられた。

周囲を見回すと、そこは思った以上に広々とした空間だった。東京湾に張り出したD滑走路。こんな場所を一般の人間が歩くことはほとんどないだろう。高根に点滴バッグを掲げてもらいながら、望美は車椅子を押した。見たことのない光景を目にして、河島もかなり緊張しているようだ。

50便から少し離れた位置に52便が駐機していた。そちらにもステップカーが接続されている。

犯人グループに監視されながら、望美たちは52便に近づいていった。ほかに、負傷者三名と栗山明日香もついてくる。

階段を上るときには、またCAたちの手を借りた。何度か往復してストレッチャーや看護用具、私物のバッグなどを52便に運び込んだ。

別の型式の飛行機だが、機内のレイアウトはそれほど変わらなかった。50便のときと同様、機体後部に特設スペースを作って、ストレッチャーを設置する。車椅子のまま待たせていた河島を寝かせて、ようやく望美は息をつくことができた。

機体のドアを閉めたあと、高根涼子たちCA八名は、特設スペースの数列前に座るよう命じられた。負傷した栗山充代、娘の明日香、沼倉悠人、佐々岡仁絵は中央前部の座席にいる。これで人質は十四名だ。

「そういえば、機長と副操縦士は……」

望美がつぶやくと、高根がこちらを振り返って言った。

「50便に残してきたようですね」

そうか、と望美は思った。このために永尾は、52便の機長と副操縦士を降ろさなかったのだ。犯人グループと十四人の人質が移動し、飛行機の操縦はもともといた52便の機長たちに任せる考えなのだろう。

犯人グループがこちらに移ってくると聞いてから、52便の機長たち二名は操縦室に閉じこもっているものと思われる。今まで無関係だったのに、事件に巻き込まれてしまったわけだ。

――やはり永尾たちは飛行機を飛ばすつもりなんだ。

行き先がどこなのかはわからない。だが永尾たちは間違いなく、いつかフライトを指示するはずだ。機長、副操縦士を合わせた十六名の人質は、自分の意思とは関係なく、遠い場所へ移動することになるのだろう。

「もしもし、俺だ」

永尾が電話をかける声が聞こえた。おそらく相手は警察の交渉人・泉という人だ。

「乗り換えは終わった。50便、52便それぞれのステップカーを下がらせろ」

52便の窓から、望美は滑走路を見渡した。永尾の命令を受けて、二台のステップカーがゆっくりと去っていくのが見えた。

事件はあらたな段階へ進んだようだった。

5

廊下に出ていく捜査一課長を、泉たちは最敬礼で見送った。

ハイジャック事件は世間の関心も高く、全国民が成り行きを見守っている。一刻も早く犯人を逮捕するように、と課長はみなに訓示した。普段ならもっと長くなるところだが、今は事態が切迫している。小此木管理官がタイミングを見て課長に話しかけ、別室へ連れていってくれたのだった。

　捜査一課長という幹部がいてくれるのは心強い。しかし現場には現場のやり方がある。今は自分たちＳＩＴに任せておいてほしい、というのが泉の本心だった。

　気を取り直して、泉は正面のスクリーンを見つめた。

　そこにはＪＨＡ50便、52便が映し出されている。50便に乗っていた犯人と人質たちは、先ほど52便に移動したところだ。これで50便は用済みになったものと思われる。だが犯人たちからまだ指示がないため、今も50便の機長と副操縦士は機内にいた。

「それにしても驚きましたね」斉藤が小声で話しかけてきた。「後続の52便だけでなく、50便の乗客まであんなに解放するなんて……。今まで人質の解放には一切応じなかったというのに」

「奴らは飛行機を乗り換えたかったのかもしれない。だから52便をここへ呼び寄せ、全員を下ろした。50便の乗客全員を乗り換えさせるのは難しいから、必要最低限の人質を残して、あとは解放したんだろう」

　ただ、なぜ永尾たちが52便に移動したのか、その理由はわからなかった。航続距離などはそれほど変わらない、と聞いている。

　部下からいくつか報告を受けたあと、泉は文書解読班のいる一角に向かった。

　ノートパソコンで作業中の谷崎に声をかける。

「どうだ谷崎くん、顔の照合はできたか？」

「あ、今ちょうど終わったところです」谷崎は黒縁眼鏡に指先を当てながら言った。
「僕らの予想どおりでした。犯人グループ四名の身元がわかりましたよ」

人質の看護師・杉村望美が危険を顧みず、犯人たちの顔写真を送ってくれたのだ。ただちに泉はそれを分析するよう、谷崎に依頼した。すでに千刃会のメンバーが怪しいとわかっていたので、谷崎は公安部のデータを利用して顔の照合を行った。その際、科学捜査係で開発中の「類似・近似画像検索システム」が役に立ったそうだ。

「どれ、俺にも見せてくれ」

財津係長がやってきてパソコンのそばに立った。理沙も興味深げな表情で、画面を覗《のぞ》き込んでいる。そこには四人の男の顔写真が表示されていた。

「リーダーの永尾忠義はやはり中井武徳でした。四十五歳です」谷崎は説明した。「ふたり目、この大柄な男は、杉村ナースのメールに大野と書かれていた人物だと思われます。本名は金田竜次、二十九歳、武闘派の中でも特攻隊長的な役割を持っています。次にこの優男ふうなのは細川、本名は本庄伸博、二十五歳。ＰＣに強いようなので、ウェブサイトを作った人物かもしれません。そして最後はこの小柄な男、小磯とされていた人物でしょう。本名は浜口守、二十八歳、銃器の扱いを得意としています。千刃会の会員は三十名ほどですが、特に行動力を持つこの四人が事件を起こしたようです」

泉は四名の顔写真をじっと見つめた。これが犯人グループの正体だ。今後は具体的なイメージを思い浮かべながら、交渉に臨んだほうがいいだろう。

「せっかくなので、ここで打ち合わせをさせてください」

そう言って理沙が一枚の紙を机の上に置いた。例のタスク管理図だ。

- □JHA50便ハイジャック事件
  - □JHA50便
    - □乗客、乗員
      - ■機長、副操縦士　★操縦室
      - □CA　★CA八名が52便へ
      - □乗客
        - □リスクの高い乗客
          - □搬送中の患者・河島昇一
          - □負傷者　★沼倉悠人、佐々岡仁絵、ほか一名
          - □人質代表の少女　★栗山明日香
    - □犯人グループ
      - ■身元確認　★永尾→中井／大野→金田／細川→本庄／小磯→浜口
      - □ウェブサイト
        - □サイト情報
        - ■千刃会　★右翼団体（武闘派）

- □犯人の要求（四項目）
  - □燃料の準備
  - □五十キロの金塊　★政府が担当
  - ■52便の行き先変更（羽田へ）　★着陸済み
  - □古屋成司の移送　★身柄確保、移送中
    - ■古屋成司の経歴　★永尾らと関係あり？
- □推理ゲーム　★文書解読班がサポート（第三問の途中）
- □JHA52便　★50便から犯人四名、人質十四名が移動、人質合計十六名
  - □乗客、乗員
    - □機長、副操縦士　★操縦室（人質）
    - ■CA　★全員解放
    - ■乗客　★全員解放
- □警備部・SAT
  - ■応援要請
  - ■配置
  - □突入部隊の接近
- □ワキサカ

すでに本名は判明しているが、その件は犯人たちに隠しておいたほうがいいだろう。前線本部では今までどおり、リーダーのことを「永尾」と呼ぶことにした。

　項目を指差しながら、理沙が状況を整理し始めた。

「先ほど犯人グループと人質が50便から52便へ移動しました。現在の人質は52便の機長、副操縦士を加えて十六名ですよね」

「そうだ」泉は彼女に向かってうなずいた。「SATが望遠レンズで全員の顔を撮影した。CAが八名、乗客は栗山充代、栗山明日香、沼倉悠人、佐々岡仁絵、搬送されていた患者の河島昇一、エスコート・ナースの杉村望美、以上六名だった。……なお、その図で『ほか一名』とされていた50便の負傷者は、栗山充代だと判明した」

「解放条件四項目のうち、古屋成司さんの件は進行中です。先ほどご報告したとおり、うちの矢代巡査部長たちが古屋さんの身柄を確保しました。まもなく到着すると思います」

「このあと、外は暗くなる」泉はスクリーンの映像をちらりと見た。「SATと相談した結果、日が暮れたところで突入部隊を52便に接近させることになった」

「暗くなったとしても、あちこちにライトがある。見つかってしまうのでは？」

　財津係長が怪訝《けげん》そうな顔で尋ねた。泉は即座にこう答えた。

「海上から接近します。すでに小型船やボートを手配しているそうです」

「なるほど。奴らも東京湾のほうまでは見ていないか」そうつぶやいたあと、財津は首をかしげた。「しかし、どうやって機内に突入します？　ステップカーが接続されていなければ中には入れないでしょう」

「JHAに確認したところ、侵入できる経路があるそうです」

泉は図面を机に広げて、みなに機体の構造を説明した。理沙たちは真剣な顔で図面を見つめる。

なるほど、と財津は言った。

「その手しかなさそうですね。あとはSATの腕次第か」

状況が状況だけに、不安要素はいくらでも出てくる。だが百パーセント完璧《かんぺき》な計画など立案できないのだから、リスクは覚悟しなければならないだろう。

「最後に書いてもらった項目だが……」泉が言った。「脇坂《わきさか》理《おさむ》という乗客がさっき見つかった。50便ではなく、あとから来た52便に乗っていた」

「犯人たちとは別の便に？」

理沙は首をかしげて考え込む。泉は乗客名簿を机の上に広げた。

「彼について、ひとつ引っかかることがある。特記事項が書かれているんだ」

泉は名簿の一部を指差した。理沙や財津はそこに注目する。その欄には、52便への搭乗について気になることが記入されていた。

うしろから靴音が近づいてきた。部下の斉藤だ。

「解放された乗客たちを一ヵ所に集めました。かなりの人数ですが、一般の空港利用客からは見えない場所に案内してあります」

「泉係長、脇坂さんから話を聞きましょう！」勢い込んで理沙が言った。

「わかった。……斉藤、脇坂理を別室に案内してくれ。ほかの乗客から話を聞くのはそのあとだ」

「了解しました」斉藤は急いで廊下へ出ていく。

ちょうどそこへ、小此木管理官が戻ってきた。

泉は状況を報告するため、理沙を連れて小此木のところに向かった。


軽くノックをしてからドアハンドルに手をかける。

そこはパーティションでいくつかに仕切られた、打ち合わせ用の部屋だった。今、室内にいるのは二名だけだ。ひとりは部下の斉藤、もうひとりは紺色のスーツを着た男性だった。忙しくて理髪店に行く暇がないのか、髪が長く伸びて目にかかりそうだ。緊張しているのだろう、どうも顔色がよくない。

泉はその男性の前に腰掛けた。斉藤と理沙も椅子に座り、油断なく男性を観察する。

「捜査一課の泉です。お名前と職業を教えていただけますか？」

「……脇坂理、機械部品メーカーの商品部に勤めています」彼は低い声で答えた。

「今日はお仕事で52便に？」

「そうです。昨日出張で北海道に行って、今朝の飛行機で戻ってきました」

「ハイジャック事件のことはご存じですよね」

「ええ、びっくりしました。まさかこんなときに事件が起こるなんて」

「50便に乗っていたら、あなたも巻き込まれるところでした」

「まったくです。危なかった……」

脇坂は真顔になって何度もうなずいている。その表情を見ながら泉は尋ねた。

「あなた、本当は50便に乗るつもりだったんでしょう？」

脇坂は身じろぎをした。長めの前髪の向こうで、両目がきょろきょろと動いている。

「航空会社からの情報でわかりました。あなたは50便に乗ろうとしていたが、間に合わなかったため次の52便に乗った。そうですね？」

「……空港まで移動するのに時間がかかってしまったんです」

「本当ですか？　何か人に言えないような事情を隠しているんじゃありませんか？」

「いえ、そんなことは……」

「でも脇坂さん、不思議なことがあるんですよ。ハイジャック犯があなたの名前を口にしていたんです」

「え……」

この言葉は効果があったようだ。明らかに脇坂が動揺するのがわかった。

もう一押しすれば口を割るのではないか。泉は声を強めて言った。

「あなたはハイジャック事件のことを知っていたんじゃありませんか？　はっきり言い

ましょう。あなたは彼らの仲間だったのでは？」

脇坂は黙り込んでしまった。間違いない、と泉は思った。彼は何かを隠している。このハイジャック事件について、何らかの役割を持っているのではないだろうか。

「正直に話してください。あなたの証言ひとつで、この事件は解決に近づくかもしれないんです」

「……すみませんが、私は何も知りません」

「脇坂さん、このままではまた負傷者が出る可能性があるんですよ。あなたはそれを見過ごすつもりですか」

「知らないものは仕方ないでしょう。私には、どうしようもありません」

泉は渋い表情で考え込んだ。脇坂は何かを知っているはずなのだ。このまま解放したら大事な手がかりを失うおそれがある。時間をかけてじっくり話を聞くべきではないだろうか。

とはいうものの、彼をここに留《とど》めておくことは可能だろうか。仕事があるからすぐ帰りたいと言われたらどうするか。小此木管理官に相談して、強引に脇坂を引き留めるか。その場合、彼は騒ぎだしたりしないだろうか。

少し口調をやわらげて、泉は話しかけた。

「脇坂さん、申し訳ありませんが、もうしばらくここで待機していただけませんか」

「待機、ですか」思案する様子だったが、じきに脇坂はうなずいた。「わかりました。

私も乗客だった以上、このまま立ち去るわけにはいきませんよね。……ところで、ちょっと教えてもらえませんか。犯人は今、何をしているんです？」

「50便から52便に乗り換えました」

「乗り換えた？」脇坂は眉《まゆ》をひそめて泉を見た。「52便でどこかへ逃げるつもりですか」

「はっきりしませんが、その可能性が高いかと……」

「ということは、預けた荷物は持っていかれてしまうんですか？　それは困ります。せっかく北海道まで出張したのに……」

脇坂は低い声で唸《うな》った。その様子を見て、理沙が話しかける。

「仕事関係のものを預けていたんですか？」

「ええ。スーツケースに資料やパーツが入っていて……。まいったな。なんとかなりませんか」

「大きな荷物は貨物室の中ですから、今はどうしようもありません」泉は首を左右に振った。「事件解決まで待っていただくしかないでしょう」

脇坂は腕組みをして、深いため息をついた。

泉は電話をかけて部下を呼び、脇坂を見ているよう指示した。それから理沙や斉藤とともに廊下に出た。

「次は50便の乗客から話を聞こう。犯人たちが何をしていたのか知りたい」

斉藤の案内で、泉は廊下を歩きだす。

と、そこで携帯電話が鳴った。泉はポケットを探って携帯を取り出す。液晶画面に表示されていたのは、若手捜査員の名前だ。

「泉だ。何かあったか？」

「今、矢代巡査部長が空港に到着しました。古屋成司を連れています」

「わかった。すぐに戻る」

電話を切ると泉は表情を引き締め、斉藤のほうを向いた。

「古屋が到着したそうだ。俺と鳴海くんは前線本部に戻る。斉藤は部下を何人か連れて、乗客たちから話を聞いておいてくれ」

「了解しました」斉藤はうなずいた。

今まで謎の人物だった古屋と、ついに会うことができるのだ。永尾たちテロリストが身柄を引き取ろうとしている古屋とは、いったいどんな男なのか。

泉と理沙は、ひとけのない廊下を走りだした。

6

前線本部に向かって歩いていると、こちらへ走ってくる姿が見えた。泉と理沙だ。

矢代は驚いて足を止め、ふたりに問いかけた。

「いったい、どうしたんです？」

「今、脇坂という男から話を聞いていた。52便に乗っていたんだが、何か隠しているようだ。このあと、彼のことを調べさせる」

「もしかして、犯人グループと繋《つな》がりが……」

そう言いかけて矢代は口を閉ざした。自分のうしろにいる人物に、この話は聞かれないほうがいいだろう、と思ったのだ。

泉もそれに気づいたらしい。彼は咳払《せきばら》いをしてから、その人物に話しかけた。

「捜査一課の泉です。古屋成司さんですね？」

夏目に連れられていた古屋は、泉と理沙の顔を交互に見た。軽く息をついてから彼は言った。

「そうだ、古屋だ。あんた、偉い人かい？」

「ハイジャック事件の交渉を担当しています。詳しい話がしたいんですが、一緒に来てもらえますか」

「ああ、どこへでも行くさ。ここまで来たんだ。今さら拒む理由もない」

古屋の言葉には、どこか悟ったようなところがある。年齢のせいなのか、それとも過去の経験がそうさせるのか。あるいはもっと別の理由があるのだろうか。

「矢代くん、夏目くん、ご苦労だったな」泉はこちらへうなずきかけた。「本当に助かった。礼を言う」

「いえ、そんな……」矢代は首を振ってみせた。「それより、早く事情を聞きましょう。

前線本部に行きますか？」

「別の部屋のほうがいいですね」と理沙。

「休憩室に行こう」

そう言って泉は踵《きびす》を返した。矢代と夏目は古屋成司の両脇についた。

五人は、捜査員の休憩室として使われている部屋に入った。今、室内には誰もいない。

泉は壁際のテーブル席に行って、みなに座るよう促した。

「古屋さん」泉は咳払いをしたあと、あらたまった調子で言った。「ハイジャック事件の概要を説明したい」

「いいのかい。俺にそんな話をしてしまって……」

「あなたはこれから犯人たちと接触することになります。我々警察としては、最低限の情報をあなたに伝えるべきだと判断しました」

「ふうん。そうか、わかった。話してくれ」

泉はこれまでの経緯を簡単に説明していった。古屋は口をへの字に結んで、その話を聞いている。今後のことを考えれば、多くのことを知っておいたほうがいい、という意見には矢代も賛成だった。

「……そういうわけで永尾たちは52便に移動しました。これからあなたを連れていくのも、その52便になります」

「パイロットがいるんだから、いつでも飛び立てるわけだな」

「あなたはこのハイジャック計画について、何か知っていましたか？」

泉にそう訊《き》かれると、古屋は眉を上下に大きく動かした。

「知ってるわけないじゃないか。俺はずっと刑務所にいたんだから」

「あなたの経歴について、捜査員からすでに連絡を受けています」泉は矢代のほうをちらりと見た。「古屋さん、あなたは以前、爆発物を作っていたそうですね。その腕を買われて、永尾——これは偽名だとわかっていますが、彼に呼ばれたんじゃありませんか？」

「何も知らないって言ってるだろう。一番びっくりしてるのは俺だよ」

「知らないと言いながら、あなたはその男と合流することを承知した。彼とは面識があったんですよね？」

「ノーコメントだ」

「それなのに、移送中に逃げ出したのはなぜですか。内部抗争でもあったんですか？」

「ノーコメント」

「泉係長、その件なんですが……」

矢代は手短に報告を行った。古屋は電話で誰かに飛行機のことを訊いたあと、自分の出自について母親に確認した。それから産みの親の墓参りをしていたのだ。

しばらく古屋の顔を見てから、泉は口を開いた。

「古屋さん、我々と取引をしませんか。小型の無線機を渡すから、機内に入ったあと情報を流してほしいんです。うまくいったら、あなたのために便宜をはかります」

「便宜って何だ？」

「あなたも叩《たた》けば埃《ほこり》が出る身でしょう。昔、爆発物を作っていた件やら何やら、しっかり調べればいくらでも立件できるはずだ。でも、協力してくれたら悪いようにはしません」

古屋は舌打ちをしたあと、眉をひそめて泉を睨《にら》んだ。

「これが警察とは聞いて呆《あき》れる。あんたたち恥ずかしくないのか？」

「乗客、乗員十六名が危険な状態なんですよ。可能性があるなら、あなたに賭《か》けたいんです」

「あんたたちは信用できない」古屋は厳しい口調で言った。「囚人だから、俺を舐《な》めてるんだろう？　あんたらの点数稼ぎのために、俺を利用するのはやめろ」

きつい言葉だ、と矢代は思った。泉にそんなつもりはなかったはずだ。だが古屋にとっては、ハイジャック事件さえ解決できればいい、あとは適当に処理するから、と聞こえてしまったのかもしれない。

「……古屋さん、我々は一刻も早く人質を救出したいんです」

「そのためには俺がどうなってもいいのか？　無線機なんかが見つかったら、俺はなぶり殺しにされるかもしれないんだぞ」

泉は渋い表情を浮かべて黙り込んだ。古屋の言葉の前に、何も言えなくなってしまったようだ。

「古屋さん」相手の目を覗《のぞ》き込みながら、理沙が言った。「正直な話、私はあなたにどんな感情を持ったらいいのかわかりません。もしあなたが永尾と結託しているのなら、あなたを52便に乗せるのは、警察官として恥ずべきことです。そうではなく、もしあなたが永尾に呼ばれて戸惑っているのなら、どうにかしてあなたを救出しなければならない……。いったいどちらなんですか。あなたは永尾の仲間なのか、どうなのか」

訴えかけるような言葉を聞いて、古屋は身じろぎをした。彼にも考えるところはあるのだろう。だが結局、彼がそれを説明することはなかった。

「警察には関係ないことだ」古屋は言った。「俺は俺の意思で飛行機に乗る。それだけだ」

「話してもらえませんか、古屋さん……」

「あんたたちに話すことは何もない」

そう言い放つと、古屋は口を閉ざしてしまった。

理沙は何か言いたげだったが、肩を落として小さくため息をついた。

古屋の到着は前線本部から警視庁本部へ報告され、そこから各所を通って首相官邸まで伝えられたようだ。

最終的な判断が為《な》され、引き渡し命令が前線本部に下ったのは約三十分後のことだった。

「上からの命令だ。古屋を52便に連れていく」

小此木管理官が捜査員たちを見回して言った。

いよいよだ、と矢代は思った。隣にいる泉は険しい顔をしている。理沙や財津、夏目、そしてパソコンの前の谷崎も、真剣な表情を浮かべていた。

泉は携帯電話を操作して、永尾に架電したようだ。スピーカーから呼び出し音が流れ出した。四コール目にようやく相手が出た。

「もしもし、俺だが……」

「泉だ。古屋成司が羽田に到着した」

「ずいぶん待たせてくれたな。あんまり遅いから、人質をひとり刺そうかと思っていたところだ」

「これから52便に連れていく。近づくことを許可してもらいたい」

「車に乗せてこい。それから、一度下がらせたステップカーをもう一度近づけるんだ。それがないと中に入れないからな」

「了解した。……ところで永尾、古屋を連れていく代わりに、何名か人質を解放してもらえないだろうか」

「おまえ、そんなことが言える立場だと思っているのか」永尾の声が少し低くなった。

「四つの条件のうち、整ったのはふたつだけだぞ。燃料と金塊を忘れたわけじゃあるまいな」

「ああ、そちらも用意できたらすぐ連絡する。……だが我々の努力も評価してほしい。52便をそこに着陸させたし、古屋成司を連れてきたんだ。四つのうちふたつ叶《かな》えてやったんだから……」

「黙れよ。50便、52便の乗客をずいぶん降ろしてやったじゃないか」

　これ以上食い下がるのは危険だと感じたのだろう、泉は一旦、諦《あきら》めたようだった。携帯を握り締めた彼は、悔しそうに口を引き結んでいる。

「いいか泉、くれぐれもよけいな細工をするなよ。俺の仲間には血の気の多い奴がいる。ＣＡは美人ばかりなんだ。あんたも心配だよな？」

　泉は一瞬眉《まゆ》をひそめたが、気持ちを落ち着けようと深呼吸をした。

「君との信頼関係が崩れないことを祈っている」

「ああ、俺もだ」

　そこで電話は切れた。前線本部の中がしんと静まり返る。嫌な沈黙だ、と矢代は思った。

　泉は携帯をポケットにしまうと、部下たちに告げた。

「古屋を52便に乗せる。各員、監視を怠るな。ＳＡＴにも連絡してくれ」

　捜査員たちの表情には強い緊張感がうかがえる。彼らは素早く自分の仕事を進めていく。

——古屋は機内でどんな扱いを受けるのか……。

矢代は考え込んだ。古屋が永尾と通じていたのなら、仲間として受け入れられることになるだろう。だがそうでなかった場合、彼はどうなってしまうのか。

「古屋は大丈夫でしょうか」

そう矢代が問いかけると、理沙も不安げな声で答えた。

「どうも、何か見落としているような気がするんです。……そういえば古屋さんは養子だったんですよね？」

「ええ。それに加えてもうひとつ、母親から教えてもらったことがあって……」

矢代は古屋妙子から聞かされたことを説明した。

それを聞いて理沙は複雑な表情になった。新しい情報は興味深い。しかしそれがこの事件とどう繋《つな》がるのか判断がつかない、という様子だ。

首をかしげながら理沙は言った。

「古屋成司には双子の兄がいた、ということですか？ それも、一卵性の双子だったと……」

「そうです。別の家に引き取られたらしいんですよ」

何か腑《ふ》に落ちないという顔で、理沙は視線を宙にさまよわせる。

矢代は正面のスクリーンに目をやった。そこに映っているのは50便と52便の機体だ。

太陽はすでに西の空、低い位置にある。空港には少しずつ夕闇が迫ってきていた。

7

窓から外を見ていたＣＡの高根涼子が、興奮した声で言った。

「来ました！　ステップカーと空港パトロール用の車が一台……」

望美も窓のほうに目を向けた。少し暗くなってきた滑走路を、この52便に向かって二台の車両が近づいてくる。階段を乗せた特殊車両と、黄色く塗装されたパトロールカーだ。

先ほど永尾が交渉人と電話で話していた。彼が出した四項目のうち、古屋成司という人物を連れてくること、という条件がいよいよ果たされるらしい。

永尾をはじめ、犯人グループのメンバーも窓の外を見つめている。中でも大野という男は、やけに嬉《うれ》しそうな顔をしていた。約束が果たされ、事態が進展するのを喜んでいるのだろう。

「永尾さん、その古屋ってのはどんな男なんだろうな」大野は言った。「もういい歳のおっさんなんだろ？　そんな奴をわざわざ呼び寄せるなんて、よくわからねえな」

「最初から決まっていた条件だ。これは大事なことなんだよ」

「そうかなあ。金塊以上に大事なものなんてあるのかね」

「おまえにはわからないことだ」永尾は低い声で言った。「わかる必要もない」

望美は滑走路の観察を続けた。

ステップカーの運転手が装置を動かしたのだろう、階段が斜め上に伸びていく。やがて所定の高さになったらしく、階段部分が52便の機体に接続された。

黄色いパトロールカーから四人の人物が降りてきた。ひとりはツナギを着た男性で、車から離れずに立っていた。おそらく空港に勤めている運転手なのだろう。残りの三人のうち、トレーナーにジャンパーという恰好《かっこう》をしている男性がひとり。彼に付き添っているスーツ姿の男性がふたりいた。

「来たな。あのトレーナーの男が古屋だ」永尾が仲間たちに言った。

ステップカーのそばまで来ると、付き添いのふたりは古屋に何か話しかけた。ああ、わかった、というように古屋はうなずいている。スーツのふたりはステップカーの運転手にも声をかけた。それから元のパトロールカーに戻っていった。

「おい、このドアを開けてやれ」

永尾に指示されて、ＣＡが中央前部、左側のドアを開けた。

古屋は階段を上り始めた。手すりにつかまりながら、一歩一歩確認するようにゆっくり上ってくる。窓からその姿が追えなくなると、望美たちは視線を転じて旅客機のドアに目を向けた。

数秒ののち、夕暮れの空をバックにしてひとりの男性が現れた。逆光の中、顔はよくわからない。服装は先ほど見えたとおり、灰色のトレーナーに青いジャンパーというラフなものだった。

この人物が永尾たちの仲間なのだろうか、と望美は不思議に思った。その姿は、近所のコンビニに出かけた冴《さ》えない中年男、というふうに見えてしまう。

「古屋さん、よく来てくれたな」永尾が男性に話しかけた。

「予想外だったよ」逆光の中で古屋は言った。「まさか、あんたに呼び出されるとはな。しかもこんなやり方をするなんてさ。なあ、ニュースは見てるのかい。今、大変な騒ぎになっているぞ」

「あれやこれやを一気に解決するには、とてもいい方法だったんだ。誰にとってもメリットがある」

「俺にもメリットがあるのかね」

「それはあんた次第だよ。爆弾作りの腕を、俺たちのために使ってほしい」

「おもちゃを作るのは、もうずいぶん前にやめたんだけどな」

ふたりの会話を聞きながら、望美は落ち着かない気分になっていた。得体の知れない違和感がある。自分は何かに気づこうとしているのではないか。それはいったい何なのか。

「まあ、中に入ってくれ」

永尾がそう言って、古屋を機内に招き入れた。逆光でよく見えなかった顔が、機内の明かりに照らされた。

その顔を見て、望美は思わず息を呑《の》んだ。咄嗟《とっさ》には何が起こったのかわからなかった。

——この人の顔。どうしてそんな……。その気配に気づいたのか、古屋は怪《け》訝《げん》そうな表情でこちらを見た。

そのとき、背後から誰かの声が聞こえた。

「ようやく到着したか」

望美はぎくりとした。自分のうしろにあるのは特設スペースだ。そこにいるのは病人である、あの人だけだ。

おそるおそる振り返ると、男性が立っていた。思ったとおりだ。患者衣を着て、点滴スタンドに手をかけている。

新千歳から羽田まで、望美が付き添ってきた患者。ひとりでは移動できないため、八人分の席を確保して、寝たままやってきた傷病者。河島昇一だ。

体がふらつくのだろう、河島は近くの座席に寄りかかった。それから古屋に向かって言った。

「成司……待っていたよ」

「ずいぶん強引なことをするんだな」古屋は言った。「こんな形で、実の兄と再会するとは思わなかった」

望美もＣＡもほかの人質たちも、みな目を見張っていた。

古屋成司が河島昇一の弟だった——。それを聞いて誰もが驚いている。ハイジャックの事件現場でそんなことを明かされても、普通なら、なかなか信じられないだろう。だが、望美たちはその言葉を事実として受け止めていた。そうするしかなかった。なぜなら、古屋と河島の顔はそっくりだったからだ。

第四章　最後の交渉

1

スクリーンの一角に、望遠モードで撮影した画像が表示されている。

ＪＨＡ52便からステップカーが離れていくのがわかった。先ほどその階段を上って、古屋成司が機内に乗り込んだところだ。中で何が起こっているかはわからない。

――古屋に盗聴器でも持たせることができれば……。

矢代の中には後悔があった。泉係長の発案だったが、自分も一緒になって古屋を説得すべきだったのではないか。もっと旨《うま》いエサをちらつかせて彼の気を引いていれば、結果は違っていたかもしれない。

そんな気持ちが表情に出てしまったのだろう。理沙が小声で話しかけてきた。

「古屋さんの件は仕方ありません。永尾たちと一緒に海外へ逃亡するつもりだった、という可能性もあります。そんな人に協力を求めるのは難しいでしょう」

「そうですよ」夏目も真顔になって言った。「たとえ協力すると約束していても、飛行機に乗ったらすぐ裏切っていたかもしれません」

「でも、唯一機内に入ることができた人物だし……。惜しいチャンスを逃したんじゃないかと」

矢代がそう感じるぐらいだから、泉係長はもっと悔しい思いをしているはずだった。泉は今、小此木管理官と打ち合わせをしている。ふたりとも深刻な表情を浮かべていた。これから犯人との交渉をどう進めるか、知恵を出し合っているのだろう。冷静な小此木に対して、泉は少し感情的になっているようだった。そんな泉の肩を小此木が、ぽん、と叩《たた》くのが見えた。

解放された50便の乗客たちから、いくつもの証言が得られている。斉藤の報告によれば、人質のうち負傷者は三人で間違いない。また、エスコート・ナースの杉村望美は携帯を取り上げられ、殴打されるなどの暴行を受けたそうだ。

それを聞いて、泉が苦しそうな顔をした。写真を撮るよう頼んだのは、彼だったからだ。

突然、携帯電話が鳴りだした。ぎくりとした様子で泉はポケットを探った。

「もしもし、泉です」

「俺だ」永尾の声がスピーカーから聞こえてきた。「さっき古屋成司が乗り込んできた」

「我々の努力を褒めてくれないか」泉は言った。「刑務所から人ひとり連れてくるのに、どれほど苦労したことか」

「そんなことはどうでもいい。残りの条件はふたつだ。レフューラーとやらで、この52便に燃料を補給しろ。それから五十キロの金塊はどうなっている？」

「ああ……どちらもまだ準備できていないんだ。急がせているんだが……」

申し訳なさそうに泉は言った。実際にはどちらもすでに準備済みだ、と矢代は聞いている。

矢代たちは永尾の反応を待ったが、相手は黙り込んでしまった。その沈黙がひどく不気味に感じられる。ややあって、永尾の声が聞こえた。

「泉、ふざけるなよ……」

そのまま、相手はまた黙ってしまった。

ふたりのやりとりを聞いて、矢代は眉《まゆ》をひそめた。永尾の反応がおかしい。今までとは何かが違う。

「おい永尾、どうした？」

「ふざけるなと言ったんだ」永尾の声は厳しい調子になっていた。「さんざん待たせておいて、まだ引き延ばすつもりか」

「本当に時間がかかっているんだ。レフューラーは普段使わないものだから、メンテナンスが必要で……」

「いやあ！」

突然、女性の声がスピーカーから響き渡った。ぎくりとして矢代は身を固くする。

「やめて！　助けて。殺さないで！」

泉は顔色を変えて携帯電話を握り締めた。

「永尾、おい、やめろ！」

女性の悲鳴がおさまると、再び永尾の声が聞こえてきた。

「おまえの要求を聞いて、刺すのをやめてやったぞ。なあ泉、今度はそっちが要求を聞く番じゃないか？　嫌だと言うなら信頼関係はめちゃくちゃになる。次は本当に刺してしまうだろうな」

「聞いてくれ、永尾」

泉の声はかすれていた。彼は何度か咳《せき》をしたあと、あらためて口を開いた。

「わかった。大至急、レフューラーの準備をする」

「おまえ、急に何を言い出すんだ？」永尾は冷たい声で言い放った。「今までさんざん渋っていたくせに、なぜ大至急なんだ」

「本当に手間取っていたんだ。だがこのあと最優先でやらせることにする」

「なあ泉、大事なのは信頼関係だ。そうだろう？」

「そのとおりだ。燃料の準備ができ次第、レフューラーを52便に向かわせる。すぐに給油させていいんだな？」

泉はかなり譲歩したつもりだったろう。だが、永尾はさらにこう続けた。

「給油だけでは駄目だ。金塊も一緒に持ってこい」

「いや、まずは給油をして、それから……」

「駄目だと言っている」永尾の口調がさらに厳しくなった。「おまえはすぐ嘘をつくからな！」

「私を信じてくれ」

「もう、そんな状況ではないんだよ。おまえのやっていることは交渉ではなく、単なる時間稼ぎだ」

「そんなことはない。古屋だって引き渡したじゃないか」

「約束を守ると、まだ言うのか？」

「もちろんだ。残り二項目の約束も、私は守る」

ふうん、という声が聞こえた。永尾の気持ちの中に、何か変化が生じたのだろうか。

しばらくして永尾は「いいだろう」と言った。

「最後のチャンスをやろう。レフューラーと金塊、それからステップカーを同じタイミングで用意しろ。給油が終わったら何人か怪我人を解放してやる。そのあと金塊と交換で、もう何人か解放する」

「了解だ。すぐ準備させる」

「それから、金塊はあの女に持って来させろ」

「あの女？」

「ゲームのとき、おまえに知恵をつけていた女だ。鳴海とかいったな」

矢代は耳を疑った。隣にいた理沙本人も、驚いて椅子から腰を浮かせる。

交渉をしていた泉も、身じろぎをしていた。この指示は、誰にとっても予想外のものだったのだ。

「ちょっと待った。彼女は交渉担当ではない。協力者として、ここに来ているだけだ」

「なるほど。ならば今回も協力してもらおう」

「……なぜ彼女なんだ？」

「決まっているだろう。女のほうが扱いやすい」

「だったら別の女性に持っていかせる。私の部下に……」

「いい加減にしろ！　俺を怒らせるな。また怪我人が出てもいいのか？」

泉は口を閉ざした。そんなふうに脅されては、何も言えなくなってしまう。

小此木管理官と財津係長が、小声で何か相談を始めた。ふたりはときどき理沙のほうを見ている。財津が渋い表情を浮かべた。

「おい泉、本人に訊《き》いてみようじゃないか。鳴海を電話に出せ」

「いや、しかし……」

戸惑っている泉のほうへ、理沙は一歩近づいた。

大丈夫です、と言って携帯電話を受け取る。彼女は携帯を耳に当てた。

「もしもし、鳴海です」

「ああ……あんたとはもう一度話したいと思っていた。あの泉という男は駄目だな」

「……え？」

「話していると、焦っているのが伝わってくるんだよ。奴は交渉には向いていない。俺とのゲームでも苦労しているようだったからな。その点、あんたは優秀な人間だと思えた」

「なぜですか」

「声だよ。緊張しているときでも声にハリがあるだろう。あんた、俺とのゲームを楽しんでいたんじゃないか？」

「……そうですね。文字や文章、物語といったものが好きなので、あなたの出題する推理ゲームには興味がありました」

「しかもセンスがある。俺はあんたと直接ゲームがしたい。どうだ。犯人の代表と警察の代表とで、知恵比べをするというのは」

「面白そうですね」

財津が眉をひそめているのがわかった。小此木は腕組みをし、泉は戸惑いの表情を浮かべている。

「永尾さん、少し上司と相談させてもらえますか」

「どうした？　時間稼ぎをするつもりか」

「いえ、そうではなくて……。許可を得る必要がありますから」

「まあいいだろう。急げよ」

理沙は電話の送話口を押さえて、財津のほうを向いた。小声でそっと話しかける。

「係長、行ってもいいですか？」

「個人的には賛成できない。何か考えがあるのか？」

「相手が女性なら、永尾は油断する可能性があります。推理ゲームをする中で、情報を引き出すチャンスもあると思います。それに、もしかしたら機内の様子がわかるかもしれません」

「待て、機内に入る気か？　上司としてそれは許さないぞ」

珍しく財津の声に怒気が含まれていた。左右に首を振りながら理沙は言う。

「中には入りません。窓から人質の様子がわかればと思って……」

「組織には役割分担というものがある」重々しい口調で、財津は彼女を諭した。「機内に入るのはＳＩＴやＳＡＴの仕事だ。おまえは無茶をするな。それだけは約束してほしい」

「わかりました。お約束します」と理沙。

「それから、鳴海ひとりで行かせるわけにはいかない。……小此木管理官、ＳＩＴから護衛を出してください」

「もちろんだ」小此木は咳払《せきばら》いをした。「我々にも立場というものがある」

「編成はレフューラーとステップカーを一台ずつ、空港のパトロールカーを二台ということで、どうでしょう。運転は職員に任せるとして、空いた座席にＳＩＴのメンバーを乗せるんです」

「了解しました」横から泉が言った。「至急、私のほうで手配します」

　そのあと泉は理沙のほうを向いた。何か言いたそうだったが、言葉がうまく見つからないという表情だ。ややあって、彼は口を開いた。

「君にこんな役目を頼みたくはなかった。だが、永尾の言うとおりかもしれない。私では力が足りなかったんだ……」

「そんなことはありません。泉係長以上にうまく交渉できる人はいないと思います」

「でもあいつは、鳴海くんのことを高く評価していた。私ではなく」

「泉係長、犯罪者の言葉を鵜《う》呑《の》みにすることはありません。それに、ご存じありませんか。岡目八目という言葉」

「……え？」

「横で見ている人間のほうが、局面を理解できることがあるんです。気楽な立場ですからね」

　理沙は決して、気楽な立場で見ていたわけではないはずだ。この重大事件を前にして、どうすれば交渉人をサポートできるか真剣に考えていたに違いない。

　そんな理沙から気をつかわれて、泉は複雑な表情を浮かべた。少し、居心地の悪い思いをしているのではないだろうか。だが彼は、はっきりした声でこう言った。

「今度は、私が君をサポートする。ほかのメンバーも同じ思いでいるはずだ。犯人グループから君を守るため、全力を尽くす」

「では早速ですが、お願いがあります。永尾の——中井武徳の過去について調べていただけませんか。最後の交渉のとき、役に立つかもしれませんので」

「わかった。何か情報が入ったらメールを送る」

理沙は携帯のメールアドレスを泉に伝えた。

「私も行きます！」

矢代は一歩前に出た。理沙と夏目が驚いてこちらを見ている。

出過ぎた真似だろうかという不安はあった。だがあの危険な場所に、理沙だけを行かせるわけにはいかない。これまで矢代と理沙は、文書解読班としてさまざまな捜査に携わってきた。今回もひとつのチームとして事に当たるべきだ、という思いが強かった。

止められるかと思ったが、財津は小此木に進言してくれた。

「小此木管理官、よろしいですよね？　矢代は以前、刑事として凶悪犯を何人も捕らえた男です。度胸も据わっているし、判断力もあります。そして何より、文書解読班のサブリーダーとして鳴海を助けてきました。鳴海を行かせるなら、矢代も同行させてください」

小此木は少し考える様子を見せたが、じきに承諾した。

「よし、矢代も一緒に行ってくれ。……泉、まもなく日が暮れる。ＳＡＴも動くから、事前の調整が必要だ」

「わかりました」泉はこちらを向いた。「鳴海くん、矢代くん、あとで打ち合わせをするぞ」

「了解です」

理沙とともに矢代は力強く答えた。

「おふたりとも、ご武運を……」夏目が泣きそうな顔をしている。

「心配するな。きっとうまくいく」矢代はうなずいてみせた。

周囲を見回し、深呼吸をしてから、理沙はあらためて携帯を耳に当てた。はっきりした口調で、相手に話しかける。

「すみません。永尾さん、大変お待たせしました」

「おい、待ちくたびれたぞ。話はついたのか」

「金塊は五十キロもあります。私と部下、ふたりで持っていくことを許可してください。それから、念のため護衛も何人か連れていきたいと思います」

「護衛だと？」

「あなたたちに金塊を渡すまで、不測の事態が起こってはまずいですから」

「……鳴海、言っておくが、おかしな真似をしたら人質を殺す。それは我々にとって、ごく簡単なことだ」

「わかっています。私たちも、それほど無謀な人間ではありません」

理沙は黙って永尾の返事を待つ。しばらくして、相手の声が聞こえてきた。

「いいだろう。すぐに準備しろ」

電話は切れた。理沙はほっと胸を撫《な》で下ろす。

いよいよ交渉は最大の山場を迎えることになった。犯人グループとの対峙《たいじ》を前にして、矢代の気持ちは高ぶってきた。

――これが最後のチャンスになるかもしれない。必ず成功させなくては。

スクリーンの旅客機を見ながら、矢代は気持ちを引き締めた。

2

兄弟の対面を、望美たちは驚きをもって見つめていた。

兄の河島昇一は患者衣を着て、点滴スタンドを携えている。今まで起き上がれないのだと思っていたが、あれは演技だったのだろう。ただ、そうはいっても体にふらつきがあるらしく、具合が悪いのは事実だと思われる。

一方、弟の古屋成司はトレーナーにジャンパーという服装だ。自由に動ける分、彼のほうが体力的には恵まれているようだった。しかし刑務所暮らしが続いたせいか顔色が悪く、健康的とは言えそうにない。

「感動の再会、というべきかな」そうつぶやいたのは古屋だった。「しかし二歳のとき別れてから、まったく会ったことがなかった。双子でなければ、顔だって忘れていたかもしれない」

たしかに、と望美は思った。一卵性の双子だから、どれほど長い時間離れていても、一瞬で相手を見つけることができたのだ。

「会えて嬉《うれ》しいよ……成司」

「俺はそうでもないけどな。そっちの都合で急に呼び出されても困る」

「とは言いながら……ここに来てくれたじゃないか。成司……おまえにもメリットはあった。……そういうことだろう？」

「俺は静かな場所で暮らしたかったんだがね」

「人間にとって……何より大事なのは、自由だよ」

「刑務所を出たあとは、ハイジャックされた飛行機か。まったく妙な気分だ」

古屋は落ち着いた声で言ったあと、にやりと笑った。不満を口にしながらも、やはり刑務所を出られたことは嬉しいのだろう。

と、そのとき、誰かが通路を走りだした。望美たちははっとして、そちらに目を向ける。

狭い通路を駆けていくのは沼倉悠人だった。負傷した右脚を引きずりながら、必死の形相でドアに向かっている。ステップカーが接続されている今、隙を見て逃げようと考えたのだろう。

——どうして勝手なことを！

望美は目を見開いて、沼倉を見つめた。

あと一歩でドアに到達するというとき、彼の行く手に大柄な男が立った。角刈りの大野だ。

大野は素早い動きで沼倉の腕を捕らえた。

「どこへ行く気だ」

「もう嫌だ。頼むから解放してくれ！」

沼倉は喚《わめ》いた。だが大野に右腕をねじ上げられ、呻《うめ》き声を漏らした。

「ふざけるな！」

大野は沼倉の顔を殴った。二回、三回と拳《こぶし》で痛めつけたあと、突き飛ばした。沼倉は通路に転がって激しく咳《せ》き込む。

「このクソ野郎。逃げようとしたことを、死ぬほど後悔させてやる」

興奮した口調で言うと、大野は倒れている沼倉の背中を踏みつけた。それから勢いをつけて、腹に蹴《け》りを入れた。

「痛い……やめてくれ……ごめんなさい……僕が悪かった……」

のたうち回りながら、沼倉は詫《わ》び続けている。

「一発ぶち込んでやろうか」

大野はポケットから銃を取り出し、沼倉の頭に向けた。

「やめてください！」

見かねて望美が止めようとしたが、大野の目には激しい怒りの色がある。

望美が沼倉に駆け寄ろうとしたとき、背後から鋭い声が飛んだ。

「おい！　それぐらいにしておきな」

大野は動きを止めた。眉《まゆ》をひそめて、声のしたほうに視線を向ける。

声を上げたのは、ジャンパー姿の古屋成司だった。

「あんたにそんなことを言う権利があるのかよ」

敵意と悪意のこもった目で、大野は古屋を睨《にら》みつけた。大野は乱暴で気の短い男だ。

だがその彼に凝視されても、古屋には動揺する気配がなかった。

「脳みそまで筋肉か。呆《あき》れた奴だ」古屋は落ち着いた声で言った。「状況をよく考えろ。今ここでそいつを殺したら、ほかの連中がパニックを起こす。そうなれば人質が何人か失われるおそれがある。おまえが殺しちまうだろうからな」

「何だと、このじじい……」

「おまえみたいなやり方は、せいぜい町のチンピラにしか通用しないんだよ」

「偉そうにぬかしてんじゃねえよ」

大野は低い声で言った。しかしそれを聞いても、古屋は一歩も引かない。

「おまえがやっているのはハイジャックごっこか？　成功させたければ先を考えて行動しろ。それができないんなら、俺はこの機から降りるぞ」

決して感情を高ぶらせるわけではない。だが古屋の言葉には底知れない凄《すご》みがある。

大野の頬がぴくりと動いた。完全に、頭に血が上っているようだ。

「待て、大野」永尾が彼を制した。「古屋さんの言うことは正しい。今、乗客を殺したら我々は不利になる。ここは抑えろ」

大野は不満そうだったが、小さく舌打ちをして「わかったよ」と言った。彼はポケットに銃を戻したあと、機体前方へ去っていった。

「沼倉さん、大丈夫ですか？」

望美は彼のそばにしゃがみ込んだ。沼倉は腹を押さえて、苦しそうに息をしている。どこか骨折したところはないかと調べてみたが、幸いそこまでの怪我ではなかった。頬や腹、背中など打撲したところに湿布を貼って、このまま我慢してもらうことにした。

高根涼子をはじめ、ほかの人質たちはひどく緊張しているようだ。犯人グループの怖さは知っていたはずだが、今の暴行を見て一段と恐怖が強まったのだろう。もちろん、望美も同じように感じていた。

この男たちを怒らせたら、何が起こるかわからなかった。

永尾はＣＡに命じて機体のドアを閉めさせた。

それから彼は電話をかけ、ステップカーを後方へ下がらせたようだ。これでまた、飛行機は元の密室状態に戻ることになった。

気を取り直したという様子で、古屋が永尾に言った。

「警察から逃げ回ったから腹が減っている。何か食わせてくれないか」

「おい、おまえ、用意してやれ」

永尾はＣＡのひとりに向かって顎《あご》をしゃくった。彼女は強《こわ》ばった表情でうなずき、ギャレーに入っていく。

少し前に永尾が交渉人と電話しているとき、彼女はナイフで刺されそうになったのだった。思わず悲鳴を上げたが、幸い刺されずに済んだ。今思えばあれは、永尾が交渉を有利にするための脅しだったに違いない。結果として、警察は残りふたつの条件をすぐに呑《の》むと約束した。永尾の作戦勝ちだったわけだ。

ＣＡはサンドイッチと飲み物を持って戻ってきた。礼を言って古屋は早速食べ始める。

「俺ひとり食っていて、いいのかな。永尾さん、あっちの人質には何か食べさせたのかい？」

古屋は尋ねた。先ほどとは打って変わって、穏やかな雰囲気だ。その変化に、望美は驚きを感じた。

「いや、朝から何も与えていない」

「そいつは気の毒だな。ハイジャックをやるんなら人質は大切にしなくちゃ」

「そうか……。わかった」

あっさり永尾がうなずいたので、望美は意外に思った。もしかしたら永尾は悪意をもって食事を与えなかったわけではなく、単に気がつかなかっただけなのかもしれない。

ＣＡ三名の手で、人質たちに食事が配られた。これには望美も感謝した。サンドイッチがこんなに美味《おい》しいと感じたのは久しぶりのことだ。コーヒーが温かいのも嬉しい。人質たちの間に、ほっとした空気が流れている。監禁されている状況に変化はないが、それでも近くにいる者同士、言葉を交わす余裕も生まれていた。

「明日香ちゃんのこと、気になりますね」高根涼子が小声で話しかけてきた。「今はお母さんと一緒ですけど、犯人たちのせいで怖い目に遭っているし」

「そうですね。心の傷にならないことを祈るしか……」

彼女はまだ九歳なのだ。今回のことがトラウマにならなければいいのだが、と望美は思う。

早めに食事を済ませると、望美は永尾から許可をもらい、あらためて負傷者のそばに行った。先ほど痛めつけられた沼倉、そして佐々岡、栗山充代の傷を確認する。明日香は母親にぴたりと体を寄せ、不安げな表情をしていた。

「明日香ちゃん、大丈夫？」

望美は笑顔で話しかけたが、少女の反応は鈍い。強いストレスを受けて、感情をなくしてしまったかのように見える。

「すみません。この子、ずっと怯《おび》えていて……」

充代が小声で言った。彼女は娘の頭をそっと撫《な》でた。

「明日香ちゃん、ここを出たら美味《おい》しいものをご馳《ち》走《そう》してあげようか。何が食べたい？」

望美がそう話しかけると、少女は戸惑う様子で、

「いいです。いらない」

「そんなこと言わないで、考えてみてよ。……ええと、食べ物以外のほうがいいかな。何かほしいもの、ある？」

「ほしいものじゃないけど」明日香は少し考えてから答えた。「お母さんと一緒に、うちに帰りたいです。それから、お母さんのご飯が食べたい……」

意外な言葉だった。だがこの状況下では、それが明日香にとって一番大事なものなのだろう。彼女は今、切実にそれを望んでいるのだ。

「明日香……」

充代は我慢できずに、すすり泣きを始めた。その様子を見て明日香も泣きだした。今まで抑えていた気持ちが、一気に爆発したようだった。

「ごめんね」望美は明日香にささやきかけた。「お姉さん、よけいなことを言ったみたい」

「そんなこと……ないです」しゃくり上げながら、明日香は首を振った。「看護師さんのおかげで……お母さんも手当てしてもらえたし……」

明日香は母親のほうを向き、額の傷をちらりと見た。そこにはガーゼが当てられてい

る。

「ありがとう」望美はうなずいた。「そう言ってくれて嬉《うれ》しいわ」

望美はハンカチを取り出して、明日香の涙を拭《ぬぐ》ってやった。

周囲の大人たちは、感情を抑えようとする少女をじっと見守っている。そのうち、打撲の痕《あと》を押さえながら沼倉が話しかけてきた。

「僕たち、これからどうなるんでしょうか。最後には始末されるんですか？」

「大丈夫ですよ」望美は明るい声で答えた。「きっと警察の人たちが助けてくれます」

「だけど、何の動きもありませんよね。助けが来るころには、僕らはもう死んでいるんじゃないですか？」

「警察ではいろいろな対策を練ってくれています。今は我慢のときです」

そうは言ったものの、確証は何もなかった。唯一の連絡手段だった携帯電話も、すでに取り上げられてしまった。状況は悪化の一途をたどっている、と言わざるを得なかった。

気持ちを切り替えて、望美は機内を見回した。

これまでなら負傷者の状態を調べたあと、望美は必ず特設スペースで河島昇一のバイタルサインを確認していた。だが今、河島はストレッチャーから起き上がって永尾たちのそばにいる。

——河島さんは最初からハイジャックのことを知っていたんだ。

それに気づかなかったのは自分の落ち度だろう。永尾は医師のふりをして50便に乗り込んでいた。患者である河島がグルだったとしても、おかしくはなかったのだ。

ただ、河島は今もふらついているから、患者のふりをしているだけとは思えない。実際、点滴も受けているのだし、体調が悪いのはたしかだろう。

望美は通路を進んで、河島のそばに行った。近くには古屋もいた。

「河島さん、体調は大丈夫なんですか？」

「ああ……よくはないですよ」

「でも、起きられないわけじゃなかったんですよね？」

望美は少し嫌みをこめて訊いた。自分の不快感は相手にうまく伝わっただろうか。

「騙《だま》していたことは……申し訳なく思います。でも、私の計画のためには……必要なことだったんです」

言葉を短く切りながら河島は答えた。

そのあと河島は、ＣＡから水をもらっていくつかの薬をのんだ。彼が北海道から持ってきたタクロリムスという薬も含まれていた。

のみ終えて一息ついている河島に、望美は再び尋ねた。

「あなたも、ハイジャック犯の仲間だったんですね？」

「いえ……仲間ではありません。協力者……というべきか。永尾さんたちと私は、協力関係にあるんです。協力してもらう代わりに……活動資金を、提供していたんです。千刃会という……彼らの団体に」

「テロリストに資金提供していたなんて……」

「杉村さん……彼らを、テロリストと呼ぶのは……やめてください」

「なぜです？　ハイジャックなんかを起こして、立派なテロリストじゃないですか」

「あんまり言うと……また、永尾さんに……殴られますよ」

はっとして望美は辺りを見回した。永尾は今、細川と何か相談している。こちらの話には気づいていないようだ。

「むしろ……テロリストといったら、成司のほうですよ」河島はそばにいる古屋を指差した。「調べたんですが……こいつは若いころ、爆発物を作って……いろんな組織に売っていたんです。こいつのほうが……よっぽどひどいじゃないですか」

「俺には俺の事情があったんだよ」古屋が口を挟んだ。「一卵性の双子だったけど、俺たちは別の家に引き取られた。俺のほうはあまり裕福じゃない家でね。父親の事業が失敗したこともあって、ずっと貧乏暮らしだった。それでも大学まで行かせてもらったんだから、感謝しなくちゃいけないけどな」

「でも……その後、成司は爆発物を作り始めた。挙げ句の果てに……万引きで何度も捕まって……馬鹿みたいな人生ですよ」

「俺の人生だ。兄貴には関係ない」

「だからって……放ってはおけなかった。刑務所にいる成司を……私は、助け出したかったんだ。たいていのことは金で……なんとかなる。でも、どうにもできないのは、家族だ。成司は……おまえは、私のたったひとりの肉親なんだよ」

「今さら何を言ってるんだ。金持ちに引き取られたあんたには、俺のことなんてわからないんだよ」

古屋は険しい表情で言い放った。それを見て、河島は落胆した様子を見せた。

「なんと言われても……私はおまえを連れていく。ご覧のとおり……私は具合がよくない。一度手術をしたけど、うまくいかなかった。国内での治療は難しい。だから……海外に行きたいんだよ。そのために……このハイジャックに協力した」

その話を聞いて、望美は意外に思った。犯罪者を受け入れる国などあるのだろうか？

「いったい、どこへ行くんです？」

「東欧……ですよ。細川さん、そうですよね」

「ああ、そのとおり」

いつの間にか、ノートパソコンを手にした細川がそばに立っていた。彼は指先で眼鏡のフレームを押し上げながら、ある国名を口にした。

「たしか、軍事クーデターが起こったところですよね」望美は尋ねる。

「そうだよ。そろそろ教えてやろうか。……あの国は政情が不安定になって、西側諸国とは対立している。日本からも輸出規制を受けて、正直なところかなり苦しい状況らしい。永尾さんは向こうの軍に接触して、いろいろ土産を持っていくから受け入れてほしいって話をつけた。金塊とかね。スケールのでかい話だろう？」

「ということは……」望美は細川の顔を見つめた。「飛行機はこのまま、その国へ？」

「そうだね」細川は無邪気な顔でうなずいた。「たっぷりお土産を持っていくんだからＶＩＰ待遇だよ。将来、出世する当てもない日本なんかで生きていくより、よっぽど楽しいはずだ」

「古屋成司さんを呼び寄せたのも、その関係だったんですね？」

「うん。古屋さんの技術があれば、精巧な爆発物がいくらでも作れる。それは向こうの国でも重宝されるだろう。一石二鳥どころか三鳥、四鳥の計画だと思わない？」

彼の話を聞いて、望美はひとり眉をひそめた。

もしこのまま解放されなかったら、自分たちはその国へ連れていかれてしまうのだ。クーデターで軍が政権を握っている国など、遠い世界のことだと思っていたのに――。

そんな場所に行って、自分たちは日本に戻ってこられるのだろうか。日本政府は助けてくれるのか。努力はしたが駄目だったと、放置されてしまう可能性もある。

冗談ではない、と思った。しかし今の望美には打つ手がない。

永尾が警察と話した結果、いずれ金塊を持った女性刑事がやってくるらしかった。受け取りのとき飛行機のドアはまた開かれる。そのタイミングで犯人たちの手をかいくぐったら、機外に逃げられるだろうか。

――駄目だ。私にはとてもできない……。

仮に成功したとしても、自分ひとり逃げたとなれば、ほかの人質に迷惑がかかるだろう。あの永尾のことだ、怒りくるってまた誰かを刺すのではないか。無茶なことはできない。今はただチャンスを待つしかなかった。

窓の外はすっかり暗くなってしまった。

羽田空港の敷地内には今、あちこちに明かりが見えている。上空からよくわかるよう、滑走路にもライトが多数灯《とも》っていた。だがその滑走路に旅客機が下りてくることはないし、あらたに飛び立つ機体もない。

望美たちが乗ってきた50便は、まだここから見える位置にいる。向こうの操縦室にもときどき明かりが点《つ》いて、機長や副操縦士が留《とど》まっていることがわかった。

「あんたも災難だったな」

そう声をかけてきたのは、トレーナーにジャンパー姿の古屋だった。左手にジュースの紙コップを持っている。彼は望美の隣の座席に腰掛けた。

望美は返事をすることに、ためらいを感じた。直接この事件に関わっていた人物ではないが、古屋はかつて爆発物を作っていたテロリストだという。そんな人物と親しく話そうという気持ちにはなれなかった。

「みんな同じですよ」硬い表情で望美は答えた。「私ひとりが、特別ひどい目に遭ったわけじゃありません。むしろ怪我をした人たちのほうが……」

「あんたは看護師だ。恐怖を感じても、ほかの乗客のように騒ぐわけにはいかない。さっきも沼倉って人を助けようとしたよな。たいしたもんだ」

「たしかに、自分の立場を考えたら、泣いたり喚《わめ》いたりすることはできませんでした。本当は怖かったのに……」

古屋はポケットから紙袋を取り出した。そこから薬を出して口に放り込む。彼はジュースで薬を流し込んだ。

そんな古屋の様子を、望美はじっと見つめていた。

「ああ、これか」古屋は言った。「刑務所の医務室でもらった薬だよ。俺ももう五十四だ。人間、歳をとると、どこか悪くなる。あんたなんかは、まだ若いから大丈夫だろうけどな」

「私、冷え性なんですよ。風邪もひきやすいし」

「看護師がそれじゃいけないな。気をつけることだ」

古屋は口元を緩める。その様子を見て、望美は不思議な気分になった。本来、気を許せるような相手ではない。だが先ほどの騒ぎを経て、古屋との距離が少し近づいたように思えた。もしかしたら古屋自身も、そう感じているのかもしれない。

「あんた、看護師っていうのは儲《もう》かるのかい？」

残りのジュースを飲み干してから、古屋は尋ねてきた。

「儲かるわけじゃないですけど、食べていくには問題ありません」

「やっぱり手に職をつけておくべきだよな。俺なんか、何もないからな」

　でも爆弾を、と言いかけて望美は口をつぐんだ。一呼吸おいてから、あらためて言った。

「古屋さんも昔は技術を持っていたんですよね。特殊な技術を」

「もう何十年も前のことだよ」古屋は記憶をたどる表情になった。「ひとり、子供を殺しちまってな」

「……え？」

「爆弾を作って売ったんだ。それを買った組織が、人通りの多い場所で起爆させた。大人は怪我をしただけだったが、子供がひとり死んでしまった。まだ五歳の女の子だった」

　古屋は小さくため息をつく。どうやら彼は過去の罪を悔いているらしい。

　だが、望美は彼に同情などしなかった。いくら後悔したとしても、原因となった爆発物を製造したのは古屋なのだ。危険なものを作って売った時点で、子供が巻き込まれる可能性まで考えるべきではなかったのか。

　言いたいことがいくつもあった。だが自分はそれを指摘する立場にはない、と望美は思う。ここで古屋を責めても過去が変わるわけではない。そして未来が変わるわけでもない。

「俺はね、バチが当たったんだよ」独り言のように古屋は喋《しゃべ》り始めた。「爆弾作りをやめて真面目に働こうとしたけど、まあうまくいかないよな。そのうち体を壊して、そうなるとまた仕事が失敗続きになって、食うや食わずという感じだった。……二年ぐらい前から、誰かが俺につきまとい始めてね。じつは兄貴が人を雇って、やらせていたんだ。厄介なことには巻き込まれたくなかったから、俺は逃げて回った」

　そういうことか、と望美は思った。河島昇一は東欧の国に連れていこうとして、弟の古屋を捜していたのではないだろうか。だが古屋にしてみれば、それは迷惑以外の何物でもなかった。だから逃げていたのだ。

　先ほど機内に入ったとき、久しぶりの再会だったはずなのに、古屋は兄を見てさほど驚いていなかった。河島が自分を捜しているのを知っていたから、だいたいの予想がついていたのだろう。

「どうして私にそんな話を？」

　望美はそう尋ねた。わずかに首をかしげてから、古屋は指先で顎《あご》を掻《か》いた。

「俺は正直な人間と、信念を持った人間が好きなんだよ。だからあんたと話してみたくなった。それだけだ」

　古屋は紙コップを握りつぶすと、そのまま目を閉じてしまった。急に刑務所から外に出て、少し疲れたのかもしれない。

「不思議に思ったんですが……古屋さんは本当に、永尾たちと一緒に活動するんですか？　その国に行って、テロ活動の手伝いをするつもりなんですか？」

「いや、俺はもうテロはやらない」

「だったら、なぜここに……」

「俺には俺の考えがある。この飛行機に呼ばれたのは幸運だったってことさ」

「でも、あなたは河島さんから逃げていたんでしょう？」

腑《ふ》に落ちないものがあった。ハイジャックの現場にやってきたというのに、古屋には動揺した様子がほとんどない。まるで何かを悟ったような――いや、何もかも諦《あきら》めてしまったかのような落ち着きが感じられる。

「ひとつ、あんたにいいことを教えてやろう」急に古屋は話題を変えた。「飛行機の中では、できるだけうしろにいたほうがいい。それと、何かあったときは頭を低くすることだ」

「……どういうことですか？」

古屋は返事をしなかった。目を閉じたまま、じっと何かを考えているようだ。どうにも、つかみどころのない男性だった。

――これから、この人はどうするつもりなんだろう。

何も話そうとしない古屋の横顔を、望美は黙って見つめる。

どこからか携帯電話の着信音が聞こえてきた。はっとして、望美は音のしたほうへ視線を走らせる。

永尾が携帯電話を耳に当てるところだった。

「俺だ、永尾だ。……そうか、準備ができたか。泉、ずいぶん遅かったがおまえたちの努力は認めてやろう。……ああ、すぐにこっちへ来させろ。……何度も言うが、小細工はするなよ。また怪我人が増えることになる。いや、今度は死人が出るかもな」

冷たい口調でそう伝えると、永尾は電話を切った。それから仲間たちに向かって言った。

「燃料と金塊が来る。仕上げにかかるぞ」

いよいよだ、と望美は思った。これから最後の取引が始まる。自分たち人質の運命も、そこで決まることになるだろう。

望美は窓の外に目をやった。すっかり暗くなった空港がそこにある。

今までまったく離着陸のなかった羽田空港で、このあとついに旅客機が飛び立つかもしれない。そのとき、機内にいるのはいったい誰なのだろう。そこには何人の人質が残っているのか。

望美は周囲を見回し、人々の表情を観察した。

3

青白く照らされた敷地を、黄色くペイントされたパトロールカーが走っていく。

矢代はウインドウの外を覗《のぞ》き見た。空港にはあちこちに旅客機の影がある。だがどれも動きだす気配はなく、作業用車両なども停まったままだ。

今、矢代たちの車は列を作って進んでいた。先頭を走るのはＳＩＴ隊員などが乗った空港パトロールカー。矢代たちの車は二台目だ。少し離れてステップカー。最後に燃料を積んだレフューラーが続いていた。

矢代の乗る車を運転しているのはＪＨＡの社員だ。助手席にはＳＩＴの捜査員。後部座席には矢代と理沙が座っている。相当緊張しているかと思いきや、理沙は先ほどから饒舌《じょうぜつ》だった。

「こんなに静かな羽田空港は初めてです。飛行機が離着陸しないと、ただのがらんとした空き地ですよね。そんな場所を走っていく車列……。レフューラーには大量の燃料が積まれ、この車のトランクには五十キロの金塊が積まれている。砂漠を行く奇妙なキャラバンといった雰囲気です。どうです矢代さん、この圧倒的な非現実感！」

理沙はひとり、はしゃいでいるように見える。だがそれは表向きのことなのだと、矢代にはわかっていた。これから彼女は金塊を渡すという大役を果たす。そればかりでなく、永尾と推理ゲームをすることになる可能性も高かった。また、場合によっては直接犯人グループと接触する事態になるかもしれない。

考えれば考えるほど不安になってくる状況だった。そんな中、理沙は自分自身を励まし、萎縮《いしゅく》しないよう喋り続けているのだろう。

「給油して金塊を手に入れれば、いよいよすべての条件が満たされます。そうなったら永尾たちはすぐ離陸するんじゃないでしょうか。彼らはいったいどこへ行くのか……。あっ、もしかしたら最後に私を捕らえて、人質を増やすつもりかもしれません」

「おかしなことを言わないでください」矢代は声を低めて言った。「そんなこと、俺が絶対にさせませんから」

矢代が険しい顔をしたせいだろう、理沙も少し声のトーンを落とした。

「そうですね。言霊《ことだま》というものがあるとしたら、滅多なことは言わないほうがいいですね」

「どうせ喋るなら、前向きなことをお願いします」

「じゃあ……私たち警察の手で、必ず永尾たちを捕らえましょう。早くこの事件を解決して、空港のレストランで美味《おい》しいものを食べましょう」

「そうです、その調子」矢代はうなずいた。「俺たちにはＳＩＴもＳＡＴもついています。全員で事に当たれば怖いものはありません」

空元気も元気のうちだ。そんなふうに思いながら、矢代は表情を引き締めた。

理沙が口にしたように、彼女自身が人質にされてしまうことも、ないとは言えなかった。だから矢代は体を張って護衛しなければならない。理沙を不測の事態から守るため、できるだけ近くにいようと思った。

「こちら前線本部。パトロール２号、鳴海くん、感度はどうだ」

イヤホンから泉の声が聞こえてきた。彼は今、前線本部でスクリーンを見つめているはずだ。

「はい、こちら鳴海です。感度良好。まもなく目的地に到着します。どうぞ」

理沙も自分の耳にイヤホンをつけている。ほかの捜査員たちも同様だ。

「ＳＡＴから連絡が入った。給油が開始されたら、52便への接近を開始するそうだ。その間、永尾たちの注意を引きつけておいてくれ」

「ええ、もし永尾が言い出さなければ、こちらから推理ゲームを提案してみます」

「頼むぞ。ゲームが長くなれば、それだけＳＡＴの行動時間が増える。ただ、永尾が途中でゲームに飽きて、切り上げてしまわないかどうか心配だが……」

「それは大丈夫だと思います。彼はあのゲームを心の底から楽しんでいますから。ペナルティーを用意することで、私たちを崖《がけ》っぷちに追い込もうとしているんです」

「たしかにな。だから我々は真剣にならざるを得なかった」

「ですが、リスクがあるのは永尾も同じです。私たちと対決している彼自身も、崖のすぐそばにいます。振り上げた拳《こぶし》が空振りすれば、自分も崖から落ちてしまうかもしれない。永尾はそのリスクを楽しんでいるんじゃないでしょうか」

しばらく泉の声が途絶えた。永尾という人物について考えているのだろう。

ややあって、泉はあらたまった調子で言った。

「前線本部より連絡。作戦の最終確認をする。鳴海警部補たちが犯人グループとやりとりしている間に、ＳＡＴは52便に接近。先行メンバーが機体下部より機内へ侵入する。

閃光《せんこう》弾の使用が確認されたら、残りのメンバーは機内へ突入し、犯人たちを制圧する。発砲の許可が出ているため、周辺のメンバーは自分の身を守るよう注意してほしい」

　あらためてその話を聞くと、緊張が高まってきた。

　矢代たちは拳銃《けんじゅう》を携行していないが、ＳＡＴはサブマシンガンを持っている。犯人グループを制圧するため、実弾が使用される可能性が高かった。そうなれば、矢代たちのほうに流れ弾が飛んでくることも考えられる。

　無線交信の間にも、車列は空港の敷地を進んでいた。徐々に作戦開始の時刻が近づいてくる。

　ややあって、泉から別の情報が伝えられた。

「今、報告があった。52便が離陸準備をしていると聞いて、脇坂理が騒ぎ始めたらしい」

「手荷物の件ですか？」理沙が尋ねた。

「そうだ。52便に積んであるスーツケースを取り戻してほしい、と言っている。やはり彼は、何か隠しているな」

　ほかの乗客たちも、自分の荷物を取り戻せていない。あまり考えたくないことだが、最悪の場合、それらの荷物を載せたまま、52便は羽田から飛び立ってしまうかもしれない。

　前方に大きな機体が迫ってきた。ＪＨＡ52便だ。その向こうには50便も駐機している。

「こちらパトロール2号、鳴海。目的地に到着しました。どうぞ」

「前線本部了解」泉は言った。「では、これから永尾に連絡をとる。奴からの指示はこの無線で伝えるから、注意していてくれ」

「鳴海了解」

無線交信を終えて、理沙はひとつ息をついた。それから彼女は小さく身震いをした。

「大丈夫ですよ」矢代は彼女にささやいた。「俺たちが全力で鳴海主任を守ります」

「ええ、信じています」

うなずいて理沙は口元を緩めた。だがその表情は硬い。

車列は52便から少し離れた場所で止まった。矢代たちは息を詰めてイヤホンからの指示を待つ。

二分ほどたったころ、泉の声が聞こえた。

「こちら前線本部。レフューラーは給油を開始してくれ」

「レフューラー了解」

タンクローリーのような形の車両が52便に近づいていく。ツナギを着た二名の作業員が車から降りて、翼にある給油口を調べたあと、ホースを接続した。

外から見ただけではわからないが、給油が開始されたようだ。

「前線本部よりステップカーへ。機体中央前部のドアに接続せよ」

「こちらステップカー。了解しました」

機体左側、中央前部にあるドアを目指してステップカーが徐行し始めた。一度停止したあと階段の高さを調節し、またゆっくり動きだす。慎重な操作を経て、階段部分がドアに接続された。

「ステップカー接続完了」

イヤホンから報告の声が流れ出る。それに応じる形で泉が言った。

「前線本部よりパトロール1号、2号。まもなく永尾が現れる。……鳴海と矢代は車からブツを下ろしてくれ。ほかの者は二名を警護するため、付近に展開。あとは作戦どおりに」

「パトロール2号、矢代了解しました」小型マイクにそう答えたあと、矢代は理沙のほうを向いた。「主任、行きましょう」

「ここからが正念場ですね。よろしくお願いします」

矢代たちはパトロールカーから降りた。SITの捜査員たちも素早く外に出て、辺りに散らばった。

トランクを開けて、矢代はふたつのキャリーバッグを地面に下ろした。要求されたのは五十キロの金塊だ。一度に運ぶのは難しいだろうと考え、泉がふたつのバッグに分けたのだった。

ひとつのバッグを理沙が、もうひとつを矢代が引いていく。タイヤが付いているとはいえ、二十五キロの金塊はずっしり重い。ふたつに分けたのは正解だったようだ。

矢代と理沙を、SITの捜査員たちが護衛してくれている。誰の顔にも緊張感があった。

ステップカーのそばにやってきて、矢代は辺りを見回した。機体の周辺で小さな照明がいくつも光っている。レフューラーから降りた作業員たちやSITの捜査員、その他のメンバーがハンドライトをかざしたり、ヘルメットに付いた小型ライトを使ったりしているのだ。

矢代は何気ない様子を装って、東京湾のほうに目をやった。暗がりの中、素早く動いている男たちが見えた。SAT隊員たちが、ボートを使って上陸してきたのだ。

「前線本部より各員へ」泉の声が聞こえた。「犯人と交渉した結果、燃料補給のあと二名が解放されることになった。負傷した沼倉悠人、佐々岡仁絵だ」

え、と矢代は思った。マイクを通して前線本部の泉に尋ねる。

「こちら矢代。栗山明日香ちゃんと母親はどうなりました？　それから、エスコート・ナースに搬送されている河島昇一さんは」

「彼らはまだ解放されないようだ」

「そんな……。女の子や病人を、いつまで捕らえているつもりなんですかね」

「私も粘ったが駄目だった。金塊引き渡しのあとに解放してもらえるよう、あらためて交渉してみる」

矢代は唇を嚙《か》んだ。不安が大きく膨らんでくる。もしかしたら金塊を受け取ったあとも、明日香や母親、河島は解放されないのではないか。そのままどこかへ連れ去られてしまうのではないだろうか。

――本来なら、最初に解放されるべきなのに……。

あらためて犯人たちへの怒りが湧いてきた。

機体から鈍い音が聞こえた。矢代たちは揃って視線を上げる。ステップカーの階段には屋根が付いているが、半透明なので向こう側がよく見えた。52便のドアが開かれ、機内の明かりが外に漏れているのがわかった。

　そこに姿を現したのは、黒いパーカーを着た男だ。事前に泉が見せてくれた顔写真と一致していた。情報によれば四十五歳ということだったが、色白で実年齢より若く感じられる。髪には緩いパーマをかけていた。知的な印象があるが、顔に感情らしいものが見られなかった。

　これが俺たちの敵か、と矢代は思った。ハイジャックという大事件を起こしただけでなく、何人もの乗客をナイフで負傷させた。それほどのことをしたにもかかわらず、まったく悪びれる様子がない。善悪の判断ができないのではないか、とさえ思わせる男。

本名・中井武徳。この事件では永尾忠義と名乗っている人物だった。

4

暗い誘導路に目を走らせながら、永尾は尋ねてきた。

「おい、鳴海はどこだ？」

「ここです！」

理沙が声を強めて答えた。彼女はキャリーバッグを引いてステップカーに近づいていく。慌てて矢代もあとに続いた。

少し距離をおいて、SITのメンバーたちがついてくる。それを見て永尾が言った。

「関係ない奴は離れていろ」

SITの捜査員たちは足を止め、その場に留《とど》まった。

階段の下に着いて、矢代と理沙は斜め上方に目を向けた。数十段あるステップの上に、永尾が立っている。矢代たちを見下ろす彼は、冷酷で残忍な男だ。しかし表情からその暴力性を感じることはできない。どうにもつかみどころのない人物だった。

「金塊は持ってきたな？」

これまでずっとスピーカーから流れていた声を、矢代は初めて生で聞いた。階段の先にいるのは、長らく人質を監禁し続け、警察にさまざまな要求を突きつけた犯罪者だ。

「ふたつのバッグに分けてあります」理沙はキャリーバッグを指差した。

「よし、ひとつ持ってこい」

「待ってください。まずは燃料補給です。それが終わったら人質を解放してくれるんですよね？」

毅然《きぜん》とした口調で理沙は言う。矢代は大いに彼女を見直した。これまでただの文字マニア、文書おたくだと思っていたのに、この態度は立派なものだ。

「わかった。では給油が終わるまで待とう。その間にゲームをしないか、鳴海」

「いいですよ。私も気になっていたんです」理沙はうなずいた。「ゲームの第三問、まだ答えを聞いていませんでしたから」

矢代は記憶をたどった。理沙から聞いた第三問というのはこうだ。マリアには、子供のころ白骨や肉片の付いた遺体の中を歩いた記憶があった。母親や大人たちに身柄を確保された彼女は消毒、血液検査をされて眠った。十年後にマリアは母親から、その出来事の真相を聞かされた。母親の死後、マリアは遺体に囲まれるようになって目を輝かせているという。マリアの身にいったい何が起こったのか——。

問題を解くため、理沙は泉に協力したという。その結果わかったのは、マリアの父も死亡してほかの遺体と一緒になっていたこと、マリアの母親はそれを知っていたこと、殺人事件などが起こったわけではないこと、などだそうだ。

「では質問を受け付けよう」永尾が言った。

給油をしている作業員たちが、ちらちらと理沙を見ているのがわかった。彼らも犯人とのやりとりを気にしているのだ。

「あれからずっと答えを考えていたんですよ。今、それを確認させてもらいます」理沙は質問を始めた。「……マリアの母親は何かの研究者でしたか?」

「イエス」

「マリアの父親が亡くなったことを、母親は悲しんでいましたか?」

「イエス」

「しかし遺体を埋葬しなかった。それは研究のためですね?」

「イエス」

「マリアの母親の研究は、遺体を調べることだった……」

「イエス」

「そして時間がたち、マリアは母親と同じ道を歩むことになった。すなわち、遺体の調査や研究ですね?」

「イエス」

「母親と同じ道に進んだことで、マリアは目を輝かせることになったのでは?」

「それはノーだ」

「だったら……マリアは母親とよく似ていて、遺体を研究すること自体が楽しかったんですね?」

「イエス」

「マリアという人物名からもわかるとおり、この話の舞台は外国でしょう。はっきり言えば、アメリカですね？」

「イエス」

「やはりそうでしたか。答えがわかりました」

理沙は空中に文字を書くような仕草を始めた。これは彼女が、何かに意識を集中させながら話すときの癖だ。

「マリアの父親は病気などで亡くなった。その遺体を、母親は自分の研究のために使った。生前、彼とそういう約束をしていたのかもしれません。おそらくマリアの母親は法医学者であり、『死体農場』で遺体の研究をしていたんでしょう」

「死体農場？」

思わず矢代は尋ねてしまった。理沙はこちらをちらりと見たあと、話を続けた。

「アメリカには、遺体が朽ちていく様子を研究する施設があります。広い土地に遺体を放置して経過観察をする。そんな場所に、子供時代のマリアは立ち入ってしまった。だから辺りに白骨や腐乱した遺体がたくさんあったんです。母親はマリアを保護して消毒や血液検査をした。感染症のおそれがあったからでしょう。そのことをマリアは病床の母親から聞き出した。母親が亡くなったあと、マリアは同じ法医学者の道へ進みました。父親の遺体を研究対象にしたことからもわかるとおり、マリアの母親はエキセントリックな人だった。娘のマリアもその性格を受け継いでいたから、遺体の研究に無上の喜びを感じた。……そういうことですね？」

永尾は黙ったまま、階段の上から理沙や矢代を見下ろしている。数秒たってから彼は口を開いた。

「死体農場を知っていたとは、たいしたものだ」

「よかった」理沙は微笑した。「架空の場所なら遺体がたくさんあってもおかしくはありません。でもこのストーリーのキモとなるのは、遺体が放置されているのはどこなのか、という部分だと思ったんです。だから、そういう場所がないか考えてみました。そして、前にどこかで読んだことのある死体農場を思い出したんです」

「あんた、なかなか才能があるな。だが、この話にはまだ続きがある」

「……え？」

理沙は眉《まゆ》をひそめた。

まずいな、と矢代は思った。この永尾という男のやり方がだんだんわかってきた。相手が正解にたどり着かなければペナルティーを与える。正解すれば正解したで、急遽《きゅうきょ》いびつなストーリーを付け加え、やはり相手をやり込めようとする。結局のところ、どうあっても負けを認めようとしないのではないか。

「鳴海の答えでは、なぜマリアが死体農場にいたのか、理由が説明されていない」

「それは……」理沙は思案する表情になった。「母親が連れていったからでしょう？」

「その理由だ。どうして母親はマリアをそんな場所に連れていったのか」

「父親は亡くなっていたから、家に残しておけなかったとか……。マリアをひとりにしておけない事情があったのでは？」

「ノー。そうだったとしても死体農場に連れていくだろうか。一般的な職場とは言えない場所だぞ」

理沙は難しい顔をして考え込んだ。五秒、六秒と時間が過ぎていく。それを見て永尾は、わずかに口元を緩めた。矢代はここに来て初めて、彼の顔に表情らしいものが浮かぶのを見た。

「降参か？　負けを認めるか？」

永尾が言った。理沙はまだ考え続けている。彼女に近づいて矢代はささやいた。

「悪意を持っていたんじゃないでしょうか。その母親は」

はっとした様子で、理沙はこちらを見た。それから大きくうなずいて、再び永尾のほうに視線を向けた。

「母親は娘のマリアを憎んでいましたか？」

「……イエス」

「そうか。母親はマリアを嫌っていたから、わざわざ死体農場に連れていった。そこで恐ろしい目に遭わせて、心に深い傷を負わせようとした。考えてみれば不自然な点がありました。連れていかれたとはいえ、なぜマリアが夜中にひとりで死体農場にいたのか。たぶん母親は、寝ぼけているマリアを遺体のある区画に置いてきたんでしょう。そしてあとから、ほかの職員と一緒に彼女を見つけたようなふりをした……」

「では、なぜ母親はそこまでマリアを憎んでいたんだろうか」

「考えられるのは……もしかして、マリアは自分の子ではなかったから？」理沙は眉をひそめながら続けた。「母親とマリアは血が繋《つな》がっていなかった？　マリアは、父親が別の女性との間にもうけた子だったとか……。血は繋がっていなかったけれど、マリアは母親から法医学のことを聞いていたので、同じ道へ進んだんじゃありませんか？」

理沙は永尾に問いかけた。かなり歪《ゆが》んだストーリーだという気がする。しかしこれが正解だろうという予感が、矢代の中にもあった。

ステップの最上段で、永尾はゆっくりと首を左右に振った。

「あんたはひどい女だな」

「どういうことです？」

「マリアは夫が不倫して出来た子だった。だから母親はマリアを憎み、死体の中に置いてきて、トラウマを植え付けようとした。……そんなひどい話をあんたは紡ぎ出した。こんな背徳的なストーリー、まともな頭で考えつくものじゃないだろう。いや、これは褒めているんだがな」

「褒められても、喜ぶべきかどうか迷いますね」

理沙は不敵な笑みを浮かべている。軽くため息をつきながら、永尾は言った。

「なあ、俺とあんたは似ていないか？　ものの考え方や創作への態度、そういうものがさ」

「たしかに物語を聞くのは好きだし、創作するのも好きですが……」

「鳴海、あんたは脚本家とか小説家とかに向いているんじゃないのか」

「そういうあなたも、ですよね？」

「俺は違う。小説家になろうなんて思ったこともない。俺に向いているのは、千刃会のリーダーだよ」

「小説で夢の翼を広げるより、現実を暴力でねじ伏せる道を選んだわけですか。とても賛成できることじゃありません」

「あんたに評価されようとは思わないさ」

ふん、と永尾は鼻を鳴らした。

そのとき、イヤホンから男性の声が聞こえてきた。

「レフューラーより前線本部。今、機体への給油が完了しました」

「前線本部了解」泉が指示を出してきた。「鳴海くん、永尾にそのことを伝えてくれ」

「鳴海了解しました」

理沙はマイクにそう答えたあと、あらためて永尾を見上げた。永尾は余裕の表情で階段の上に立っている。理沙は強い調子で言った。

「給油が終わりました。人質を解放してください」

「……仕方ないな。約束は約束だ」

永尾は一度機内へ戻っていった。

矢代は口を引き結び、素早く周囲に目を走らせる。ＳＡＴ隊員たちはすでに52便の下に到着していた。みな重装備のはずだが、驚くほど身が軽い。犯人グループに察知されないよう、彼らは息を殺して行動していた。

ＳＡＴの何人かが機体前方、ノーズギアのほうに向かった。ノーズギアは地上走行するとき、進路を変えるための前輪だ。隊員のひとりが大きな車輪のそばに脚立を置く。

張り詰めた空気の中、矢代は階段の上に視線を戻した。

三十秒ほどのち、ドアのそばに人質たちが現れた。事前に聞いていたとおり佐々岡仁絵、沼倉悠人の二名だ。

戸惑う様子を見せながら、彼らは階段を下りてくる。矢代はふたりに声をかけた。

「警視庁の矢代です。怪我は大丈夫ですか？」

「はい……なんとか……」

前にいた佐々岡がうしろを気にしながら答えた。あとに続く沼倉は憔悴《しょうすい》しきった表情だ。ＳＩＴの捜査員たちがやってきて、ふたりをパトロールカーに連れていった。

「さて鳴海、次はいよいよ金塊だぞ」

機体のドア付近に戻ってきて、永尾はそう言った。理沙は自分のキャリーバッグをちらりと見てから、永尾に目を向けた。

「操縦席のふたりを含めて、残りの人質は十四人。今度は何人解放してもらえるんですか？」

「金塊五十キロだからな。まあ、五人ぐらい帰してやってもいい」

「女の子と母親、それから重病の患者がいるでしょう。その三人は必ず解放してください」

「ああ、栗山明日香と母親は解放してやってもいい。だが病人はどうかな。本人はここに残ると言うはずだ」

いったいどういうことだろう。矢代は眉をひそめて、永尾をじっと見つめる。

「なぜ河島さんがここに残るんです？」と理沙。

「まだ気づいていないのか。河島昇一は我々の仲間だ。病気なのは事実だが、身動きできないというほどじゃない」

え、と矢代は声を出してしまった。まったく予想外の話だ。今までずっと気にかけていた河島が、じつは犯人グループの一員だったというのか――。

動揺している矢代の横で、理沙は大きな声を出した。

「わかりました。河島さんのことは後回しにしましょう。とにかく、女の子と母親は先に解放してください」

「バッグを確認してからだ。がらくたをつかまされたんじゃ困るからな」

「では、キャリーバッグを持っていきます。念のため、明日香ちゃんたちの顔を見せてもらえますか？」

「注文の多い女だな。まあいいだろう」

一旦《いったん》機内に戻ったあと、永尾は再びドア付近にやってきた。そばには少女と母親の姿が見える。少女の顔には血の気がなかった。

理沙は二十五キロのバッグを持ち上げ、階段を上り始めた。矢代もそれに続こうとする。

「おい、ここに来ていいのは鳴海だけだ。そっちの男は下で待ってろ」

矢代は小さく舌打ちをして、上りかけた階段を下りた。

理沙は重い荷物を少しずつ運んでいく。途中、足下がおぼつかなくなったので矢代は気を揉《も》んだ。だが助けにいくことはできない。今はただ見守るしかなかった。

二十五キロの金塊など現実離れしていて、どうも本物だという実感が湧かない。理沙も同じように感じているのではないだろうか。現実味がなければ、単に重い荷物だとしか思えないはずだ。

一分ほどかけて、ようやく彼女は最上段に到達した。永尾と少女、そして母親は、わずか数メートル先にいる。

「あなた、明日香ちゃんね？」

少女はこくりとうなずいた。彼女に向かって、理沙はにっこり笑ってみせた。

「すぐに助けてあげる。もう少し我慢して」

キャリーバッグを置くと、理沙はすぐ下に戻ってきた。

ドア付近で永尾はバッグの中を調べている。機内から大柄な男が顔を出した。あれはたしか、大野こと金田竜次だ。大野はドアの内側で、母親を押さえているようだった。

「よし、いいだろう」永尾が言った。「鳴海、もうひとつのバッグを持ってこい」

「わかりました」

理沙はバッグを引きずりながら、再び階段を上っていった。時間をかけてようやく最上段にたどり着く。バッグを置くと、一歩下がって階段の手すりにつかまった。

永尾は警戒するように理沙を見たあと、ふたつ目のキャリーバッグを持ってドアのほうへ戻っていった。中身を確認しないのだろうか、と矢代が思ったとき、予想外のことが起こった。

「待って！　明日香ちゃんをこっちへ……」理沙が甲高い声を上げた。

永尾はバッグを運び込むと同時に、明日香たちを機内に引き戻してしまったのだ。

——人質を解放しないつもりか？

理沙はドアに飛びつき、永尾から明日香を奪い返そうとしている。だが男性の力にはかなわなかった。どん、と彼女は突き飛ばされた。バランスを崩して理沙は何歩かうしろへ下がる。彼女は階段を踏み外した。

「主任！」

地面を蹴《け》って、矢代は階段を駆け上った。悲鳴を上げながら、理沙が転がり落ちてくる。矢代は足を踏ん張った。よろめきながらも、なんとか理沙を抱き止めることができた。

「大丈夫ですか、鳴海主任」

肩を揺すりながら理沙に呼びかける。彼女はまばたきを繰り返していたが、じきに矢代の顔を見てうなずいた。

「す……すみません、私は大丈夫です」

「くそ、あいつ、人質を解放しないまま……」

最上段から永尾がこちらを見下ろしている。表情の薄い顔に、笑みが浮かぶのがわかった。

「これで条件は揃った。警察の役目は終わりだ。ステップカーを外して帰れ」

「おい永尾、待て！」矢代は叫んだ。

「鳴海、あんたとのゲームは楽しかったよ」永尾は静かな口調で言った。「ずっと続けていたかったが、そうもいかない」

「永尾、待ちなさい！」普段は冷静な理沙も、声を荒らげていた。「逃げ切れると思っているの？」

「お別れだ、鳴海。あんたがいい小説を書けるよう祈っているよ」

「あなたのゲームは最低だった。まったく面白くなかった！」

永尾は何か言ったようだが、矢代たちの耳には届かなかった。機内に入って永尾はドアを閉めようとする。

だがそのとき、52便の中に強烈な閃光《せんこう》が走った。窓から何度も光が見えた。男たちの怒鳴る声、女たちの悲鳴が響き渡る。

「どけ！　そこをどけ！」

機体の下、暗がりから男の声が聞こえた。矢代は理沙の手を引き、手すりのそばに体を寄せる。重装備の男たちが十数人、猛烈な勢いで階段を上っていった。彼らが手にしているのはサブマシンガンだ。ＳＡＴがやってきたのだ。

閉まりかけていたドアを開け、隊員たちは52便に突入していく。また機内で光が走った。あれは閃光弾だろう。煙が出てきたのを見ると、催涙弾も使われたようだ。

パン、パン、と乾いた音がした。犯人グループが発砲したのだろうか。それともＳＡＴが撃ったのか。

矢代と理沙は階段を下りて、ステップカーの陰で息をひそめていた。機内からはまだ怒声が聞こえてくる。

ＳＡＴの突入から約三分、ようやく騒ぎは収まったようだった。

矢代は深い息をつきながら52便を観察した。

ノーズギアのそばにいたＳＡＴ隊員たちは、脚立を使ってギアの格納庫に侵入していた。格納庫からは機内に入ることができる。忍び込んだ隊員たちは、隙を見て閃光弾と催涙弾を使った。それを合図に、外にいた本隊が階段から突入したのだ。

機体の図面を見ながら泉が説明した進入路とは、このことだった。

「人質はどうなったんでしょう」理沙が不安げな顔でつぶやいた。

「怪我人が出ていなければいいんですが……」

矢代と理沙はステップカーの陰から出て、階段を見上げた。

明日香や母親、CA、看護師の杉村望美たちが無事でいてくれるよう、矢代は祈った。

5

目が痛い。猛烈に涙が流れて止まらない。

ナースウエアの袖《そで》で涙を拭《ふ》きながら、望美はそっと辺りの様子をうかがった。機内には嫌なにおいのする煙が漂っている。通路の途中に男が倒れているのが見えた。別の男は、重装備の突入隊員に引き立てられている。

犯人グループは制圧されたのだ。

ほんの数分間の出来事だったが、望美の中でそれはかなり長い時間に感じられた。人は死に直面したとき、一瞬のうちに過去の記憶を思い出すという。望美の脳裏にも多くの出来事が甦《よみがえ》ったが、直後に噴き出した涙でかき消されてしまった。閃光弾のあと、催涙弾が使われたのだろう。

突入隊のひとりが、望美の近くにやってきた。

「意識ははっきりしていますか？　怪我はありませんか？」

「大丈夫です」望美は咳《せき》をしたあと答えた。「……私は無事です」

「エスコート・ナースの方ですね。犯人の人数はわかりますか」

「犯人は五人です。ひとりは患者衣を着た病人で……」

「人質の人数は？」

「操縦席のふたりを加えて十三人。ほかに、あとから来た古屋という男性がいます」

隊員は無線でそれらの情報を伝えている。報告が終わると、彼は再び望美に話しかけてきた。

「犯人の顔はわかりますか？」

「わかります。確認のお手伝いをします」

望美は自分からそう申し出た。隊員はうなずいて、ドア付近へと案内してくれた。

捕らえられた男たちを見て、あれは細川、あれは大野というふうに、情報を隊員に伝えていった。小磯は銃器に自信があったらしく、特殊部隊に向けて発砲したらしい。その結果、応戦した隊員に脚を撃たれ、今は情けない声で呻《うめ》いていた。

永尾の顔を見たとき、望美の鼓動は速くなった。激しく痛めつけられたことを思い出したのだ。恐怖が甦ってくるのがわかる。だが望美は呼吸を整え、隊員に言った。

「この男がリーダーの永尾です。ナイフで三人も傷つけました」

永尾は何か言いたそうな顔をしたが、隊員に手錠をかけられ、ドアの外へ連れ出された。

その姿を、望美はじっと見つめていた。

次に現れたのは古屋だった。彼は犯人グループではなかったが、手錠をかけられている。もともと収監されていた人物だから、そういう扱いになったのかもしれない。彼もまた、黙ったまま引き立てられていった。

ＣＡは全員無事だとわかった。フライト中はどんな場面でも取り乱さない彼女たちだが、今回は大きなプレッシャーを受けていたはずだ。事件が解決して、みな安堵《あんど》の息をついているようだった。

「杉村さん、よかった……」高根涼子が近くにやってきた。「事件の間、冷静に振る舞ってくださって本当にありがとうございました」

「私からもお礼を言わせてください。高根さんたちＣＡのおかげで、乗客がパニックにならずに済みました」

「いえ、杉村さんが落ち着いて、負傷者の手当てをしてくださったから」

望美と高根は互いの行動を讃《たた》え合った。アメリカで初めて客室乗務員になったエレン・チャーチという女性は、元看護師だったという。そんなことを思い出して、望美は奇妙な縁を感じた。

「高根さんとは気が合いそうですね。いつかゆっくりお話ししませんか」

「ええ、ぜひとも」そう答えたあと、高根は何か思案する表情になった。「カフェバーでもいいですか。私の夫が経営しているお店」

「私はかまいませんけど、いいんですか？　ご主人とは、たしか……」

「離婚のことは考え直そうかと思うんです。警察の人たちが突入してきて、銃の音がして、もう駄目かと感じたとき、夫の顔が頭をよぎりました。今さらですが、私にとって大事な人だったんだな、と……」

　ハイジャック事件の人質になって、命の危険にさらされたのだ。それが自分の人生を見直すきっかけになったのだろう。

　辺りを見回して、望美は明日香の姿に気づいた。まだ九歳の少女は、この大きな事件をどう受け止めているのか。人質にされたことが心の傷にならないだろうか。

「明日香ちゃん、大丈夫？」

　望美が尋ねると、明日香はこくりとうなずいた。顔色は悪かったが、表情は思ったよりしっかりしている。

「怖かったけど、お母さんと一緒だったから……」

「そうだね。ふたりとも無事でよかったわ」

「杉村さん、本当にお世話になりました」充代がほっとしたという顔で話しかけてきた。

「明日香も看護師さんに感謝しなくちゃね」

　すると、明日香は母親に向かってこんなことを言った。

「お母さん、私、会ってみようかな」

「え？」

「新しいお父さんに……」

「どうしたの、急に」

「……誰かに守ってほしいから。お母さんと私を、助けてほしいから」

思いがけない言葉だったのだろう。充代は何度かまばたきをした。それから腰を屈めて、娘の顔を覗き込んだ。

「無理しなくていいのよ。明日香の気持ちが一番大事なんだから」

「ふたりで決めようよ」明日香は言った。「お母さんと私と、ふたりで」

充代は戸惑う様子だったが、娘に向かって小さくうなずきかけた。

相手がどんな男性なのかわからない今、不安があるはずだった。だが明日香は自分の進むべき道を、自分自身で見つけたらしい。この一日で、少女の心の中にさまざまな変化が生じたのだろう、と望美は思った。


隊員たちに付き添われ、望美たちは機外に出た。

いつの間にか、52便の周囲には数多くの作業車が集まっていた。まばゆい光を放つ投光車や消防車両、飛行機を動かすためのトーイングカーなども見える。犯人の身柄確保を受けて、急遽《きゅうきょ》出動してきたようだ。

階段を下りたところにスーツを着た女性がいた。緩くウエーブのかかった髪、形のいい唇。まるでタレントのような容姿だ。彼女のそばには同僚らしい男性もいた。

「警視庁の鳴海です」女性が頭を下げてきた。「エスコート・ナースの杉村望美さんですね？」

「そうです。助けていただいて、ありがとうございました。あの……泉さんという方は？」

「前線本部にいます。……杉村さん、犯人の情報を伝えてくださったことに感謝します。それから負傷者の手当てもしてくださったそうで」

「いえ、自分の仕事をしただけですから」

「いくつか質問させてください」鳴海という刑事は穏やかな口調で尋ねた。「永尾から聞かされて驚いたんですが、あなたが付き添っていた河島昇一さんは、ハイジャック犯の仲間だったんですか？」

「はい。千刃会という組織には所属していなかったようですが、協力関係にあったと話していました」

「河島さんは――いえ、河島は、永尾たちと一緒に行動していたんですよね？」

「一緒ではありませんでした。あの人は古屋さんがやってきたとき、初めて自分の正体を明かしたんです。そのあとも私たちに暴力を振るったりはしませんでした。河島さんは重い腎臓《じんぞう》の病気でしたから、ほかの犯人たちとは区別して考えるべきだと思うんです」

鳴海は少し思案する様子を見せたが、ひとつ咳払《せきばら》いをしてから言った。

「もしかして、河島に同情していらっしゃいますか？」

「同情はしていませんが、気持ちは理解できます」望美は考えながら答えた。「河島さんは特殊な条件で手術を受けるために、ある国へ行きたかったんだと思います」

望美は東欧の国の名前を口にした。鳴海と男性の刑事は眉《まゆ》をひそめている。

「日本では手術できなかったんでしょうか」と鳴海。

「河島さんがのんでいたタクロリムスという薬は、免疫抑制剤なんです」

え、と言って鳴海は同僚の刑事と顔を見合わせた。ああ、やはり、と望美は思った。

警察の捜査は、まだそこまで及んでいなかったのだ。

「あの人の体には手術の痕《あと》がありました。たぶん河島さんは以前、腎臓の移植を受けたんだと思います。その結果、免疫抑制剤を使わなければならなかった。副作用もあるし、免疫力が落ちることでほかの病気にも苦しめられたんじゃないでしょうか」

「移植を受けたのに、まだ治療の必要があったとすると……」鳴海ははっとした表情になった。「もしかして、手術がうまくいかなかった、とか？」

「ええ、提供された臓器がうまく生着しなかったんじゃないかと」

なるほど、と鳴海はうなずいた。彼女は空中に何か図形を描くような仕草をした。

「普通では考えられないような話ですが、筋は通ります。一度目の手術が成功しなかったため、河島は二度目の手術を希望した。でも他人の臓器では同じことの繰り返しになるおそれがある。だから彼は弟の体に目をつけた……」

「ちょっと待った」男性の刑事が目を見開いた。「奴は兄弟から臓器を奪おうとしたんですか？　めちゃくちゃな話だ！」

彼の言うとおりだった。倫理的に、明らかに一線を越えてしまっている。だが理屈だけを考えれば、移植が可能であることは事実だった。

「河島にとっては、まさに死活問題だったんですね」こめかみに指先を当てながら、鳴海は続けた。「彼は弟から腎臓を奪う計画を立てた。一卵性双生児同士なら、基本的に拒絶反応は起こりませんよね。その計画を実現するため、資金を提供して千刃会にハイジャックを実行させた。ハイジャックであれば、超法規的措置で弟を出獄させることもできる、と考えたんでしょう」

「亡命先のその国なら、お金を積めば移植手術は可能かもしれません」

ため息をついたあと、鳴海は首を左右に振った。やりきれないといった表情だ。

「この世にひとりしかいない弟……。それは河島にとって『自分の体のスペア』という意味でしかなかったわけですね」

自分の体のスペア。なんと禍々《まがまが》しい言葉だろうか。河島は長らく病に苦しんだ挙げ句、最後にその選択に至ったのだ。

医療に携わる者として、この件を自分はどう受け止めるべきだろう、と望美は考えた。臓器移植は現在、世界各国で行われている。臓器をもらう者がいるのなら失う者もいるという事実を、自分たち医療関係者は無視できない。医療の現場は矛盾だらけだ。

それでも、と望美は思った。現場が止まってしまえば助かる人も助からなくなる。自分たちは、その場で最善だと思われることをすべきなのだ。

患者がそこにいるのなら、必ず手を差し伸べなくてはならない。看護師の仕事というのはそういうものだ。

「突入時、杉村さんにお怪我がなかったのは幸いでした」

鳴海にそう言われて、望美はあることを思い出した。

「じつは私、古屋さんにアドバイスされて頭を低くしていたんです」

「古屋成司さんがそんなことを？」

「ええ。機体のうしろにいたほうがいい、とも教えてくれました。まるで突入がわかっていたみたいに……」

しばらく思案する様子だったが、やがて鳴海は何かに思い当たったらしい。隣にいる男性刑事に話しかけた。

「矢代さん、古屋さんが実家で電話していた、という話がありましたよね。あれは飛行機の構造について、誰かに訊《き》いていたんじゃないでしょうか。昔つきあいのあった組織に、詳しい人間がいたのかもしれません」

「飛行機の構造というと……」矢代という刑事もうなずいた。「そうか。ノーズギアの格納庫から侵入できることを教わったんですね。だから杉村さんに、身を守る方法をアドバイスしたのか」

「古屋さんはこのハイジャックが失敗に終わる可能性も考えていたんでしょう。もし警察が突入してきたら、おそらく銃器が使われる。そのときは自分で自分の身を守らなくてはならない。警察が侵入する経路を、ぜひとも知っておきたかったわけです」

「それで移送中に逃げ出して、知り合いに電話したんですね。単に母親に会って、墓参りに行こうとしたわけじゃなかったのか。……でもハイジャック犯の永尾たちは、その侵入経路に気づいていなかったようですけど」

「50便と52便は飛行機の型式が違いましたよね。泉係長から聞いたんですが、最初永尾たちが乗っていた50便は、ノーズギア格納庫から機内に入れない構造だったそうです」

「なるほど。奴らは50便の機体しか調べていなかった。だから、52便にそんな侵入経路があることを知らなかったんですね」

ふたりの刑事は納得したという様子でうなずき合っている。

――いつか古屋さんに会えたら、お礼を言わないと。

ジャンパー姿の彼を思い浮かべながら、望美はそう考えた。

*

看護師の杉村望美をはじめとして、人質たちがバスに乗り込んでいくのが見えた。

みな、長時間監禁されて体力を消耗している。しかも最後にはＳＡＴの突入を受け、精神的な動揺もあったはずだ。今はとにかく、静かな場所で温かいコーヒーなどを飲んでほしい、と矢代は思った。

隣にいる理沙が、ポケットから携帯電話を取り出した。メールが届いたらしく、彼女は真剣な顔で液晶画面を見つめている。

「誰からですか？」

「前線本部の泉係長からです。脇坂理の荷物について、情報が入ってきました。それから永尾――中井武徳の過去についても」

携帯をしまうと、理沙は黄色いパトロールカーに目を向けた。車の近くで、ＳＡＴの隊員たちが犯人グループの身元確認などを行っているところだ。

理沙はリーダーの永尾のそばへ行って、彼の顔を見上げた。逮捕され、手荒い扱いを受けているというのに、永尾はほとんど無表情だった。ほかの犯人たちが感情を剝《む》き出しにしているのを見ると、その落ち着きにはかなり違和感がある。

「永尾さん。ここにいる人間以外に、あなたにはまだ仲間がいますね？」

理沙が尋ねると、永尾は平然とした態度で答えた。

「千刃会のことか？　今日、俺と一緒に行動した三人は、このままだと警察に捕まる可能性が高かった。だから東欧に逃げようとしたんだ。それ以外の会員は一切関係ない」

「いえ、そうではなくて……。仲間ではなく、協力者というべきでしょうか」

永尾は眉を上下に動かしたあと、ゆっくりとうなずいた。

「ああ、そのことか」

「なぜ52便に乗り換えたのか、ずっと不思議だったんです。でもあなたたちは脇坂さんの名前を口にしていましたよね。彼のことを調べてみて、理由が推測できました。脇坂さんは機械部品メーカーの商品部に勤めています。会社の機密情報を知ることができる立場にあった。彼は出張で北海道へ行き、配送担当者から何か大事なものを受け取って、今朝の50便で帰ってこようとしました。ハイジャックが行われる飛行機で、あなたたちと合流するつもりだったんでしょう。ところが配送の遅れなどがあったのか、50便に乗れなかった。仕方なく次の52便に乗って、あなたたちを追いかけたわけです」

矢代ははっとした。北海道への出張自体が、何かのブツを運ぶために計画されていたということだろうか。

「あなたたちは、脇坂さんが運んでくる荷物を待っていた」理沙は続けた。「その荷物は大きなスーツケースに入っていたから客室には持ち込めず、預かり手荷物となりました。コンテナに詰められて、52便の貨物室に積み込まれたわけです。それを乗客が勝手に取り出すことはできません。だからあなたたちは50便から52便に乗り換えた。貨物室にある荷物がほしかったから、自分たちが52便に移動したんです。そうですよね？」

理沙に問われて永尾は、ふん、と鼻を鳴らした。

「脇坂は何か言っていたのか？」

「あなたたちが52便に移ったと知って、手荷物のことをひどく心配していました。私はあの人の様子が気になっていたんです。彼はおそらく、その荷物をあなたたちに売るつもりだったんでしょう。代金をもらっていないのにブツだけ持っていかれては困る、と焦ったわけです」

「正解だ」永尾はうなずいた。「あいつは借金で困っていた。金がほしくて、自社で開発している電子部品を俺たちに売り渡そうとした。軍事転用が可能で、あの国には輸出が禁止されている品だ。脇坂は北海道にある自社倉庫から、それを新千歳空港に配送させた。ところがトラックが遅れたせいで50便に乗れなかったんだ。間抜けな奴だと思わないか？」

「もともと金を払うつもりなんて、なかったんですよね？」

理沙がそう訊くと、永尾は右手の指先で顎《あご》を掻《か》こうとした。じゃらじゃらと手錠の鎖が音を立てた。

「そのとおりだ。最初から電子部品を奪い取ろうと思っていた。金塊と同じように、電子部品もあの国への手土産になるはずだった」

しかし、と矢代は思った。その国は本当に永尾たちを受け入れる考えだったのだろうか。受け入れたとしても、そこから先の生活をどうするつもりだったのか。永尾がどのような交渉をしていたのかわからないが、矢代から見てその計画はかなりリスクが高いように思われる。

「永尾……」矢代は硬い表情のまま言った。「おまえは河島に利用されていたんじゃないのか？　あいつは臓器移植さえ受けられればよかったはずだ。おまえたちがその国でどうなろうと関係ない、と奴は考えていたのでは……」

「仮にそうだったとしても、俺たちは後悔しなかっただろう」永尾は矢代を見つめた。「この窮屈な国で、やりたいこともできずに生きていくより、ずっとましだ」

彼が言う「やりたいこと」というのは、暴力的な活動を指すのだろうか。在日外国人を差別し、襲撃する行為を目的としているのか。そんなことを繰り返したせいで、永尾たちはほかの右翼団体からも嫌われ、避けられてしまったのではなかったか。

「永尾さん、暴力で解決できる問題なんて、どこにもないんですよ」

そう言ったのは理沙だった。彼女はいつになく険しい表情で相手を睨《にら》んでいた。

納得がいかない、という顔で永尾は尋ねる。

「暴力というのは、相手にこちらの意志を伝えるためのものだろう。痛い目に遭えば、相手は自分の非を認める」

「だからといって、怒りにまかせて他人を傷つけていたのでは、何も解決しません」

理沙は真剣な顔でそう話した。だがそれは、永尾にはうまく伝わらなかったようだ。

「なあ鳴海、俺にはよくわからないんだ。怒るというのが、どういうことなのか」

「え？　でもあなたは、ゲームのあと人質を刺したでしょう？」

「怒っていたわけじゃない。刺したいから刺したんだ。そうせずにはいられなかった。

何だろうな。……ああ、俺は自分の喜びのために、あいつらを刺したのかもしれない」

矢代と理沙は、眉《まゆ》をひそめて永尾の様子をうかがった。

永尾の顔には今も表情が見られない。彼の感情がどこから生じてどこへ消えていくのか、矢代には理解できなかった。そもそも永尾に、自分と同じような感情があるかどうかもわからない。

「結局、あなたは何がしたかったんです？」理沙が尋ねた。「私は言葉を信じる人間です。だからあなた自身の言葉で、理由を説明してほしいと思っています」

自分のことだというのに、なぜか永尾は首をかしげている。しばらくして彼は答えた。

「そうだな。鳴海には伝えておこうか。……たぶん俺は、平和ボケした日本人に活を入れたかったんだ。ハイジャック事件なんて、その気になればいつでも起こせる。人質を連れて外国に逃げることもできる。俺たちはその国に受け入れられて英雄扱いされるんだ。そういうことを見せつけてやりたかった」

「つまり……この事件の根底にあったのは、自己顕示欲だったんですか？」

いや、それは違う、と永尾は言った。

「今、世界中の人間を動かしているのは『気分』なんだ。ネットを見ればわかるだろう。……でも俺はそうじゃない。奴らとは違って、意志をもって行動することができる」

「その結果がこの犯罪だったと？」

「右翼も左翼も、狭い場所に閉じこもっていては駄目なんだ。体を張って何かやってみろ、と俺は言いたい。周りの連中がなぜそれをしないのか、不思議で仕方がない」

　永尾は冷たい視線をこちらに向けている。矢代にはどうしても、彼の考えが呑み込めなかった。

「おまえという人間が、俺にはわからないよ」矢代は低い声でつぶやいた。

「俺自身にもよくわからない。だが、ひとつ考えられるのは……」そこで言葉を切って、永尾は首を横に振った。「いや、どうでもいいことか」

　彼が何を言おうとしたのか気になった。だが永尾自身はもう、話は終わったという顔をしている。

　あらたまった調子で、理沙が永尾に話しかけた。

「先ほど、情報が入りました。あなたのお父さんのことです」

　わずかだが、永尾の表情に変化が表れた。彼は理沙を見つめて、次の言葉を待っているようだ。

「永尾さん……いえ、中井武徳さん。あなたのお父さんは小説家を目指していたそうですね。警備会社で働きながら、ずっと原稿を書いていたとか。そんな姿を、小学生だったあなたはよく見ていたんでしょう。ところがある夜、お父さんが警備していたビルに強盗が入った。相手と揉み合いになり、お父さんはナイフで刺されて亡くなった。犯人は逃げるとき、自動車に撥ねられて死んでしまった……」

　その強盗殺人事件については、矢代も聞いている。公安部がつかんでいた情報だった。

「昔の話だ」軽く息をついてから、永尾は続けた。「俺と母親が病院に駆けつけたとき、親父はもう冷たくなっていた。めった刺しにされて、顔はひどい有様だった」

「おそらく、その事件があなたを変えたんですね」

「……事件のあと、俺は思ったんだ。なんで親父は、もっと体を鍛えていなかったんだろう。小説なんか書いていないで、格闘技の訓練でもしていればよかったんだ。警備会社にいたんだから、やる気さえあれば、いろんな準備ができたはずだ」

そうかもしれません、と理沙はうなずく。

「それなのに、俺と母親を残して死んでしまった。あのあと俺がどんな苦痛を味わったか、鳴海にはわからないだろう」

理沙は携帯電話を手にして、画面に目をやった。

「お父さんが強盗の手引きをして、仲間割れで刺されたのではないか。そんな噂を立てられたそうですね。犯罪被害者の遺族だというのに……」

「そうだ。反論すれば、汚い言葉を浴びせかけられる。どうしようもなくなって、俺は感情というものを捨てた」

永尾は淡々と説明する。矢代は黙ってそれを聞いていた。永尾に何と声をかけたらいいのか、わからなかった。

「結局、他人を押さえつけられるのは、力だけだとわかった。だから千刃会でも、力で行動することにした。自分は正しい。絶対に間違っていない。それを証明するために、俺を認めてくれる国で英雄になりたかった」

言葉を切って、永尾は矢代に目を向けた。「どうだ？」と彼は尋ねてきた。

「俺のことがわかって満足したか」

「満足も納得もできない。だが……おまえの事情は理解した」

永尾の抱えた事情は、同情すべきものかもしれなかった。だが警察官として、永尾という犯罪者に寄り添いすぎるのはどうだろうか、と矢代は思う。

「私も、ひとつわかったことがあります」理沙が口を開いた。「あなたが物語にこだわるのは、亡くなったお父さんの影響だったんですね」

「さあな。俺の父親は何者にもなれなかった。あれはただの負け犬だ」

「それでも、あなたは物語を作った。そして私たちに聞かせようとしました。……推理ゲームの登場人物たちは、あなた自身を投影していたんじゃないでしょうか。たとえば、いくつもの人格を持っていたキャサリン。あれは昔のように感情表現を豊かにしたいという、あなたの願望を表していた。毒の解明を諦めて自暴自棄になったジェームズは、奔放に行動したいというあなたの気持ちを反映していた。そして母親と同じ研究者になったマリアは、父親のように小説家を目指したいという、あなたの願いを映し出していたんだと思います。あなたは、それらを表現せずにはいられなかったんじゃありませんか？」

永尾はしばらく黙ったままだった。ややあって、彼はぽつりと言った。

「……どうだろうな。小説なんて、生活の役には立たないものだろう？」

「それでもいいと思います。あなたは自分自身のために小説を書くべきです」

理沙の言葉を聞いて、永尾は真顔になった。彼は何か真剣に考え始めたようだ。

ＳＩＴの隊員たちが近づいてきた。永尾は抵抗することなく、彼らに連行されていった。


Ｄ滑走路には警察関係者が続々と集まってきている。

状況確認の声があちこちから聞こえてくる。これから現場検証を行い、それが済んだら離着陸を再開させなければならないのだ。みな忙しく立ち働いていた。

「鳴海主任！　矢代先輩！」

声をかけられ、矢代は振り返った。夏目と谷崎が駆けてくるのが見えた。

「僕たち、無線で状況を聞いていたんです」谷崎が興奮した口調で言った。「一時はどうなるかと思いましたけど……おふたりとも、さすがです！」

「お怪我はありませんか？」夏目は落ち着かない様子で、理沙や矢代の体を確認する。

「ご無事で何よりです。本当に、本当によかった……」

涙もろい彼女は、早くもすすり泣きしている。それにつられたのか、谷崎も感極まったという顔をしていた。

「夏目、谷崎、よくやってくれたな」

矢代がそう言うと、理沙も姿勢を正してふたりのほうを向いた。

「難しい事件でしたが、みなさんのおかげで解決することができました。文書解読班は立派に役目を果たせたと思います」

「ああ、そのとおりだ」

背後から男性の声が聞こえた。矢代たちは揃って、そちらに視線を向ける。捜査員たちの間を縫って、財津係長が近づいてきた。

「このメンバーに任せて正解だった」財津も満足そうな顔をしていた。「きわどい場面もあったが、文書解読班の実力を発揮できたと思う。みんなに礼を言うよ。ありがとう」

財津は矢代たちに向かって、深々と頭を下げた。彼のそんな姿を見るのは初めてだ。理沙や夏目は戸惑っているようだった。

「いえ、係長、そんなこと……」夏目は慌てて首を振る。

「本音を言うと、今回ばかりは解決できないんじゃないかと不安だったんだ。ハイジャック事件なんて、誰も対応したことがなかったからな」

「それでも、うまくいきました」理沙は言った。「私たちのチームワークと、文字の神様のおかげです。そうでしょう、矢代さん」

おや、と矢代は首をかしげる。

「文字の神様って、今回出てきましたっけ?」

「ああ、今回はちょっとお休みだったようですが……」

「事件のたびに呼び出されるから、嫌になったんじゃないですかね。あの鳴海という人には、つきあってられん、とか」

「もっと待遇のいいところで働きたいって？」財津が調子を合わせてくる。

「まったく、ひどい言われようですね」

理沙は顔をしかめていたが、じきに口元を緩めた。

海から湿り気のある風が吹いてきた。矢代はひとつ息をついて、辺りを見回す。

用意された投光器から、強い光が放たれている。その青白い光芒《こうぼう》の中、50便と52便、ふたつの機体が白く浮かび上がって見えた。

エピローグ

羽田空港の滑走路が閉鎖された事件から一週間――。

空港内に設けられた前線本部で、泉恭也は資料に目を落としていた。捜査員の多くは事件のあと数日で桜田門に戻ったが、何人かは今もここに残っている。ときどき泉も顔を出し、資料の取りまとめや報告書の作成などを続けていた。

「早いものですね、もう一週間とは……」

そう声をかけてきたのは、隣の机にいる斉藤だった。彼は眼鏡のフレームを押し上げ、椅子を回転させて泉のほうを向いた。

「あれほど一日が長く感じられたのは初めてだったよ」泉はネクタイを緩めながら言った。「そして、あれほど自分の無力さを感じたことはなかった」

「そんなことはないでしょう。泉係長の交渉があったからこそ、事件は解決できたんです」

「永尾の言ったとおり、俺は時間稼ぎをしただけだった。解決できたのは運がよかったからだ」

「その運を持っているかいないかで、結果が変わるんだと思いますよ」斉藤はシステム手帳を開いた。「ほら、泉係長の今日の運勢は上々です」

「俺の運勢なんてどうでもいいよ」

泉は苦笑いを浮かべた。この前線本部で、こんなに落ち着いた気分になれるとは思わなかった。一週間前は、あれほどひどい修羅場だったというのに——。

「係長、お客様です」

女性捜査員が声をかけてきた。誰だろう、と不思議に思いながら泉は立ち上がる。

パーティションの向こうにいたのは、鳴海理沙と矢代朋彦だった。

「なんだ、君たちか。急にどうした？」

「ちょっと羽田空港に来る用事がありまして」と理沙。

「現場検証か何かで？」

「いえ……。人と会う約束をしたんです。それから、先週の事件の報告書をまとめているんですが、写真が必要になったので」

「言ってくれれば、撮影して送ったのに」

「とんでもない。お忙しい泉係長にそんなお願いはできません」

理沙は胸の前で両手を小さく振った。それを見ていた矢代がぼそりと言う。

「というのは表向きの理由で、じつは空港のレストランが目当てだったんでしょう？」

「ああ、そうなのか」泉は矢代の顔を見てから、理沙に視線を戻した。「和洋中、何を食べる？　旨《うま》い店を紹介するぞ」

「係長、お詳しいんですか？」

理沙は泉の話に興味を持ったようだ。泉は深くうなずいた。

「あのあと空港で何度も飯を食ったからな。特に事件解決から三日間は、ずっとここに寝泊まりしていた」

「本当ですか？」理沙は目を丸くしている。

「そんな状態が続くと、食べることぐらいしか楽しみがなくてね」泉は斉藤に声をかけた。「例のリストを出してくれ」

斉藤が資料ファイルから一枚の紙を取り出した。そこには数多くの店名がリストアップされている。それぞれに星印が付いていた。

「五段階評価をしたんだ」泉は言った。「備考欄にお勧めメニューが載っているから、参考にするといい」

それはどうも、と言って理沙はリストを受け取った。矢代は熱心な顔で、横から覗《のぞ》き込んでいる。

「その後、怪我をした人たちはどうですか？」

少し声を低めて理沙が質問した。真顔になって、泉は答える。

「もう全員退院して、通院治療になっている。栗山明日香は精神的なショックがあって、まだ学校には登校できていないらしい。ただ、元気はあるそうだ」

「あんな小さな子を巻き込むなんて、本当にひどい事件でしたね」

「現在、犯人グループの取調べを続けている。あの永尾——本名、中井という男だが、どうも扱いにくいな。普通の感覚ではないというか、ちょっとずれているというか」

泉は取調べの様子を思い出した。交渉中からつかみどころのないイメージがあったが、あの男と実際に対面してみて戸惑うことが多かった。あれほどの大事件を起こしたというのに、どこか反応が薄いのだ。ただ、何かの弾みにスイッチが入ったように饒舌《じょうぜつ》になることがある。

「河島たちはどうしていますか？」

「ああ……河島は体調が悪いので入院させた。タイミングを見て事情を聞いているところだ。奴は会社経営の傍ら、長らく暴力団ともつきあいがあったらしい。そういう連中を使って、のし上がってきたんだ」

「そんな男だったんですか」

「闘病生活を続ける中ですっかり弱気になってしまったが、昔は相当荒っぽいことをやっていたそうだ。弟の古屋を捜すのも、昔のツテを頼ったんだろうな。それで古屋は刑務所に逃げ込んだわけだ」

「今、古屋のほうは？」

「刑務所に戻してあるが、あいつも調子が悪い」

理沙は具体的な病状のことを尋ねてきた。泉は捜査資料を開き、古屋の状態について説明した。理沙は難しい顔をして、じっと考え込む様子だ。

「気になっていたんですが、兄弟の間には直接のトラブルがあったんでしょうか」

矢代に問いかけられ、泉は腕組みをしながら答えた。

「弟の古屋が経済的に恵まれなかったのに対して、河島のほうは育ての親がかなり裕福だった。古屋は学生時代にそのことを知ったらしい。直接会いに行くことはなかったが、ときどき兄の様子を調べていたようだ。双子だというのに、なぜ自分はこんなに苦労しなければいけないのかと、恨んでいたかもしれないな」

ほかにも泉は、河島と古屋の確執について説明した。取調べの中で、古屋の犯した罪も次々明らかになっていたから、そのことも伝えておいた。理沙と矢代は熱心にそれらの話を聞いていた。

そろそろ辞去すると理沙が言うので、泉は彼女の前で姿勢を正した。

「今回の事件、鳴海くんには本当に世話になった。正直な話、私は文書解読班の力を軽く見ていた。だが、君のアドバイスで永尾のゲームにも対抗することができた。礼を言う」

それは正直な気持ちだった。ときに警察官は、セクショナリズムを越えて一致協力しなければならないことがある。それを思い知らされたのが先週の事件だった。

「いえ、私は自分にできることをしただけです」理沙は言った。「それに、あの推理ゲームを楽しむ気持ちも、少しだけありました」

なるほど、と泉はうなずいた。追い詰められながら、その状況を楽しめる者など滅多にいないだろう。もしかしたらそれが文書解読班の強みなのかもしれない。

「ところで泉係長、最後にひとつお訊《き》きしたいんですが」理沙が尋ねてきた。「お名前は泉恭也さんですよね。もしかして泉鏡花《いずみきょうか》の子孫だったりしませんか？」

思わず、泉はまばたきをしてしまった。そんなことを言われたのは初めてだ。

「いや、親からもそんな話を聞かされたことはないが……」

「変ですね。耳の辺りが鏡花に似ているような気がしたんですけど」

泉が驚いていると、矢代がこちらを向いて小声で言った。

「どうか気にしないでください。いつものことです」

「え？　ああ……そうなのか」

さあ行きましょう、と言って矢代は理沙を引っ張っていく。

どうにも、よくわからない話だった。呆気《あっけ》にとられて、泉は理沙たちを見送った。

＊

矢代たちは空港ターミナルの中を歩いていく。

広々としたフロアには飲食店や物販店、書店やドラッグストアなどさまざまな店がある。ハイジャック事件の対応をしている間はまったく時間がなかったが、今、矢代と理沙には辺りに目を配る余裕があった。

先ほど斉藤からもらったレストランのリストを見て、矢代は何を食べようかと思案した。理沙と一緒だから、今回は洋食のほうがいいかもしれない。

——鳴海主任は絶対、食後に甘いものをほしがるだろうからな。

そんなことを考えながら、矢代はターミナルを歩いた。

「矢代さん、もういらっしゃいますよ。ほら、あそこ……」

理沙が前方を指差している。二十メートルほど向こうに、キャリーバッグやショルダーバッグを携えた女性がいた。エスコート・ナースの杉村望美だ。

矢代たちが近づいていくと、望美は笑顔で会釈してきた。

「ご無沙汰《ぶさた》しています。その節は本当にお世話になりました」

「いえ、こちらこそ」理沙もまた笑顔で答える。「お元気そうで安心しました」

「私は看護師ですから、まず自分自身が健康でないと……」

すぐ近くにカフェの看板が見える。矢代たちは望美をその店に誘った。

隅のテーブルに行き、三人でコーヒーを飲みながら再会を喜び合った。彼女の大きな荷物に目をやりながら、矢代は尋ねた。

「今日はこれからどこへ行くんですか」

「シンガポールです。向こうに駐在している会社員の方が、交通事故に遭ってしまったそうで……。日本で本格的な治療を受けるため、帰国することになったんです」

「仕事とはいえ、大変ですね」

「でも私、旅行が好きなんですよ。苦労するときもありますけど、この仕事が楽しいので」

望美の表情は明るく、前向きな様子が感じられる。やり甲斐のある仕事なのだな、と矢代は思った。

コーヒーを一口飲んだあと、理沙が話しだした。

「河島昇一のことですが、たしかに彼は腎臓《じんぞう》の移植手術を受けていました。適合がうまくいかなくて弟の臓器をほしがっていたんです。そこまでは杉村さんが予想したとおりでしたが、もうひとつ驚くべきことがわかりました」

すると望美は真顔になって、こう尋ねてきた。

「もしかしたら古屋さんのことじゃありませんか。彼の健康状態のこと」

「……ええ、そうです」

「あれから、いろいろ考えていたんです。ひょっとしたら古屋さんも、河島さんと同じように腎臓が悪かったんじゃないかって」

「そのとおりです。どうしてわかりました？」

理沙はまばたきをしている。矢代も望美の顔を見つめた。

それはつい先ほど、前線本部で泉係長が話してくれたことだったのだ。望美はなぜその事実に気づいたのだろうか。

「飛行機の中で、古屋さんも薬をのんでいたんです」望美は言った。「薬の名前は見えませんでしたが、そのことが気になっていました。……一卵性双生児ですから、ふたりは同じ遺伝子を持っています。必ずそうなるとは限りませんが、同じ病気にかかる確率は高かったんじゃないでしょうか」

矢代は泉から聞かされた兄弟の確執について、望美に説明した。

「二年前から、河島は暴力団員に頼んで古屋を狙わせていました。拉致《らち》して殺害し、臓器を奪おうとしたらしいんです。ところが古屋は逆にこの暴力団員を殺害し、逃走しました。殺害する前にその男から、依頼人は河島だと聞き出していたそうです。うまく遺体を隠したため、この事件は明るみに出ませんでした」

「古屋さんが人殺しを？　そんなことがあったんですか」

望美はコーヒーカップをテーブルに置いた。さすがに驚きを隠せないようだ。

「その後も古屋は何度か、河島の手の者に狙われました」矢代は続けた。「河島は金にものをいわせて執念深く追ってきた。健康を害していた古屋は、逃げ続けることに自信がなくなったんでしょう。知恵を絞って、自分の身を守るいい方法を思いつきました。それが、窃盗の累犯で刑務所に入ることだったんです」

傷害などは罰金で済んでしまうことが多いが、窃盗の累犯者は長く収監される傾向にある。それで彼は、つまらない盗みを続けたのだ。

「ところが収監後、古屋は兄と同じように、腎臓の病を発症していることを知りました。

自分はもうあまり長くない、と彼は悟った」

「……なるほど。刑務所で気がついたんですね」

「そんなときハイジャックが起こり、犯人は古屋を呼べと警察に迫った。これは河島が考えた最後の手段でした。刑務所にいる古屋を今すぐ外に出させるには、超法規的措置ぐらいしか手がない。だからハイジャックなどという大胆な計画を立てたわけです。府中刑務所から古屋を移送させるには、羽田空港を使うのがベストだった。だからわざわざ新千歳まで行ってから東京へ戻るという段取りにした。エスコート・ナースを依頼したのは、偽の酸素ボンベに拳銃《けんじゅう》などを隠して機内に持ち込みたかったからです」

「それで私を利用したと……」

「古屋は刑務所でハイジャックの話を聞いたとき、犯人グループの中に兄がいるのではないかと思ったそうです。金をたくさん持っている兄なら、そんな無茶なこともやりかねないだろう、とね。それで古屋は決意を固め、羽田に向かうことにしました。もちろん、そこには古屋なりの企《たくら》みがあったんですがね」

　話を聞きながら、望美は眉《まゆ》をひそめていた。どうにもやりきれない、という思いが表情に滲《にじ》み出ている。

「兄は河島家に引き取られて裕福になりました」理沙は説明を続けた。「それだけでも憎いのに、今度は自分の臓器を奪おうとしている。古屋は河島を激しく憎みました。今こそ兄に一矢報いよう、自分の駄目になった臓器を兄に移植させ、絶望させてやろう、と古屋は考えたそうです。死をもって完成する、兄への復讐《ふくしゅう》というわけです」

　辺りの空気が、急に重くなったような気がした。矢代は深いため息をついた。

「まったく、兄弟だというのにひどい話ですね」

「一卵性双生児は絆《きずな》が強いと思われがちです」コーヒーカップを見つめながら、望美が言った。「でも育った環境で、こうも変わってしまうなんて……」

　そうですね、と理沙はうなずく。

「河島は裕福だったのに、最後までずっと自分勝手でした。一方、古屋は犯罪に手を染めたけれど、最後は争いを嫌ってずっと逃げていた。そういうところに生き方の違いが表れているように思います」

　三人は口を閉ざして、それぞれ物思いに沈んだ。

　まもなくシンガポール行きの搭乗時刻だという。矢代たちはカフェを出た。

　望美はこちらを向いて、穏やかな微笑を浮かべた。

「お話、どうもありがとうございました。いろいろすっきりしました」

「杉村さん、お気をつけて」理沙は彼女に向かって小さく手を振る。

「またどこかでお会いしましょう」

　望美は丁寧に頭を下げ、搭乗ゲートのほうへ歩いていった。

　矢代たちは彼女のうしろ姿を見送った。その背中には一本芯《しん》が通っていて、強さと自信としなやかさが感じられる。彼女は看護師という仕事のプロなのだ。

理沙は腕時計を見ていたが、じきに顔を上げた。

「さあ矢代さん、何か美味《おい》しいものを食べに行きましょう。どの店がいいですかね」

「俺はどこでもいいんですが、鳴海主任はデザート必須《ひっす》なんでしょう？」

「決まってるじゃないですか」理沙はいたずらっぽい顔をして笑った。「頭脳労働をするには、甘いものを食べなくちゃいけないんです」

リストを広げて、矢代と理沙は店の相談を始めた。

あれだけの事件が起こっても、理沙はまったく怖《お》じ気《け》づくことがなかった。それどころか、凶悪犯との推理ゲームを楽しんでさえいたという。矢代にはとても真似できないことだった。

今回の事件で、文書解読班の活動範囲がかなり広がったような気がする。

それを一番実感しているのは、ほかでもない、理沙自身なのだろうと矢代は思った。

参考文献

『空飛ぶナース』山本ルミ　新潮社

本書は書き下ろしです。

本書はフィクションであり、登場する地名、人名、団体名などすべて架空のもので、現実のものとは一切関係ありません。

銀《ぎん》翼《よく》の死《し》角《かく》

警《けい》視《し》庁《ちよう》文《ぶん》書《しよ》捜《そう》査《さ》官《かん》

麻《あさ》見《み》和《かず》史《し》

令和２年　５月25日　初版発行
令和６年　６月30日　４版発行

発行者●山下直久

発行●株式会社KADOKAWA
〒102-8177　東京都千代田区富士見2-13-3
電話　0570-002-301（ナビダイヤル）

角川文庫 22169

印刷所●株式会社KADOKAWA
製本所●株式会社KADOKAWA

表紙画●和田三造

●お問い合わせ
https://www.kadokawa.co.jp/（「お問い合わせ」へお進みください）
※内容によっては、お答えできない場合があります。
※サポートは日本国内のみとさせていただきます。
※Japanese text only

ISBN 978-4-04-109309-2　C0193

◆◇◇

角川文庫発刊に際して

角川源義

第二次世界大戦の敗北は、軍事力の敗北であった以上に、私たちの若い文化力の敗退であった。私たちの文化が戦争に対して如何に無力であり、単なるあだ花に過ぎなかったかを、私たちは身を以て体験し痛感した。西洋近代文化の摂取にとって、明治以後八十年の歳月は決して短かすぎたとは言えない。にもかかわらず、近代文化の伝統を確立し、自由な批判と柔軟な良識に富む文化層として自らを形成することに私たちは失敗して来た。そしてこれは、各層への文化の普及滲透を任務とする出版人の責任でもあった。

一九四五年以来、私たちは再び振出しに戻り、第一歩から踏み出すことを余儀なくされた。これは大きな不幸ではあるが、反面、これまでの混沌・未熟・歪曲の中にあった我が国の文化に秩序と確たる基礎を齎らすためには絶好の機会でもある。角川書店は、このような祖国の文化的危機にあたり、微力をも顧みず再建の礎石たるべき抱負と決意とをもって出発したが、ここに創立以来の念願を果すべく角川文庫を発刊する。これまで刊行されたあらゆる全集叢書文庫類の長所と短所とを検討し、古今東西の不朽の典籍を、良心的編集のもとに、廉価に、そして書架にふさわしい美本として、多くのひとびとに提供しようとする。しかし私たちは徒らに百科全書的な知識のジレッタントを作ることを目的とせず、あくまで祖国の文化に秩序と再建への道を示し、この文庫を角川書店の栄ある事業として、今後永久に継続発展せしめ、学芸と教養との殿堂として大成せんことを期したい。多くの読書子の愛情ある忠言と支持とによって、この希望と抱負とを完遂せしめられんことを願う。

一九四九年五月三日